锐眼撷花
文丛

野莽 —— 主编

婚姻大事

姜贻斌 著

中国言实出版社

图书在版编目（CIP）数据

婚姻大事 / 姜贻斌著 . -- 北京：中国言实出版社，
2020.9
（"锐眼撷花"文丛 / 野莽主编）
ISBN 978-7-5171-3527-2

Ⅰ . ①婚… Ⅱ . ①姜… Ⅲ . ①短篇小说—小说集—中
国—当代 Ⅳ . ① I247.7

中国版本图书馆 CIP 数据核字（2020）第 144226 号

出 版 人　王昕朋
责任编辑　张国旗
责任校对　宫媛媛

出版发行　**中国言实出版社**
　　　　　地　　址：北京市朝阳区北苑路 180 号加利大厦 5 号楼 105 室
　　　　　邮　　编：100101
　　　　　编辑部：北京市海淀区花园路 6 号院 B 座 6 层
　　　　　邮　　编：100088
　　　　　电　　话：64924853（总编室）　64924716（发行部）
　　　　　网　　址：www.zgyscbs.cn
　　　　　E-mail：zgyscbs@263.net

经　　销　新华书店
印　　刷　北京中科印刷有限公司
版　　次　2021 年 1 月第 1 版　　2021 年 1 月第 1 次印刷
规　　格　880 毫米 ×1230 毫米　1/32　10 印张
字　　数　202 千字
定　　价　42.80 元　　　ISBN 978-7-5171-3527-2

山花为什么这样红

——"锐眼撷花"文丛总序

在花开的日子用短句送别一株远方的落花,这是诗人吟于三月的葬花词,因这株落花最初是诗人和诗评家。小说家不这样,小说家要用他生前所钟爱的方式让他继续生在生前。我从很多的送别文章里也像他撷花一样,每辑选出十位情深的作者,将他生前一粒一粒摩挲过的文字结集成一套书,以此来作别样的纪念。

这套书的名字叫"锐眼撷花","锐"是何锐,"花"是《山花》。如陆游说,开在驿外断桥边的这株花儿多年来寂寞无主,上世纪末的一个风雨黄昏是经了他的全新改版,方才蜚声海内,原因乃在他用好的眼力,将好的作家的好的作品不断引进这本一天天变好的文学期刊。

回溯多年前,他正半夜三更催着我们写个好稿子的时候,我曾写过一次对他的印象,当时是好笑的,不料多年后却把一位名叫陈绍陟的资深牙医读得哭了。这位牙医自然也是余华式的诗人和作家：

"野莽所写的这人前天躺到了冰冷的水晶棺材里，一会儿就要火化了……在这个时候，我读到这些文字，这的确就是他，这些故事让人忍不住发笑，也忍不住落泪……阿弥陀佛！""他把荣誉和骄傲都给了别人，把沉默给了自己，乐此不疲。他走了，人们发现他是那么的不容易，那么的有趣，那么的可爱。"

水晶棺材是牙医兼诗人为他镶嵌的童话。他的学生谢挺则用了纪实体："一位殡仪工人扛来一副亮锃锃的不锈钢担架，我们四人将何老师的遗体抬上担架，抬出重症监护室，抬进电梯，抬上殡仪车。"另一名学生李晁接着叙述："没想到，最后抬何老师一程的是寂荡老师、谢挺老师和我。谢老师说，这是缘。"

我想起八十三年前的上海，抬着鲁迅的棺材去往万国公墓的胡风、巴金、聂绀弩和萧军们。

他当然不是鲁迅，当今之世，谁又是呢？然而他们一定有着何其相似乃尔的珍稀的品质，诸如奉献与牺牲，还有冰冷的外壳里面那一腔烈火般疯狂的热情。同样地，抬棺者一定也有着胡风们的忠诚。

一方高原、边塞、以阳光缺少为域名、当年李白被流放而未达的，历史上曾经有个叫夜郎国的僻壤，一位只会编稿的老爷子驾鹤西去，悲恸者虽不比追随演艺明星的亿万粉丝更多，但一个足以顶一万个。如此换算下来，这在全民娱乐时代已是传奇。

这人一生不知何为娱乐，也未曾有过娱乐，抑或说他的娱乐是不舍昼夜地用含糊不清的男低音催促着被他看上的作家给他写稿子，写好稿子。催来了好稿子反复品咂，逢人就夸，凌晨便凌晨，半夜便半夜，随后迫不及待地编发进他执掌的新刊。

这个世界原来还有这等可乐的事。在没有网络之前，在有了文学之后，书籍和期刊不知何时已成为写作者们的驿站，这群人暗怀托孤的悲壮，将灵魂寄存于此，让肉身继续旅行。而他为自己私订的终身，正是断桥边永远寂寞的驿站长。

他有着别人所无的招魂术，点将台前所向披靡，被他盯上并登记在册者，几乎不会成为漏网之鱼。他真有一双锐眼，撷的也真是一朵朵好花，这些花儿甫一绽放，转眼便被选载，被收录，被上榜，被佳评，被奖赏，被改编成电影和电视，被译成多种文字传播于全世界。

人问文坛何为名编，明白人想一想会如此回答，所谓名编者，往往不会在有名的期刊和出版社里倚重门面坐享其成，而会仗着一己之力，使原本无名的社刊变得赫赫有名，让人闻香下马并给他而不给别人留下一件件优秀的作品。

时下文坛，这样的角色舍何锐其谁？

人又思量着，假使这位撷花使者年少时没有从四川天府去往贵州偏隅，却来到得天独厚的皇城根下，在这悠长的半个世纪里，他已浸淫出一座怎样的花园。

在重要的日子里纪念作家和诗人，常常会忘了背后一些使其成为作家和诗人的人。说是作嫁的裁缝，其实也像拉船的纤夫，他们时而在前拖拽着，时而在后推搡着，文学的船队就这样在逆水的河滩上艰难行进，把他们累得狼狈不堪。

没有这号人物的献身，多少只小船会搁浅在它们本没打算留在的滩头。

我想起有一年的秋天，这人从北京的王府井书店抱了一摞西书出来，和我进一家店里吃有脸的鲽鱼，还喝他从贵州带来的茅台酒。因他比我年长十岁，我就喝了酒说，我从鲁迅那里知道，诗人死了上帝要请去吃糖果，你若是到了那一天，我将为你编一套书。

此前我为他出版过一套"黄果树"丛书，名出支持《山花》的集团；一套"走遍中国"丛书，源于《山花》开创的栏目。他笑着看我，相信了我不是玩笑。他的笑没有声音，只把双唇向两边拉开，让人看出一种宽阔的幸福。

现在，我和我的朋友们正在履行着这件重大的事，我们以这种方式纪念一位倒下的先驱，同时也鼓舞一批身后的来者。唯愿我们在梦中还能听到那个低沉而短促的声音，它以夜半三更的电话铃声唤醒我们，天亮了再写个好稿子。

兴许他们一生没有太多的著作，他们的著作著在我们的著作中，他们为文学所做的奉献，不是每一个写作者都愿做和能做到的。

有良心的写作者大抵会同意我的说法，而文学首先得有良心。

野莽

2019 年 9 月

目录

婚姻大事

1

　　章之浩每星期六跟星期天晚上，都要去教堂看看。教堂设在一个偏僻的脏兮兮的小巷里，小巷很长，到处是水渍跟花花绿绿的垃圾。不走到教堂旁边，谁也无法想象这里居然还有个教堂。唯有走到教堂，才豁然显出一种干净跟一种格外的静谧，那别具一格的建筑以及高大的拱门，烘托出肃穆而温暖的气氛。他也不晓得，教堂是什么时候变成了类似婚姻介绍所的地方，当然，仅仅是每星期开放两个晚上，并不是正宗的婚姻介绍所。也许是教堂也要创收吧，也许是这里的环境适合安抚人们焦虑或痛苦的心灵吧。你望着大厅顶头墙壁上的圣母马利亚，以及那个可爱的小天使，你还有什么脾气呢？大厅灯光黯淡，却很柔和，气氛也很安静，似乎无论什么人走进这个地方，都会把挂在脸上的焦虑，以及对未来婚姻前景的迷茫，通通收入心底，变得十分安详起来。

章之浩看到那些圆桌小小的，每张圆桌只配两张塑料靠背椅子，有茶，也有其他饮料，那是要给钱的。每到这两天晚上，大约七点多钟吧，那些女人就影单形只地走进来，悄悄的，没有声响。走进那道拱形大门，抬起头往里面望一眼，然后，挑一张空着的桌子坐下来。有人就会把桌子上的红蜡烛点亮，来客再要一杯茶，或者别的饮料，静静地等待。烛光在脸上飘浮，像是一束希望之光，那些女人希望今晚能有奇迹出现。来的男人不多，一旦有男人进来，不论那个男人长得如何，那些女人都要装着有意无意地看一眼。如果那个男人不看过来，女人们就匆匆地瞟一下，失望地低下头来，默默地继续想着自己的心思。若是有个男人很标致地走进来，女人们的眼睛就像无数只蜜蜂般飞过去，粘在那个男人身上。张张脸上顿时充满了一种期待，一种希望。希望那个男人在查看那些个人资料时，眼睛能停留在自己名字上。

章之浩也是听人家说过，这是一个可以跟对方见面交谈的地方，尤其是提供了交谈的环境，不像某些正宗的婚姻介绍所，没有这种场所，只是登记而已。在这里随意多了，只要你在资料上看中了某个女人，那女人恰巧在这里等着，你可以马上跟她谈谈，无疑是少了一些麻烦。当然，也有些女人不一定每次都来，或许被事情拖住了手脚。那也没关系，只要按照资料上留下的电话打过去就可以了。

　　章之浩来过两次，以他犀利的目光，看出那些三四十岁的女人十分冷落，孤零零地坐一晚，也很少被男人看中。她们脸上虽然显得波澜不惊，但其实心里是很焦急的，有一种不安跟惶惑。也有些性格急躁的女人，坐一两个小时，见还没有男人看上自己，就再也坐不住了，起身把挎包一拎，匆匆地走了。似乎再不走，就有一种巨大的耻辱伴随着她。也有耐心很好的女人，一只手撑着下巴，想一阵心思，喝口茶，一直坐到深夜关门才走。这些人也是可以理解的，有些奇迹可能发生在最后关门的那一刻。

　　章之浩发现，相比之下，那些二十多岁的女人要好些，起码具备了年龄的优势，青春还在她们时髦的身上，仍若隐若现地残存着。尤其是长相漂亮的，不时有男人走过来与之交谈。那些交谈的时间，也有因为感觉或条件的因素，或长，或短，有时不过十来分钟。只要男人或女人不满意对方的某一点，也就好说好散了。

　　章之浩为那些三四十岁的女人感到不平，觉得这有点残酷，也不太公平，可他又有什么办法呢？青春本来就是残酷的。再说这是愿打愿挨的事，谁也勉强不得。来这里的女人，都是婚姻不幸的，或离婚，或是丧夫。那些没有结过婚的女子，是断然不会来这里找对象的。也不知是谁规定的，好像是约定俗成吧，反正这里成了那些不幸的女人来重新寻找婚姻的地方。

2

　　章之浩那天听人一说，认为自己到这个地方找女人是正确的。他不可能再找没有结过婚的女人了，也没有这个非分之想。他是一个很现实的男人，也是一个非常挑剔的男人。他已经离过三次婚，三次离婚，已经把他离得心力交瘁、精疲力竭了。

章之浩认为，最难缠的是第一次离婚。那次离婚他整整花了八年时间。那是他在农村找的对象，也是在他认为招工无望的情况下，几乎是在绝望中，他跟一个认识不到十天的女子结了婚。他觉得，那是一次太过草率的婚姻。那个女人结婚之后，简直像从土匪窝跑出来的，说话高声大叫，对他或对崽动不动就打。他起先简直不相信妻子竟是这么个女人，所以每次都让着她。越让她，她越肆无忌惮，一边哭骂，一边挥动着扁担或菜刀，朝他狠狠地追来。说他右派崽子，欺侮贫下中农的女儿，那不是翻天了吗？有一回竟然把他打得头破血流。

章之浩后来被招到县城教书，女人就不再放肆了。尤其是当他提出离婚时，女人突然一反常态，大声痛哭，苦苦地求他原谅，甚至跪在他脚下，说她没有读什么书，不要跟她一般见识。他心里已经凉透了，这个女人太粗暴了，而且越来越丑陋。他主意已定，坚决要离，崽归他带着。那个女人也有对策，带上崽，住在他那间小屋子里不走，搞得他连备课或改作业也搞不成，真是伤透脑筋。

章之浩后来悄悄地又租了一间房子，干脆不回来了。那个女人也有办法，每天把他堵在教室门口，害得他课也上不成。学校还是很理解他的，却也劝他不要搞得影响太大。当时他真是无奈，头脑里曾经闪过杀人的念头。后来那个女人觉得实在无法挽回了，竟然提出要带崽，以此来要挟他。一直坚持要崽的他，居然连想也没想，就答应了。

　　章之浩有了第一次婚姻的教训，后来就变得小心起来了。其时他不再教书了，他拉得一手好小提琴，被县剧团挖去了。他左选择，右选择，跟一个县图书馆的女人结了婚。那个女人委实长得漂亮，气质又好，男人已去世，只有一个十岁的女儿。同事们都羡慕地说，他能找到这么个女人，真是艳福不浅。他自己虽然长得不怎么样，却决心要找一个漂亮的女人，这一回可说是如愿以偿。女人对他很不错，两人也谈得来。谁也没有料到，仅仅为了一件小事，又让章之浩产生了离婚的念头。

　　章之浩记得那是大年三十晚上，三个人在看电视。女人一边看，一边用刀子削荸荠，削一个就塞进女儿嘴里，削一个又塞进女儿的嘴里。他原以为妻子削到第三个时，肯定会塞到他嘴里的，谁知却没有，妻子削到第五个还是给了女儿。他是一个非常敏感的男人，心里很不高兴，嘴里却对妻子说，她要吃，让她自己削嘛。他没有说你为什么不给我吃。仅仅为了这一点，他认为妻子心里没有自己。他并不认为自己太小气，他等了一个又一个，等了一个又一个，一连等了五个，妻子还没有记起他。像这样的小事都是如此，以后这个女人什么事也不会挂牵他的。

　　章之浩那晚上居然一夜都没有睡，觉得很痛苦。而这种痛苦，又是不能说出来的，况且又是过年。所以，他把这种痛苦放在心里。一直憋到第八天，也就是大年初八上班了，他突然叫妻子搬出去，暂时分居一段时间。妻子惊讶不已，问他为什么。他冷冷地说，看来我们之间并没有感情。妻子说，你从哪些事情可以看出来呢？他当然不会说的，妻子当然也不搬。妻子说，你不说，我就不搬出去。妻子说罢，上班去了。

章之浩也不吱声，叫了搬家公司，把属于妻子的家具跟衣服，搬到妻子以前的小屋子里，幸好他有那里的钥匙。这样分居开始了。他第二任妻子毕竟素质高些，没有吵闹，分居不到半年两人就离了婚。他这次婚姻，前后只有一年半。

章之浩离婚之后，不想在小县城待了。他觉得已经没有什么意思了，尤其可憎可叹的是，小县城的人对他的第二次离婚议论不休。说他头一次离婚还是可以理解的，而这次离婚，也离得太莫名其妙了吧。他也从不对人解释。他觉得这是自己的事，没必要对人家说。有人问起那个女图书管理员时，她更是一头雾水，说，我也不晓得他为什么要离婚。那时剧团已经不景气了，加之婚姻的不幸，章之浩萌发了来省城发展的念头。

章之浩来省城之前，心里一点底也没有，他没有什么熟人跟关系。他的运气又很不错，到省城在街上看了看那些招聘广告，然后一脚踏进一家广告公司。人家问他有什么特长，他指了指背着的那把提琴，说他会拉小提琴。人家笑起来，说我们这里又不是剧团，也不是歌舞厅。又问他还有什么特长，他说他能喝酒，酒量大得惊人，一两斤白酒都没有问题。那家公司正愁没有喝酒的人，许多单子都因酒桌上的气氛不热闹，硬是签不下来。他这样一说，双方一拍即合，人家马上任命他为公关部副主任。

　　章之浩从来不找小姐，也从不参与娱乐或休闲活动，有点洁身自好的味道。每次喝罢酒，安排客户唱歌或按摩或桑拿，他就坐在大厅等着人家出来，再迅速地把单埋掉。想起以前天天吃粉笔灰，现在天天喝酒，觉得这生活真是有点滑稽。

　　章之浩来省城半年之后，一个偶然的机会，他认识了一个女会计。那个女人已经离异了三年，带着一个崽，有房子。这对他来说，不能不是一个诱惑。房子对于他来说，实在是太重要了。而他又不能不对那个女人做一番考察，万一她像那个图书管理员一样，只关心她的崽，房子再好，又有什么意义呢？他跟那个女人同居了四个月，女人就急不可耐地提出结婚。她说虽然没有人议论她，但老是这样拖下去也不太好吧。其间，他发现女会计还是不错的，虽然没有那个图书管理员漂亮，却很疼他，什么好吃的都给他留着，而且很会处理他跟她崽的关系，家务事也不要他插手，所以他同意了。结婚不到一个月，潜伏在女会计身上的职业病开始露头了。每天回来，她一边揿计算器，一边啰啰嗦嗦地对他说，今天买了什么东西，花了多少钱，或是说，这个月的水电费是多少，电话费是多少，并且乐此不疲地记在本子上。

　　章之浩惊讶了，甚至怀疑是否换了一个女人。开始他还劝她不必这样做，只要不是大手大脚，钱自然会在的，也跑不到哪里去。她却驳斥说，你没有当家，不晓得柴米油盐贵。他厌烦地说，那你不要当着我的面啰嗦。女会计则振振有词地说，既然是夫妻了，有什么话不可以说呢？开始两人还只是斗斗嘴而已，发展到后来，居然大吵大闹起来。所以这次婚姻更加短暂，如果从扯结婚证的那天算起，只有三个月零十天。

3

章之浩离了三次婚之后，现在更加慎重了。他不想单身，还是向往跟一个相爱的女人过舒坦的生活。他虽然清楚自己快五十了，人也长得不怎么样，蒜鼻头，嘴巴很大，满嘴酒气，如果没有戴副眼镜，那真是有点像土匪出身，但他对女人还是十分挑剔的，他暗暗地告诫自己，再也不能被女人的假象所迷惑了，如果再发生这样的事，他简直不能原谅自己。快到知天命的年龄了，看个女人还看走了眼，岂不是白活了几十年吗？所以他给那个尚不相识的女人，提前定下一个标准，长相呢，起码要有图书管理员那个样子（他到现在，才发现自己对图书管理员还是有点留恋，如果她不是那样自私的话），最好没有崽女（他渐渐地觉得，崽女是一个障碍），总之，要感觉好。

章之浩还告诫自己，也不要太性急，免得又是离婚，离来离去，简直像一个离婚专业户。

章之浩租了一间小房子，一室一卫，倒也安静。没有女人，又觉得空荡荡的。所以，在离开那个会计两个月之后，他像一个舔干了离婚的斑斑血迹的人，重新寻找自己心爱的女人。所以，章之浩一身整洁地来到这个教堂。来之前，他没有忘记刷牙，把一嘴酒气刷掉。他像那些男人一样，拿着那些资料翻看起来。如果看到合适的，有意与之见面，那就交点费用。现在他的心情从容多了，总是劝自己要慢慢来。他把那些名单翻来翻去，像翻烧饼一样。那些年龄不到三十岁的女人，他一律不考虑。年龄相差太大，他难以招架。看着看着，他眼睛突然一亮，觉得其中有个姓王的不错。三十二岁，一米六二，五官长得很好，当然没有图书管理员漂亮。他一看职业，居然又是会计，心里咯噔一下。她娘的，又是会计，不由想起第三任妻子那种令人厌烦的啰啰嗦嗦，所以他准备放弃。又担心错过一个好机会，就安慰自己，也许此会计不像彼会计，先接触接触再说吧，反正不急于结婚。

章之浩主意一定，就在姓王的名字上点了点。服务台的妹子告诉他，王女士恰巧来了，在那里坐着的。他顺着妹子的手势看去，竟然有点激动，没想到事情这么巧，就慢慢地走过去。

章之浩显得十分礼貌，微笑着说，请问，你是王女士吧？王女士高兴地点点头，说，请坐。她穿着红裙子，白净的脖子上挂着熠熠发光的金项链。他刚想开口说话，王女士的手机铃声就响了起来。她对他说了声对不起，迅速地走到一边接电话。他要了一杯茶，耐心地等待着。王女士的这个电话打得也太久了，至少有十分钟吧。王女士好不容易打完电话，走过来对他说，对不起。他说，没什么。刚想问她的情况，她手机铃声又响了起来。王女士又抱歉地说，对不起，然后走开，用低低的声音说着。他的感觉一下子不好了，一个离异的女人有这么多电话，搞什么鬼名堂？而且，这次又是七八分钟。

章之浩立即决定走人，这种女人惹不起。等到那个女人再走过来，他果断地说，对不起，我有点急事要马上赶回公司。然后匆匆地走了。他听到那个女人轻轻地说，再坐坐嘛，不要焦急嘛。他没回答，心里愤愤地说，你娘的肠子，老子不是陪你来打电话的。

章之浩碰到这个不断打电话的女人之后，并没有灰心。那些资料，每天都会源源不断地有新鲜血液掺进来，供他挑选的机会太多了。这里不像小县城，翻来覆去只有那么几个。这里的女人像韭菜，一茬一茬地冒出来，自己像个菜农，仔细地挑选最好的菜。想到这个比喻，他禁不住笑了起来。

章之浩的运气还算不错。再来教堂时，还担心碰到那个手机老是响个不停的女人，谁知她已经不见了，这使他避免了尴尬。他又像上次那样，漫不经心地翻看那些资料，看着看着，一个叫张彩彩的女人跳进了眼帘。他开始大吃一惊，以为那个图书管理员也来到了长沙。哎呀，这两个女人长得多么像，而且，两人的年龄跟身高也是一样，一米六八，三十三岁，只是这个叫张彩彩的女人是技术员。

章之浩立即产生了见面的念头，服务台的妹子说，张彩彩女士来了，在那里坐着的。

章之浩赶紧交钱，慢慢地走过去。张彩彩一手撑着脸，在想着心事。她穿一身黑长裙，头发是栗色的，金耳环是精致的菱角形。他又怔了怔，还真以为是图书管理员坐在那里。她的长相跟打扮，几乎跟图书管理员不差丝毫，难道天下真有这么凑巧的事吗？他礼貌地打了个招呼，那个女人从沉思中惊醒过来，也礼貌地笑了笑，示意他坐下来。他没有想到，她说着标准的普通话，听起来舒服极了，像一股小小的清亮的山溪水，轻轻细细地、不知不觉地就流到了他心坎里。

章之浩问，你是北方人？她点点头，说，我从小在哈尔滨生活了十五年，然后来到了这里。两人各自谈了谈情况，这也是跟没有结过婚的男女不一样的地方，爱情在他们这里成了以后的事情，双方不再有盲目的冲动，以及火一般的欲望。像一块烧得通红的铁，放在水里淬了一下，已是冷处理过了。

章之浩晓得张彩彩是离异的，前夫在湘潭，一个崽也跟着前夫——这是他最为满意的，他害怕有个崽女在身边，说不定又像那个图书管理员，一连把五个荸荠都塞到女儿嘴里，似乎忘记了他的存在。有了王女士的教训，他坐了一阵，还是忍不住地问，你没有手机？张彩彩说，你要打电话？他笑着摇了摇头。女人说，我最讨厌那玩意儿了。我也是，我也是。他顿时高兴起来。谈完了各自的情况，两人聊起了各自的爱好跟兴趣。当张彩彩晓得他会拉小提琴时，兴奋地说，哦，真好。然后，她脸上又流露出不无遗憾的神色，叹息道，我从小也是想拉提琴的，可惜家里太穷了，买不起。

章之浩觉得，这一点在他俩的接触中，显得尤其重要，毕竟找到了一点共同的话题。也许是很久没有接触女人了，他竟然有一种不可抑制的冲动，又装出漫不经心的样子，说，那到我那里去吧，我拉琴给你听好吗？张彩彩的心理大约也跟他一样，很久没有跟男人来往了，起身说，好哇。他俩离开了教堂。

4

章之浩的房子只有十多平方米，从来也没有女人光顾过。房子里虽窄，却显得空荡，却又有点特色。他把房子刷了一遍白灰，床铺跟桌椅却一律是黑色的，四周白白的墙壁什么也没有，唯有一把黑色的琴盒，斜斜地挂在上面，墙角落摆着一台黑色的电视机。

章之浩自嘲地说，我这里是世界上最简陋的房子，你说是不是？她没有计较，说，我看很有特色。坐了坐，她叫他拉小提琴。他把琴从墙壁上取下来，摆开架势，拉了一曲《花儿与少年》。她拍着手说，真是拉得好极了，再来一曲吧。他又拉了一曲《梁祝》，张彩彩听得十分入迷，眼睛痴痴地盯着他，仿佛是进入了童年的那个幻想之中。他很喜欢看她那种入迷的神态，要不是时间太晚，担心影响四邻，他肯定还要多拉几曲。

章之浩然后跟她说话，时间已经不早了，张彩彩也没有要走的意思，他装出自然的样子说，你不要走了。她的脸红了红，点点头。他像听到了冲锋的命令，赶紧给她准备热水。洗漱一番，两人就在床上躺下了。张彩彩忽然问，你这里来过女人没有？他伸出一只手，指了指天花板，说，我可以对天发誓，你是第一个来的。张彩彩有点撒娇，叫他帮她脱衣服，当她一丝不挂地出现在他眼前时，他不由大为惊叹，真是巧了，她的身材简直是跟图书管理员从一个模子里出来的，皮肤嫩白，极富线条感。

章之浩没有说她很像自己的第二任妻子，担心说出来人家不高兴。到这时他似乎才感到，那个图书管理员，一直是他择偶的标准。那晚他俩像发疯一样，张彩彩总是不断地说还要还要。后来他都有点力不从心了。他气喘吁吁地笑着说，我投降，我投降，还令人好笑地举起双手。她却缠绵地说，我不准你说投降，我要你抵抗到最后。两人折腾了大半夜。她住在附近的县城，还要赶回去上班，所以清早就匆匆地走了。

章之浩那天去公司时，感到全身有一种被掏空的感觉，既轻快，又疲倦。刚到公司不久，张彩彩就打来电话，问他好吗，说了几句就挂了。他觉得，这日子很充实很甜蜜，在省城没有人牵挂他，如今终于有牵挂他的人了。张彩彩很有意思，每天要打四个电话，上午两个，下午两个。他问她有什么事吗，她说，没有，只是想你。两个人搞得像初恋一样。

章之浩如果晚饭没有应酬，两人就去买菜，动手做饭。张彩彩说，她终于有了一种家的感觉。他说，我也是。即使他晚饭有应酬，张彩彩也每晚赶来这里睡。他说，你这样太累了。张彩彩说，不累，能见到你，听到你的小提琴，疲乏就消失了。

章之浩像找到了知音。以前不论是那个图书管理员，还是那个会计，对于他拉琴简直是熟视无睹，连腔也不搭一句。尤其是那个会计，有时还说不要拉了，烦死人。那时候，他都是站在阳台上拉琴，一个听众也没有。加上心情不好，拉出来的都是愁苦或忧郁的曲子，现在他拉的都是轻松欢乐的曲子。他拉小提琴是半路出家，到县城才学的。由于他的悟性极好，拉出来很像是那么回事。

章之浩为了慎重起见，心想，虽然这个女人各方面都还令自己满意，但自己也不能太性急了，观察一段时间不迟。五个月过去了，他凭着自己的眼力，居然没有发现张彩彩有任何令他不满意的地方。他还是不提出结婚的事，他不提，她也不提，每天仍然来来往往。实际上她是很辛苦的，光在路上花费的时间，一个来回就要三个半小时。

章之浩劝过她不必每天跑，张彩彩却不听，撒娇地说，我愿意。他听了很感动。她还算是一个有点情调的女人，不时地买些精巧可爱的小摆设回来，小熊猫啦，小狗啦，装饰在桌子上或墙壁上。而且，她是在征求他的意见之后才去买的。她担心自己的举动会破坏小屋原来的特色，这也是令他满意的地方。

章之浩终于在六个月之后提出了结婚的事，当时张彩彩感动得流出泪来，紧紧地抱着他不放。他没有料到，张彩彩到这时才提出一个要求，要他把她调进省城之后再结婚。

章之浩一听，呆住了，怔怔地看着她，一句话也说不出来。他哪有这个能力呢？他在这个城市没有亲朋好友，也没有铁关系，哪是想调就能调的呢？如今不是还流行着一句话吗，你找人家办什么事都好办，就是不要开口说调动的事，就可见调动之难了。

章之浩果断地说，我无能为力。他一说完，发现她眼里流露出深深的失望。她说，你真的没有办法吗？他说，没有。然后她不说话了。就是从那个时候开始，张彩彩经常找借口说加班啦或开会啦，不再天天来他这里了。

章之浩当然明白这是她的策略，她慢慢地疏远他了，当然她间或还来电话。据他的判断，张彩彩对他是很满意的，心里也有一分不舍，所以打电话试探他，也更希望听到他下决心帮她搞调动。他每回都老实地说，自己没有任何办法。他听得出来，她在电话里感到十分失望。

章之浩也为之惋惜，他也是很爱这个女人的。

章之浩觉得，调动是个麻烦事，可以说是千难万难，他不想再给自己增添什么麻烦了。

章之浩还悟出一点，爱一个女人是需要能力的。他承认自己没有这个能力。他甚至觉得自己变得非常务实了，而这个张彩彩比他更加务实。

章之浩跟张彩彩的关系，随着她的电话渐渐减少，终于像断线的风筝消失了。

5

章之浩跟张彩彩分手之后，心情黯然，又无可挽回。他有好几次想打电话给张彩彩，说他下定了决心，一定要把她的调动搞定。他抓起电话，又犹豫地放下来。他不想骗她，也不想骗自己，没有这方面的能力就是没有，不必拖泥带水，以免弄到后面越来越麻烦。这辈子的麻烦事也碰到得太多了，也不想给自己添麻烦了。

章之浩的情绪低落了一段时间，大约一个月之后又去了教堂。他在跟张彩彩的事情上检讨了一番，说明自己还有疏忽的地方。比方说，当时为什么没有想到她调动的事呢？他告诫自己，如果再碰到一个令自己满意的女人，一定要首先提出这个问题。当然，如果不存在这个问题，是最好不过了。

　　章之浩走进教堂时，担心遇见张彩彩，那难免有些尴尬，却没有看见她，他觉得有点奇怪。从王女士开始，认识一个，第二次来就不见了，她们都到哪里去了呢？或许是有事情没来？还是又找到了对象？如果是又找到了对象，那真是神速。

　　章之浩站在柜台边翻看资料，负责登记的妹子似乎认识他了，像熟人样露出一口白牙，对他笑了笑，倒弄得他有点不好意思，自己像是厚脸皮的心术不正的男人，来这里寻花问柳。也像条件很差的屡屡被女人没看上的，至今也没有被女人看中。

　　章之浩不由得有了一点自卑，他明白自己的长相不怎么样。如果不是戴副眼镜，增添了一点文雅，简直像个土匪。他为"土匪"二字感到好笑。又想，我如果是一个真正的土匪也好，那我会把这里的女人一个不留地抢走。

　　章之浩想，真正跟自己般配的女人是可遇不可求的。所以，心态比前两次坦然了许多。他慢悠悠地翻看着，有时目光在某个女人的照片上停留片刻，然后又翻过去。有时他觉得自己又像一个检阅娘子军的眼光挑剔的将军，要从众多的女人里面，挑选出适合的女人，也不是一件很容易的事情。

　　章之浩的目光终于在一个叫黄曼丽的女人的资料上停住了。长相居然又跟图书管理员相似，眼里还荡漾着一丝媚气。年龄三十一岁，身高一米六七，丧偶，无小孩，小学教师。他顿时来了兴趣，自己不也是当过教师吗？如果相识了，还有不少共同的话题。他觉得自己的运气真不错，除了那个手机响个不停的王女士，张彩彩跟这个还不认识的黄曼丽，至少在长相上都接近于图书管理员，他喜欢这种类型的女人。

章之浩问黄曼丽女士来了没有，柜台里的妹子说，没有来。这让他有些失望。这个女人不像前两个女人那样恰巧在这里。这是不是不好的预兆？竟然一开始就这样不顺？

章之浩有点不甘心，在一张桌子边坐下来，或许现在还早，她还没有来，那么就等等吧。他要了一杯茶，四周看看，唯有他一个男人坐在这里，其他的都是女人。

章之浩的眼睛总是盯着门口，希望黄曼丽突然出现，他觉得，这有点像地下党接头样的，有一种神秘感。那些女人都各怀心思地坐着，邻桌有个女人不停地抽烟，似乎有一肚子不可言说的愁闷，烟火明明灭灭照亮那张焦虑而多皱的脸。他看见烟灰缸里东倒西歪地插满了烟屁股，很想提醒她不要抽了，再抽的话，会把脸上仅有的一点可怜的水分熏干了。

章之浩等了许久，也没有看到黄曼丽出现，心里有些不安起来。如果还有一个男人坐在这里，他也许不会显得这么不安，这有一种性别上的孤独感。他想在外面走走再进来，那条乱七八糟的小街，有什么可走的呢？万一她来了呢？万一被别的男人看中了呢？他有些矛盾。最后他大概为了平衡一下矛盾的心理，只是在大门口站了站，又进来了。

章之浩自己也不明白，为什么今晚能有这么好的耐心。大概他自己也没有意识到，是那个图书管理员害了他。她的形象在他后来的择偶活动中，已经形成了一种尺度、一个标准，也是一个起码的要求。如果跟它偏离太远，他就没有任何兴趣了。那晚上他一直等到关门，也没有看到黄曼丽来，就十分沮丧地回去了。

6

章之浩没有灰心，星期天晚上又来了。他相信只要有恒心、有耐心，这个黄曼丽一定能跟她谈上的。那晚公司有应酬去迟了一点，其实也不太迟，只有八点多钟。等他走进教堂，服务台那个妹子微笑着对他说，黄曼丽女士来了很久，我也跟她说了你的情况，刚才她又突然走掉了，好像是有什么急事。

章之浩感到一种极大的遗憾，说，她走的时候说了什么吗？妹子摇摇头。他想，大概像这个妹子所说的，她可能有什么急事吧。她又有什么急事呢？前夫死了，不可能再来找她的麻烦了吧，又无崽女，不可能病了要送医院吧，是不是她父母或兄妹病了呢？他坐在桌子边不断地猜测着。这时他忽然想起什么，哦，我真是太愚蠢了，在另一份密不示人的资料里，她肯定留下了电话号码。他匆忙扑向服务台，对那个妹子说，请你替我打个电话给她，好吗？妹子点点头，从抽屉里拿出另一份资料，查看她的电话号码，然后打了一个电话。这些号码都是保密的，那个妹子似乎对他很有好感，故意慢慢地撤号码，好像是有意让他晓得。他当然抓住了这个不可多得的机会，记下了号码，一个 BP 机号码。那个妹子说，对方回电话了会叫他的。

章之浩坐着耐心地等待。他骂自己太愚蠢了，又有点得意，调侃地想，这个"老特务"这下跑不掉了吧？都说婚姻要有缘分，什么叫缘分呢？这就是缘分。缘分就是那种不可多得的东西，就是那种似乎失之交臂最终又柳暗花明的东西。

章之浩的眼睛望着服务台，盼望电话响起来，或者听见那个妹子叫章先生。他整整等了一个晚上，也不见那个黄曼丽回电话。这是怎么回事？难道她出了什么事情吗？按说，再有事也得回个电话吧。

章之浩离开教堂时，还不舍地看一眼那部沉默的电话，心里不无遗憾。那个妹子也替他感到遗憾，轻轻地叹口气，望着他沮丧地走出大门。小巷里灯光黯淡，没有什么人，只有他跟那些女人们一个个孤身地走着，没有一对结伴的人。

章之浩那晚上有点失眠。他总是在猜测，这个黄曼丽为什么不回电话？想着想着，最终还是迷迷糊糊地睡了。

章之浩看见黄曼丽很快又回到教堂，而且两人像在三百年前就相识了。他问，你刚才哪里去了？为什么不回电话？有什么急事吗？他一连把几个问题提出来。黄曼丽听他说完，居然大笑起来，那种毫无顾忌的笑声，在高而空旷的空间回荡，引得许多人惊讶地朝她望去。他示意她小声一点儿，这是在教堂。黄曼丽却没有一点收敛，依然如故。他好不容易才让她的笑声小下来，把她按在座位上，仍然提出那三个问题。黄曼丽的眼睛盯着他，用一种伤感的口气说，对不起，我已经找到一个称心如意的男人了，对，就是刚才，对，就是这么快。她说，你晓得我为什么还来见你吗？是我有一种感觉，你如果不看到我，你会一直等下去的，我不忍心。当时回电话也不方便，他守着我的，所以，我找了一个借口来告诉你。他焦急了，说，我俩是很有缘分的。她小声地说，可惜你来晚了一步，对，就一步。说罢，又匆忙地走了。他突然生气地大叫，你不能走，不能走。其实他还想问一个问题，既然如此，那你进来时为什么大笑呢？

章之浩惊醒过来，才发现是个梦。浑身的汗水把衣服也浸透了。他认为，这个梦是一个不好的预兆。忽然，又想起小时候听老人们说过，梦是反做的，有的则无，无的则有。心理上又有了一丝安慰。他想，可能是好事多磨吧，她不回电话总是有她的道理，不然为什么不回呢？不然把BP机号码留在个人资料上做什么呢？

章之浩上午到了公司，还在想着这个问题。看办公室一时没有人，就试探性地打她的BP机。心想，今天她不可能不回电话吧？

章之浩泡了杯茶，静静地等待着。窗外大街上的嘈杂声对他没有任何影响，他死死地盯着桌子上的红壳子电话，猜测她的BP机这时一定响了，她从包里拿出来看了看，然后在路边找电话，然后开始拨号。丁零零——电话果然响了起来，他高兴极了，以最快的速度抓起话筒，喂喂，哪位？对方是个粗沙声音的男人，问是广告公司吗？他极为失望，原来是客户要做广告。他担心会占线，急忙耐着性子客气地打发了对方。又耐心等待，她却一直没有打来电话。

章之浩暗暗惊呼，这真是奇怪，他娘的到底是怎么回事？难道她的BP机号码是假的吗？那她留在资料上又有什么意义呢？他十分扫兴，甚至还有点气愤，这不是故意耍人吗？他又打了一次BP机。心想，如果再不回话那就算了，她还是没有回话。

他苦笑起来，叹息道，这世界真是蛮有意思嘞。

7

章之浩没有放弃这个神秘的黄曼丽，尽管有些犹豫，却还是斗不过自己的好奇心。所以，他又去了教堂。他扫了一眼，里面没有黄曼丽，难道她再不会来了吗？终于，他深深地失望了。在这个世界上，似乎唯有黄曼丽才是最适合他的，他还是心存一丝希望。

章之浩的这番苦心没有白费，他终于等来了黄曼丽。一个小时之后，她竟然出现在门口。他一眼就看出来了。没有错，一定是她。他高兴得要跳起来，恨不得奔跑过去，把她紧紧地搂住。当然他没有这样做，这些举动过于莽撞，也很冒失，也不是他这个年龄的所为。看来她跟那个妹子很熟悉，两人在悄悄地说着话，那个妹子可能说了他吧，还朝他这边指了指。她笑了笑，翻了翻资料，想了想，就朝他走了过来。他俩真的像他在梦中见到的那样，好像认识了很久，彼此之间居然没有那种陌生感。

章之浩觉得她比相片还要漂亮，眼角泛出那种媚气。他高兴地给她点了茶，说，你的 BP 机怎么啦？我打了好几次，怎么不见你回话？他首先要解开这个谜。她微笑着说，哦，对不起，我的 BP 机丢了，怎么也找不到，今天下午又找到了。她高兴地拿出 BP 机晃了晃。

章之浩说，哪里找到的呢？她说，不知怎么丢到资料室了，资料室是她保管的，没有人能进去，她没有想到会丢在那里。

章之浩说，那你看看吧，上面有好些电话都是我打的。她看了看，说，是的，真是对不起。她忽然问，哎，你怎么晓得我的BP机号码呢？他嘿嘿地笑起来，有点不好意思。她没有追问，也笑了笑。她穿着绿毛衣，很端庄，烛光在她的脸上飘浮着。

章之浩说起了这几天的事情，从她那天急匆匆地离开说起，还说了那个梦，还说了他的种种猜测。说得黄曼丽低低地笑，有点感动地看了他一眼。她说，都是这只该死的BP机。

章之浩说，看来我们还是有缘分的，当然这跟我的执着还是有点关系的。他不失时机地自我表扬一下。看来她同意他的说法，点了点头。他俩接着问了问各自的情况，他晓得她的那所学校就在附近，不存在调动的问题，不由暗暗地松口气。当她晓得他在广告公司时，眼睛一亮，说，那好哇。她可能以为他是公司老板。他看出了她眼里的那种意思，说，我在公关部。他没有说自己的职责就是陪酒，让客户把单子签下来。她又说，那也不错嘞。

章之浩说，哎，我俩换个地方谈怎么样？她说，可以。她说，你说去哪里？他想想说，去我房里吧。她犹豫一下，说，那不太好吧？他说，这有什么不好的？走吧，走吧。她起身跟着他走出来。

章之浩顺便在路上买了些水果，走进房子，黄曼丽站在门口，眼里难以觉察地飘过一丝失望。他没有发现这个细微的表情。黄曼丽似乎对挂在墙上的小提琴并不感兴趣，后来她的眼睛一直盯着电视机，慢慢地吃着他削的梨子。他也似乎感到气氛有点不对头，不像跟张彩彩在一起愉快。再者，她话也不多，跟刚才她在教堂的表现截然不同。

章之浩想，这大约是女人跟女人不一样吧。他想把气氛调节一下，说些好笑的趣闻。她只是微微一笑，没有一种爽朗，更没有一种开怀大笑，像是有沉重的东西压在她心上，不让她大笑起来。所以他俩一直那样坐着，他说得多，她听得多。他觉得要把这种气氛调动起来，真是孤掌难鸣。黄曼丽也没有要走的意思，他给她准备热水，她却说，我要走了。他望着她很失望，尽力地挽留，她却不肯。她说她还是走，反正离她家又不远。说罢，就走了。

章之浩没有想到是这种局面，这个女人似乎有什么心事，又不愿意说出来。她肯定心里有事，不然不可能这么沉默。他准备第二天问问她。

8

章之浩第二天在公司打她的BP机，她一下就回话了。他说，你好像有什么心事吧？可以对我说说吗？她沉吟一阵子，说，看来我俩还是没有缘分。他着急地说，为什么？她说，我昨晚没有对你说，我男人是患尿毒症死的，欠了十五万，现在还没有还清，还有十四万，我本来以为你……她说到这里就没有往下说了。

章之浩顿时明白过来，黄曼丽是急于找一个有钱人，只有这样才能把债还掉。他底气不足地哦哦地听着，说，原来是这么回事。放下电话，他脑袋蒙了。也就是说，他如果想跟黄曼丽继续谈，十四万是一个起码的条件。怪不得昨晚她不太吱声，那样简陋的房子是持有十多万的人住的吗？

章之浩后悔不该带她去自己的房子。想想，又认为迟带不如早带，没有钱就是没有钱，不必隐瞒。当然他还是感到遗憾，如果黄曼丽不存在这个问题，那该多好。张彩彩是要调动，黄曼丽是要钱，这两样都是他的能力所不能达到的。如果下次还碰上要房子的，那他显然又不能达到对方的要求。想到自己所要求女人的，再想想女人所要求他的，简直像南辕北辙一般可笑。她们的要求都是很大很大的问题。比如，要还一笔巨款，比如，千难万难的调动。而自己是为女人的粗暴、女人的不细腻、女人的啰里啰嗦与之离婚的。相比之下，像一条小溪跟大江大河比较。有人说，女人是精神的，男人是物质的。他认为没有道理，至少碰到的这两个女人就不是。

章之浩有点后悔跟图书管理员和会计分手，前者不就是给她的女儿削了五个荸荠吗？那又有什么可计较的呢？又有什么可大惊小怪的呢？你想吃，拿刀子削几个不就没事了吗？她也是看见女儿太喜欢吃了，就一个劲地削吧。后者呢，不就是拿着计算器啰里啰嗦吗？作为家庭主妇，这又有什么可指责的呢？这就是过日子，这就是家庭的日常生活。你可以装着听进去了，唔唔地听着，其实左耳朵进右耳朵出不就行了吗？甚至那个爱打手机的王女士，她电话多又值得什么嫌弃的呢？再说现在是信息时代，不就是你电话来我电话去吗？省时省力嘛！仔细想，这都是不足挂齿的小事，都是可以理解也能容忍的小毛病。其实哪个人没有毛病呢？你没有毛病吗？细细一想，也有不少的毛病嘞。睡觉打呼噜，心胸不是那么开阔，不喜欢麻烦，性格也不是很开朗。数一数还真不少。还有，为什么非得以图书管理员为标尺找女人呢？这不也是毛病吗？这不也是一个陈旧的心理定势吗？

章之浩还算是能自我检讨的男人。你一无所有，你的要求却还很挑剔。

章之浩那天没有应酬，下班之后在小酒店坐下来，一边慢慢地喝酒，一边清醒地梳理着这些年来的感情脉络，以及自己性格上的毛病，不由生出了自责，心情有些黯淡。自己以前对那些女人的挑剔，现在想来实在没有多少道理。他为之感到有些愧疚跟后悔，脸上浮起灰色的神情。

章之浩喝到很晚才回家。在寂静的街道上，他孤独地走着，默默地流下了眼泪，连他自己也不明白这究竟是为什么。

9

章之浩好像经过一次残酷而无情的洗礼，再一次走进教堂。也是奇怪，那个叫黄曼丽的女人没在，这又一次避免了那种尴尬。服务台的那个妹子礼貌地说，章先生来了。然后把那些资料递给他。对于他屡次来这里，那个妹子没有感到一点儿奇怪，她见过的事情太多了。在这里面，肯定发生过许多稀奇古怪的故事。这些故事，已经让她见怪不怪了。

章之浩翻看着资料，他看中一个长相一般的女人，叫江倩，三十五岁，一米六高，有个女儿，职业是工人，离异，有住房。他问那个妹子，叫江倩的女士来了没有。妹子指着一张桌子说，坐在那里嘞。

章之浩走过去，小声地说，江倩女士吧？那个身材微胖的女人站起来，微微一笑，点点头。两人坐了下来。

章之浩这回总是说自己没有房子，也没有存款，在省城也没有关系。他在广告公司，也不是老板。说到底，自己是一个彻头彻尾的无产阶级。她听着听着，笑了起来。他问，你笑什么？江倩说，你很坦诚。她说，我对男人的要求并不高，安分守己就可以了。她说，我也是个很坦诚的人，我前夫就是乱来，赌博啦，玩女人啦，后来杀死人，枪毙了。刚才你所说的一切，我都不会计较的，我有房子，你可以住我那里，至于钱，我想够用就行了，我所在的那家工厂还马马虎虎过得去。

章之浩有点兴奋起来，江倩没有像张彩彩、黄曼丽提出他无力做到的事情，就连房子也不要他操心。真是从天上掉下来一个省心省力的林妹妹。虽然她没有图书管理员、张彩彩、黄曼丽漂亮，甚至连那个会计也比不上，但还过得去。尤其是笑起来，脸红得像熟透的柿子，令人有一种温暖感。

章之浩说，今晚到我那间小房子去坐坐？江倩说，下次吧，明天是星期天，我们去公园好吗？他同意了。

章之浩第二天上午九点半准时站在公园大门，却没看到江倩。他耐心地蹲在一边，看着那些来来往往的游客，一点儿也不急躁。江倩带着女儿十点多钟才姗姗来迟，她抱歉地说，让你久等了，这是我女儿，叫姗姗。他笑了笑说，没关系。然后叫一声姗姗。她让女儿叫叔叔，女儿叫了一声。姗姗大约十一二岁，也有点胖，很像她妈妈。他立即去买门票，又买了饮料、开心果。三个人走进了公园。

章之浩来省城的时间不短了，却没有来过公园。所以，也想趁这个机会看看。江倩的女儿哪里也不愿意去，一定要坐碰碰车，所以他们去了游乐场。姗姗不要他们坐在一起，非要自己坐一部，章之浩只好跟江倩站在一边守着。场子里不断传来大人小孩的惊叫声，以及碰碰车的隆隆声，嘈死人。看一阵子，章之浩说，我们走走吧。他想离开这个嘈杂之地。她却不肯，不放心地说，万一女儿碰着了呢？他觉得她说的也有道理，不再提出走走了。江倩的女儿真是没完没了，碰碰车规定十分钟一次，她居然要连坐六次，那就意味着要等一个小时。他居然也很有耐心了，扶着栏杆偶尔跟她说说话，或看着碰碰车在惊心动魄地撞击着，就大声惊呼起来。

章之浩心想，姗姗坐完碰碰车总会四处走走吧，他却完全想错了。好不容易等到江倩的女儿坐完碰碰车，姗姗大叫累死了，再不肯走了，说要找个地方休息。他们就坐在茶馆歇着。

章之浩喝着饮料，姗姗也喝着饮料，江倩什么也没有喝，忙不迭地替女儿剥开心果，剥一粒就塞到女儿嘴里，桌上白色的壳子越来越多。江倩对他说，你买开心果买对了，姗姗最喜欢吃了。也不知是忘记叫他吃了，还是只顾着女儿，江倩没有递一粒剥了的开心果给他。

　　章之浩陡然感到历史开始重演了。图书管理员不是一连削了五个荸荠给女儿吃，自己就跟她离婚的吗？如果跟江倩相比，图书管理员的所作所为又算得了什么呢？岂不是小巫见大巫吗？按照他以前的脾气，也许早就走了。现在的他也不知为什么，居然没有脾气，还不断地说，姗姗，好不好吃？江倩说，你不晓得，姗姗最喜欢吃开心果了。他说，那好，我以后就买这个给她吃，姗姗好不好？姗姗说，好。

　　章之浩一点也没有责怪江倩太惯肆姗姗了，想想，这算什么呢？她男人不在人世，跟姗姗相依为命，对姗姗娇惯一点也是可以理解的。不就是几粒开心果吗？又何必跟她计较呢？老子想吃的话，买一箱吃个饱。那天当江倩母女去他的房子时，他又买了十包开心果，让江倩两手不停地剥给姗姗吃，吃得姗姗最后摇摇头说，吃饱了。江倩这才停手，居然没有说手都剥酸了。

　　章之浩说，我拉小提琴给你们听，好不好？江倩跟姗姗反对说，要看电视，正在播放的连续剧最好看了。他打开电视机。

　　章之浩在街上请她母女吃午饭。江倩说，她家不远，请他去坐坐。他跟着去了。江倩的房子是三室一厅，家里很整洁。他猜测姗姗累了，肯定要睡午觉的，那他就可以跟江倩说说话了。姗姗却一点儿也没有午睡的意思，一直坐在沙发上看电视。而且眼里开始有了一丝警惕，不时地看他一眼。这种警惕的眼光，在他没有来她家时是不曾出现过的。这使得他浑身不安起来，姗姗似乎害怕他把她妈妈夺走了，也似乎怀疑他是不是个好东西。这是一种不能令人容忍的目光。当然，他马上就原谅了姗姗。她曾经有过一个那样的爸爸，让她家名誉扫地，叫她们抬不起头来。如今妈妈要给她找一个新爸爸，她不能没有这份警惕性。

章之浩的忍受力变得空前地好，他一直是微笑着的。江倩不断地跟他讨论电视连续剧里的人物，说那里面的悲欢离合，有时说着说着，她眼睛居然湿润起来。他觉得她是一个心软的女人。而且江倩也没有提出过任何条件，这使他感到非常轻松。

章之浩本来准备观察一段时间，没有想到江倩首先提出结婚。他俩相识已有不短的时间了，竟然连床也没有上过，这令他感到不可思议。也许是条件不允许吧，江倩跟他在一起时，总是把姗姗带在身边，姗姗像她的贴身警卫。有时他也有些恼火，只是在心里恼火罢了。想想也是，她们不得不对他有所提防，不得不对他有所考察，如果又碰到像她前夫那样的男人，这个家又会遭遇灭顶之灾。有几次趁姗姗上厕所时，他还是忍不住说了，说我俩连亲近的机会都没有呢。江倩说，你们男人都是这样，急不可耐，急什么急？我迟早是你的。说罢脸红了，低下了头。他又觉得，这种感觉也不错。

10

章之浩认识江倩四个月后就结婚了，他退掉了那间小房子。令他高兴的是，姗姗毕竟还是不错的，也不再对他有任何警惕了。只是他没有料到，江倩不仅叫他把每月的工资全部交出来，而且居然跟那个会计一样，每晚等到姗姗去做作业了，就拿出小计算器，一笔一笔地算账给他听，甚至比那个会计还要细致。算完账，还要在本子上一笔一笔地记下来，还非得让他过目不可。到月底，又要算一次总账。

章之浩没有感到厌烦，一边看电视，一边很有耐心地听她说，并且不停地点着头。有时她算错了，他还提醒她，说你算错了嘞。她不好意思地笑起来，说，是错了，是错了。又揿计算器重新算一遍。她不要他做家务事，她说，你只要安分守己，我会把你像供菩萨一样供着的。

章之浩感受到一种家庭的温馨。其实家庭的温馨，就是由啰里啰嗦油盐柴米锅碗勺瓢组成的。他还想，在省城老子终于有个安身之地了。每天想完这些，他就闭上眼睛安然地睡觉，鼾声如雷。另外，江倩跟姗姗不喜欢听他拉小提琴，所以他再没有拉过小提琴了。那把小提琴静静地躺在床铺底下，连他自己也渐渐地忘记了。

父亲的回忆录

> 我是一九二三年九月十六日（农历八月初六）出生于湖南省新化县白溪镇的一个农家……
>
> ——摘自《我的回忆录》

徐晓鸣的父亲写了一部回忆录，是八十六岁那年写的，计十万余字。

当父亲打电话告诉他时，徐晓鸣感叹不已，也十分钦佩，父亲学的是机电专业，从来也没有写过这类东西，再说身体欠佳，没想到竟然写出了回忆录，而且是煌煌十万言。

当即，徐晓鸣高兴地说，爸爸，你真是了不起。

父亲笑了笑，哎，你下次回家帮我看看好吗？

徐晓鸣说，一定，一定。

春节回家，徐晓鸣捧着厚厚的稿子，又是一阵感叹，父亲的字迹十分工整，根本看不出这是出自八十六岁高龄老人之手。更为可贵的是，许多年过去了，回忆录中所述说的大小诸事，包括年月日，包括地点，包括具体内容，包括许多数字，竟然清清楚楚，一丝不苟。章节上也很清晰，回忆录共分为四大部分，爷爷奶奶一个部分，外公外婆一个部分，父亲的兄弟姐妹一个部分，最后，是徐晓鸣六个兄弟姐妹一个部分。读着读着，徐晓鸣不禁泪流满面，轻轻抽泣。尤其是读到许多亲人先后悲惨地死去，徐晓鸣的情绪更是难以自制。远的就不说了，只说老五的死吧，老五是一九六一年饿死的，才八个月，徐晓鸣当时已有十岁，至今还有深刻的印象。那天下午，他看见睡在床上的老五嘴巴忽然流血，鲜血像一条细小的红蚯蚓爬出来，他一声尖叫，娘老子快来，老五出血了。母亲匆忙赶来一看，抱着老五呜呜地痛哭。当天下午，老五就落了气，身上包着一层厚厚的灰布，像一只巨大的蚕蛹，静静地躺在冰凉的门板上。父亲在回忆录中这样写道，由于营养缺乏，条件极差，老五不到八个月就夭折了，我有负于他，心存内疚，无以复加。

当看到关于大姐去世的那段文字时，徐晓鸣竟然大哭起来。

大姐是医疗事故意外致死的，终年六十二岁。大姐在徐家的作用，是无人可以替代的，在徐家最为困难的漫长岁月中，加之父母遭受批斗和关押，是大姐勇敢地挑起了大梁，以致挨到三十三岁才嫁人。出嫁之后，仍然一如既往地照顾弟妹们，好像她没有出嫁，还在尽力地支撑这个风雨飘摇的家庭。父亲在回忆录中写道，老大不幸死于手术台上，噩耗传来，全家震惊，悲痛万分。如今，她虽然不在了，但在全家人处境危难的时刻，她曾经所给予家中的援助，是全家人永远不能忘记的。

大姐是电池厂的工人，脸上总是挂着坚毅的神色，无论在何种困境之中，她单薄的身子都流露出一种压不垮的韧劲，给徐晓鸣印象最深刻的是，出嫁前后的大姐每次回家，手里都提着一个鼓鼓的蓝色布袋子，里面装着蔬菜，或几块黄糖，或几块腊豆腐，或半斤橘饼，或药胶布，或手套和肥皂，或一个灯泡，还有省下来的粮票，等等。大姐简直像个魔术师，把东西一样一样地变出来，让弟妹们发出声声惊叹。

徐晓鸣读罢回忆录，对父亲非常佩服，内心很震撼，父亲的叙述，竟然是这样简洁而清晰，极富有感情，记忆力也是如此惊人。徐晓鸣赞叹不已，对父亲说了自己的感受，又说，爸爸，不说别的，你记住了这么多的往事，也是很了不起的。父亲淡淡地笑笑，说，我又不是神仙，你不晓得吧，这么些年来，我都是写日记的，不然，哪里又记得这么清楚呢？父亲说，他写日记也是被逼出来的，由于是地主家庭出身，多年来抬不起头，自己又是"臭老九"，极为担心有什么过失，尤其担心人家无中生有，栽赃嫁祸，所以，就开始写日记，无论是家中的大小诸事，还是工作甚至挨批斗，他都有完整的记录，这样，就不怕别人信口雌黄了，当然，即使这样，他也没有逃脱厄运。

　　春节那几天，父亲没有对其他崽女说写了一部回忆录，徐晓鸣也没有说，他想，现在还没有编好，不说也罢，反正以后装订成册，每人都会有一本的，到时候，再让弟妹们有个惊喜吧。

　　回到省城，徐晓鸣开始编辑父亲的回忆录，他排除一切干扰，推掉许多的应酬，躲在书房静心修改，其实，真正需要修改的地方并不多，无非是改掉一些错别字，还有规范标点符号和数字而已，他决定保持父亲的原始文字，他觉得唯有这样，才能显示出回忆录的真实原貌。徐晓鸣认为，其实，自己是在读一部家族史，在读家族中的欢乐，读时时浮现在文字中的苦难。

　　当然，有的地方他不得不改动。

　　比如父亲写到徐晓鸣时，用了"著名历史学家"的头衔，徐晓鸣毫不犹豫地删掉"著名"两字。父亲在介绍徐晓鸣的著作时，甚至连每本书的书名、出版时期，以及出版社都一一地写了出来。徐晓鸣觉得没有必要，太占篇幅，也过于显眼，改成"至今已出版《万历十五年再考》等十二部书"。他还把获过多次学术奖和图书奖的内容删掉，还把"多次获过优秀教师奖"也删掉了。另外，他还把"谷地（徐晓鸣的崽）以680分的高分考入清华"的字眼划掉，只写谷地于某年考上清华。在徐家兄妹的后辈中，唯有谷地很会读书，小学和中学都跳了级，本来大学也是可以保送的，但谷地觉得那所大学不太理想，要坚持参加高考。而徐家其他的后辈，不是上大专就是读中专，为此，徐晓鸣还找过不少的关系，才得以让他们勉强进了学校，倒是谷地根本没有让他操过心。回忆录写到徐晓鸣的老婆时，其中有这么一段话，"二媳妇聪明能干，曾任省文化厅艺术处处长、副巡视员，现已退休在家，她是徐家为官最高的人"。徐晓鸣则改为"二媳妇曾供职于省文化厅艺术处，现已退休在家"。当然，关于徐晓鸣当年和老婆闹离婚的风波，父亲竟然也有详尽的叙述，徐晓鸣看到这里时，不由会心地笑了，没有改动一个字，他觉得这样很好，还是要尊重父亲，尊重历史。

徐晓鸣兄弟姐妹六人，他是老二，大姐已去世。老三是弟弟，初中毕业之后插队，后来招工到机械厂当钳工，早已下海开了一个家具店，赚了点儿钱，算是徐家富裕一点儿的，他老婆原先在水泥厂，已被厂子用两万多块钱买断工龄，回来帮着看店铺，崽叫明秋，好不容易进了一所不起眼的大学。老四是妹妹，现已退休，曾经是矿灯厂的工人，妹夫也是这个厂的退休工人，崽叫国华，读完中专，现在网吧打工，其家境很是一般。老五早已去世。老六是个高中毕业生，招工在灯泡厂当工人，后来厂子倒闭，被私人老板买走，他和许多职工一样，仅一万块多钱就被买断了工龄，至今无事可做，离过婚，现在和一个叫姚玉花的女人同居，两人天天打麻将，有个女儿叫吉子，中专毕业，工作在酒店、酒吧和超市之间不断地变动，在每个地方打工的时间绝对不会超过半年，其家境也很是一般。相比之下，徐家唯有徐晓鸣算是有出息一点儿，作为一个著名的历史学家，间或有新的观点问世，是个常见于媒体的出镜人物。当然，徐晓鸣的条件不错，也没有忘记接济弟妹们，时有汇票寄到他们的手中，也不忘那个老姐夫。

　　父亲作为一个老知识分子，自然看重的是老二，当然，这也不排除老人的虚荣心，父亲始终认为，只有老二给徐家挣了脸面，无论是社会地位，还是成就与名声，抑或经济条件，都是首屈一指的，也是无法否定的。虽然老三在经济上比较宽裕，但也仅仅是相对于那两个弟妹而言的，况且，老三很抠，把钱看得太重，在这个方面，徐家人都领教过的，亲人们去买他的家具，不说相送吧，竟然不打一分钱折扣。所以，在父亲看来，这些崽女就显得很平淡了，父亲的嘴上经常挂着的是老二，似乎把其他的崽女忘记了。徐晓鸣曾经多次说过父亲，让他少夸赞自己，以防引起弟妹不悦，父亲却很固执，大声地说，我是做老子的，我想夸谁就夸谁，你是值得我夸的，他们值得吗？哼。父亲的目光很尖锐，手往门外一挥，仿佛在扫除什么障碍物。所以，徐晓鸣在编辑父亲的回忆录时，还是十分慎重的，没有改动其他兄弟姐妹的文字，也不便改动，只改动了关于自家的那些文字，就是想尽量低调一点儿，不要出现那些刺激性的字眼，以免引起弟妹们的反感。

　　徐晓鸣之所以慎之又慎，是他曾经领教过弟妹们的厉害，多年前发生的一件事，至今让他记忆犹新。

　　有一次，父亲从老家回来，带回一套新修订的徐姓家谱，按照家谱的体例，在家谱的前面部分，逐一介绍徐氏家族在社会上有一定影响的人物，其中，自然也介绍了徐晓鸣。这应该是没有什么错的，要说有错，也是家谱编委会的错，与徐晓鸣无关，况且，他本人根本就不晓得。当时，老三拿着家谱在看，看着看着，粗黑的眉毛忽然皱起来，惊讶地说，哎，家谱前面怎么只介绍老二呢？我们怎么没有呢？然后，财大气粗地哼了一声，不满地把家谱拍在桌子上。其他弟妹一听，脸色也阴沉起来，争着翻看家谱，越翻眉毛越皱，似一条条生病的毛虫，又好像在举行皱眉毛大赛。然后，又很不满地瞟瞟徐晓鸣，好像暗示他主动交代其中内幕。

当时，徐晓鸣不便解释，意识到越解释越会坏事，当然也没有生气，他们不懂家谱的体例和要求。要说尴尬吧，徐晓鸣还是有的，目标都对准了他，好像是他自己偷偷摸摸地写上去的，或是强烈要求家谱编委会介绍自己的，徐晓鸣赶紧借口去了厕所，让他们在背后大发议论。

徐晓鸣从厕所返回，料想弟妹们的怨气已消，谁知刚走进来，老三竟然兴师问罪，涨红着脸，说，老二，这是不是你要人家写上去的？

徐晓鸣一惊，说，我哪里会做这样的事呢？

老三愤怒地把烟屁股往地上一丢，说，你不会？你说你赞助了多少钱？我也可以赞助。

老四和老六也纷纷地质问道，是呀，你说你给了多少钱？

徐晓鸣终于忍无可忍，生气地说，我如果给了一分钱，我不是徐家后代。

那天吃饭时，老三他们相互敬酒，谈笑风生，故意冷落徐晓鸣，酒杯都不跟他碰一下，让徐晓鸣尴尬不已。

其实，家谱前面部分介绍谁，或不介绍谁，都是由家谱编委会决定的，连徐家父亲都没有这个权力，更不知情。所以，徐晓鸣回省城前，诚心地对父亲说，请老人向弟妹们解释一下，免得造成不必要的矛盾，他实在不愿意兄弟姐妹之间为此事恶语相向。

后来，父亲说他已经向他们解释过了，父亲为此还发了脾气，指责老三他们简直是无理取闹，是小人之心，太冤枉老二了。还说，老二毕竟有修养，不与他们计较，不然，免不了吵闹的。即便如此，徐晓鸣与弟妹间的隔阂，一直没有消除。其实，即使没有这种事，老三他们对徐晓鸣也有意见，这在于徐晓鸣的社会影响日益增加，人家对老三他们总是说，你家老二怎么怎么样，让老三他们不仅没有感到一丝自豪，反而觉得羞愧和自卑，加之父亲嘴巴上总是挂着老二，老三他们的心理上就更为复杂了，恨不得没有这个老二。以致多年之后，老三还愤愤地说起家谱一事，说老二把自己写在家谱的前面，这个搞法像什么样子？这不是自吹自擂吗？徐晓鸣简直哭笑不得，真想大闹一通，又觉得自己毕竟是兄长，不必跟他们一般见识。他又问过父亲，你到底跟他们解释过没有？父亲说，怎么没有解释？我说过好多次嘞，我还骂过他们狗屁不懂。父亲很无奈，叹气地说，同是父母所生，怎么差别这样大呢？当然，徐晓鸣深知，即使父亲解释过了，也是不可能消除这个矛盾的。

徐晓鸣腾出时间，集中精力编完了父亲的回忆录，然后，用快件寄给父亲。上次回家时，父亲还说过，他还要挑些相片放上去。徐晓鸣笑着说，好，那就是图文并茂了。父亲的要求并不高，不需要印刷，说只要打印出来装订成册就可以了，搞一百本，还要送给老家的亲戚们。徐晓鸣说，这没有问题嘛。

第二天，徐晓鸣打电话问父亲收到没有，父亲说，收到了，收到了。

父亲高兴地说，你编得很不错嘞，只是有个问题，你怎么把关于你家里的一些内容删掉了呢？

徐晓鸣说，那些内容没有什么意思吧？

父亲沉吟片刻，说，老二，我懂你的意思，那好，就按你删改的内容写吧。

徐晓鸣想，回忆录只要装订成册就可以了，这也太简单了，老六的女儿吉子会打印，父亲也说过要让吉子打印的，那么，这部回忆录很快就会出来了。这也是父亲有生之年最后的一个心愿，作为后辈，他们理所当然要尽量地满足他。

令他没想到的是，一个多月之后，父亲突然来电话，气愤地说，老二，真是气死我了。

徐晓鸣疑惑地问，什么事惹你老人家生气了？

父亲说，老三听说我写了回忆录，把稿子拿走了，说他要看看。

徐晓鸣说，你让他看看吧，这有什么关系呢？

父亲说，他哪里是看？他也不征求我的意见，就大刀阔斧地改，改得一塌糊涂，他还说，叫我要手板手心一样看待，你说，我怎么没有手板手心一样看待呢？

父亲叹气地说，老二，你劝劝他吧，不要改动我的。

徐晓鸣说，你对他说不就行了吗？

父亲说，我说他不听嘞，恼火死了。

徐晓鸣想，我说他未必会听我的吗？

徐晓鸣又问，老三改了些什么内容？

父亲嗞嗞地出着气，说，你听着，老三把他的崀明秋从小学到大专获过多次奖，不论是学校颁发的，还是年级颁发的，或是班上颁发的，都写了上去，连什么体育的、音乐的、劳动的，都全部写上去了。哦，他还添加了这样的内容，说他是徐家兄妹中最富有的。哎呀，你看这个老三，手上有了几个小钱，就不知天高地厚了。还把获过税务所和工商所的什么奖也写上去了，还有区个体户协会颁发的奖，甚至连顾客的表扬信也写上去了。哦，还有，他获得过区里钓鱼协会的奖，以前在车间当过五次先进工作者也写上去了。哎呀，写就写吧，也不必把每次获奖的年月日，也写上去吧？哦，他还把他老婆获过街道的表演奖也添上去了，总共加了十五页纸。哎呀，他写就写吧，怎么不概括性地写写呢？

徐晓鸣唔唔地应着，隐隐地感觉到麻烦来了，他听得出来，父亲为此很是懊恼，答应父亲对老三说说。其实，徐晓鸣是很有顾虑的，事实明摆着，老三是非常计较这些光荣历史的，不然，怎么会连汤带水添加那么多的内容呢？既然如此，他就更不想制造与弟妹们的对立情绪了，为这样的小事，让亲人间的矛盾加剧，又何苦呢？所以，他只给老三发了条信息，小心翼翼地说，老弟，我明白你是一片好心，我们还是尽量不要改动父亲的文字好吗？老三却气呼呼地回信息说，你以为是我想改动吗？回忆录是要传下去的，是要昭示后代的，而爸爸写的这个东西，包括逻辑、语言、技巧都很有问题，不改动是万万不行的。徐晓鸣一看，啼笑皆非，如果有问题，难道我一个堂堂的大学教授还看不出来吗？当然，这个话又是绝对不能说的，老三既然用这种冠冕堂皇的说法，他得谨慎一点儿才是。

总之，徐晓鸣明白，父亲很想早日看到回忆录装订成册，这种激动和兴奋的感觉，跟自己希望新书早日出版的心情无异。他又隐隐地预感到，父亲的这部回忆录，势必会引起连锁反应，下面还有两个弟妹，他们难道不会删改或添加吗？他们难道会就此罢休吗？那么，如此一来，回忆录的装订成册将会遥遥无期。

当然，徐晓鸣很不希望看到这样的局面。

所以，在那段日子，徐晓鸣害怕听到父亲苍老的声音，那肯定是一种遥远的生气的声音。父亲年轻时的脾气十分暴躁，出身不好带来的压力，让父亲感到十分压抑，加上沉重的生活担子，所以，小时候，父亲对崽女们的管教极其严厉，即使是邻居的细把戏欺侮他们，父亲也要毫不讲理地对他们大打出手。徐晓鸣清楚地记得，有一次，父亲脾气来了，竟然把老三一脚踢出门外，真是惊心而可怕。现在，父亲老了，崽女们大了，尽管他偏爱徐晓鸣，而面对老三他们，虽然心有不满，但更多的是有了一种无可奈何，所以，心里有了烦恼，只跟徐晓鸣倾诉。

果然，父亲又来电话了，他还没有说话，就叹气连连，声音沙哑地说，哎呀，你看你看，老三把回忆录改了个多月才改完，现在，又落到你妹妹的手里了，她看完，竟然气冲冲地质问我，说写这个做什么？我们都值不得写，你还不是想让老二光宗耀祖吗？只有老二给你争了气对吗？我们这些崽女都是狗屎，狗屎，狗屎。所以，我劝你只写老二算了，我们都不必写，你以后只需要打印两本，你一本，老二一本，我们都不要。她没有说要添加什么内容，我明白，她肯定想添加的，大概是看了老三添加的内容，她觉得不好意思添加了吧，都是鸡毛蒜皮嘛，所以，她把我写她家的内容打上了大叉。唉，老二呀，老四的态度好恶嘞，像要吃人嘞，真是气死我了嘞。我骂她，她竟然说我偏心。

这时候的徐晓鸣既冷静又生气，看来矛头都对准他来了，他实在没有得罪过弟妹们，他明白，是他现有的地位和身份，让他们很不高兴，相比之下，很没有面子，甚至是嫉妒。而这，又能怪他吗？所以，他早已有了心理准备，预测这种纠缠将会继续下去，就说，也许老四冷静下来就好了。然后，又安慰父亲，爸爸，你也不要生气，要理解他们。父亲说，我怎么不生气呢？到底是他们写回忆录，还是我写回忆录？既然是我写，就要依我的意思写，他们来插一杠子做什么？鸡毛蒜皮都写了上去，像什么话？人家看了会笑话嘞，唉，早知如此，还不如不写，免得老子怄气。

徐晓鸣明白，按目前的情况看来，这本回忆录部分内容的增删，就由不得父亲了，其主动权已经不在父亲手中了，都转移到自己的弟妹手中了，变成全家人参与了——虽然老四没有添加内容，但比添加内容更为棘手，很可能造成回忆录不能打印，即使打印，写兄妹的这一章，有可能单单只会剩下他老二的内容了。徐晓鸣想起过去的那个年代，有些文章或作品都是集体参与的，就不由得苦笑起来。徐晓鸣虽然是老二，但现在也无法改变这种状况，如果自己仗义执言，说句公道话，为父亲辩解，势必会引起弟妹们的强烈反弹，他们一定会群起而攻之，那么，你能抵抗得住吗？你能说服他们吗？你能战胜他们吗？况且，他们那种死要面子的心理，又是何等的脆弱，根本经不起一戳的。唉，如果大姐还在世就好了，在兄弟姐妹们中间，大姐是最有威信的，谁也不敢不听她的，一定比软弱而衰老的父亲还要管用。所以，徐晓鸣唯有采取沉默的态势，不管不探，又觉得，这种退让的态度让他有愧于父亲，弟妹们如此改动或干涉父亲的回忆录，明明违背了老人的意愿，而自己作为老二，竟然是这样无能为力。徐晓鸣不由感到十分愧疚。

在老三的手中，父亲的回忆录拖延了一个多月，这次，落在老四手里的时间就更久了，已经快三个月了，居然还不见她拿来。父亲几次问老四讨要，说，你不是说只要我写老二吗？为什么还要拿着我的回忆录不给呢？老四蛮横无理地说，你写出来不是给我们看的吗？国华的爸爸还要看，还有国华也要看。当然，我们都没有读什么书，当不得老二的一根汗毛，所以，看的速度很慢。

徐晓鸣听父亲说了这些情况，想起来觉得好笑，心情也很复杂，弟妹们读书不发狠，现在，对于父亲的回忆录，却是如此苛刻和较真儿。看来，他们要一个个地严格把关了，好像这部回忆录会影响到他们的名誉和形象，会给后代留下笑柄似的。其实，这有什么关系呢？父亲的回忆录又没有贬低他们，只是把各家的情况客观地写出来，这有什么不行呢？难道要求父亲把他们写成教授学者吗？或大贾官员吗？当然，他们并没有提出这样的要求，而像老三添加的那些内容，就能证明他的名誉地位和成就吗？那都是一些鸡毛蒜皮，根本说明不了什么，写上去，反而会引起后辈们的讥笑。虽然老四没有添加内容，但其手段比老三更有杀伤力，她简直是在极力阻止回忆录的完成。当然，徐晓鸣也反省过自己，如果从世俗的角度说，他在徐家的地位和声誉的确是最高的，即使父亲在回忆录中写或不写，他都不会计较的，也用不着计较，他不是还主动地划掉那些刺激性的字眼吗？而对于弟妹们来说，当然就不一样了，他们或地位卑微，或经济拮据，或后辈不旺，与他相比，反差太大，而这难道是他徐晓鸣的过错吗？多年来，他不分昼夜地苦读勤耕，难道他们不晓得吗？他屡次住院还在坚持看书或写作，难道他们不晓得吗？所以，在父亲的回忆录中，关于他们的内容当然就乏善可陈了，也所以，他们要如此看重，也令人理解。其实，一个人平平淡淡又有什么不好呢？大姐不也是一生平淡吗？谁又不敢尊重大姐呢？

其实，这不就是一种自卑心理的极端反映吗？

在徐家，只有父亲和徐晓鸣读了大学，这也是客观事实，不能因为地位和身份的悬殊，造成兄弟姐妹之间的隔阂。而不幸的是，这个隔阂，竟然早已在无形中不知不觉地形成了。

现在，父亲的回忆录像一个白发苍苍的老将，需要过五关斩六将，其情境，显得是何其悲壮，它伤痕累累地闯过了老三和老四两道关卡（老四仍然坚持回忆录只写老二，其目的就是要阻止回忆录的问世），最后一个堡垒自然就是老六了，这个堡垒是最坚固的，老六审稿，比其兄姐还要严厉十二倍。老六于多年前写过诗，不久就放弃了。客观地说，在徐晓鸣的几个弟妹中，老六还算是略有文墨的，尽管档次不高。况且，按父亲的意思，回忆录是要叫老六的女儿吉子打印的。所以，老六宣布，他不仅要对回忆录重新进行全面的修改（这里颇有一点鄙视老二的意思），对于父亲写到他一家的情况，竟然也大发雷霆。其理由是，老二身居省城，爸爸为什么要先给他看呢？我们几个崽女都在父母身边，为什么不先给我们看呢？这明显是爸爸看不起我们，都说手板手心都是肉，我看爸爸其实是很偏心的。

也不能说老六的话没有一点儿道理，父亲为什么不先征求他们的意见呢？弟妹们跟父母都住在宝庆城，各家相隔也不远，最近的仅有两里路，最远的也只有十来里。

父亲先把回忆录拿给徐晓鸣看，当然还是出于对他的信任，认为他的水平毕竟要高一些。

其二，老六发牢骚说，他的确只读了高中，难道这也是他的过错吗？从大处说，这是时代的责任，从小处说，应该是爸爸的责任，爸爸被抓了，家里凄凄惨惨的，他在学校受歧视，甚至挨打，他哪里还有心思读书呢？况且，在那个年代，谁还在读书呢？所以，爸爸缺少了对于历史的深刻反思，应该在回忆录中写上去，不然，后辈们就不明白他为什么只读了高中。那他不是太冤枉了吗？他说，当年他还为父母还了很多债，算起来，一共有五十多块钱，怎么没有写上去呢？那个年代的五十块钱，不多说，起码也抵得上现在的五万块钱吧？他说，他还经常骑着借来的烂单车，去很远的郊区买鸡蛋孝敬父母，一买就是上百个，怎么不写呢？他说，在兄弟姐妹中，他其实是最苦的，衣服都没有穿过新的，都是老二穿了老三穿，最后才轮到他老六穿，他甚至还穿过姐姐的裤子，却毫无怨言，他说他懂事那么早，怎么就没有写呢？他说，他曾经在厂报一口气发过五首诗，怎么就没有写呢？他还说，关于他离婚的过程，爸爸为什么写得那样详细呢？怎么连他抢前妻的金戒指的卵事都写上去呢？这不是明摆着让他出丑吗？让后代们怎么看他呢？再说，那个金戒指本来就是他的，物归原主，他为什么不能要回来呢？好，就算你是爸爸，这样写也可以，那我问你，老二闹离婚怎么就是寥寥几笔呢？你怎么把我比他多写了一百二十三个字呢？他说，吉子读高中时，语文得过班上的前十名，怎么就不写上去呢？吉子现在自谋生路吃苦耐劳，这种自强自立自尊的精神，怎么就不写上去呢？他说，他不想说了，总而言之，爸爸的回忆录写得不太客观，不太公平，我要拿回去仔细修改。

当时，老六发了一通大脾气，母亲叫他吃饭再走，老六气呼呼地拍着肚子，说，娘老子，你说我还能吃下吗？气都气饱了嘞。说罢，拿着回忆录愤然地走掉了。

老六一走，父亲马上给徐晓鸣打电话，叫一声老二，然后，气得话也说不出来，粗粗的气息从话筒里传来，强烈地冲击徐晓鸣的耳鼓。徐晓鸣明白，肯定又是为了回忆录的事，劝道，爸爸，你千万不要生气，你这么大年纪了，万一把身体气出大毛病来就麻烦了。

父亲停歇许久，等到情绪平息一些，才说出刚才发生的事情。

徐晓鸣默然，即使父亲先给他们看了，那么，会不会就没有矛盾了呢？有时，徐晓鸣恨不得去跟弟妹们大吵一场，他不相信一张嘴巴斗不过三张嘴巴，当然，这只是他的想法而已，担心给父亲带来更深的痛苦。

母亲历来不多嘴的，现在，也责怪父亲惹是生非，她说，你都七老八十了，写什么鬼呢？你以为你在写《红楼梦》吗？你以为你在写《水浒传》吗？你打打牌，你看看电视，你健健身，不是蛮好的吗？现在倒好，你快进棺材了，还搞得他们兄弟姐妹不和，到时候，你眼一闭，脚一伸，就不管了，他们呢，还会生几十年的意见嘞。

徐晓鸣想，老六要修改，就让他修改吧，好歹是最后一道关卡了，只是拖延一点时间而已。当然，他还拿不准的是老四，如果老三和老六添加内容同意打印，老四会不会干预回忆录的打印呢？老四是个很固执的女人，一般是不会改变自己的观点的。

谁料老六这个堡垒真是坚固，老六拿走回忆录却迟迟不送来，似乎不想让父亲再看一遍了，父亲打电话讨要也罢，还是去老六家讨要也罢，老六总是嘿嘿地说，还没有看完嘞。这时的老六居然不发脾气了，态度十分温和，手里夹着烟，在烟灰缸里一磕一磕的，还说，爸爸，你急什么急？你一辈子留下的这部回忆录，还是要精益求精嘛。父亲肝火很旺，说，这是我的劳动成果，你为什么不还给我？老六微笑着，就是不肯交出来，平静地说，爸爸，你不要发火嘛，这对身体是大大地不利，回忆录是要传于后人的，哪能马马虎虎地对待呢？

父亲哑口无言，想在老六家里寻找，找来找去，又哪里找得到呢？

父亲气得直跳，吼着对老六说，你是不是想气死我？挥起拳头，几乎要擂向老六。

老六居然没有动气，说，爸爸，你不如打我几下吧，至于回忆录的修改，我的确是为你好，你不必有丝毫的怀疑。

父亲绝对没有想到，写回忆录本是一件很高兴的事情，自己也充实许多，家族的酸甜苦辣汇集在十万言中，也总算是对后辈有个交代，却不料，竟然生出这么多的麻烦，这让他心灰意冷，频频大发脾气，居然也没有任何效果。父亲有时想过，如果回忆录回到他手中，恨不能一把火烧掉，一了百了。

现在，除了徐晓鸣，徐家兄弟的口气竟然高度一致，言之凿凿地说，一定要实事求是，一定要力争还原历史的本来面目，简直比老二这个历史学家对待历史的态度，还要严谨和端正。唯有老四，仍然坚持自己的观点，说爸爸只写老二算了，老二才是爸爸的宝贝。

父亲叫徐晓鸣催老六交出回忆录，徐晓鸣感到很为难，既然老六不愿意拿出来，难道去搜他的家吗？难道叫警察来调解吗？难道要闹得满城风雨吗？所以，徐晓鸣唯有苦笑而已。当然，徐晓鸣也曾想回去一趟，跟弟妹们商量，希望他们尊重父亲的意愿，又一想，这千万搞不得，那样肯定会造成尴尬局面，甚至还会吵嘴。像现在这样，不与他们见面，或许比见面还要好些吧？

父亲写回忆录只花了三个月时间，让崽女们一拖，竟然拖了一年多。

老六呢，还是不愿意拿出来，他还是那句话，他还是那样的微笑，他轻言细语地说，这是千百年的好事，绝对不能搞毛糙了，现在，老三还经常来添加内容，老四又来叫我删去所有的内容，只留下老二的，在这些问题没有得到解决之前，你说我能叫吉子打印吗？当然，这也怪不得老三，这么多年了，一些人事，也不是一下子能想得起来的，是需要时间回忆的，我也是一样，断断续续才能回忆起许多事来，看来，还要继续回忆。老六说，其实，老四的意见也不是没有道理，既然只有老二争气，那么，只写老二好了，所以，我也时常在考虑，是不是采用她的这个意见。老六还说，那个曹雪芹写《红楼梦》写了多少年？十年嘞！那个歌德写《浮士德》写了多少年？六十年嘞！虽然爸爸写的是回忆录，但也绝对不能敷衍了事。在上，要对得起列祖列宗；在下，要对得起徐家后代。你们说我说错了吗？

在对待回忆录的问题上，唯一没有纠缠过的是大姐夫，这个多年的哮喘病人通情达理，只打电话告诉过岳父，说对于回忆录，他没有发言权，他和他的崽建平也没有任何意见，也不必看了，更不需要增删。大姐夫说得很含蓄，既鲜明地表达了态度，又没有说出是否有人怂恿过他。其实，如果大姐夫也要对回忆录进行增删，父亲也无可奈何，大姐在徐家的功劳，难道不能大大地书写一番吗？

在学术问题上，徐晓鸣可以跟同行们争论不休，甚至还瞪眼睛拍桌子，慷慨激昂，大有风扫残云之势。而对于父亲的回忆录，在纠缠不休的弟妹们面前，他不仅不敢或不能说话，竟然连说话的欲望都没有了，他觉得，这没有丝毫的意义和必要。回想往昔，兄弟姐妹是多么地懂事和团结，一起默默地承受着苦难和饥饿，有时饿了，连一坨红薯都要相互推让，唯恐对方不吃。为什么经过漫长岁月的磨难，在对待父亲的回忆录上，反而心胸狭窄锱铢必较了呢？它既不是像有些家庭为了财产的争夺，也不是什么相互间的经济纠纷，仅仅是为了回忆录中的介绍文字，难道这些东西真的那么重要吗？竟然能让兄弟姐妹反目无情吗？

徐晓鸣还多次接到弟妹们的电话，他们盛气凌人，丝毫也没有把他这个哥哥放在眼里，质问他是否经常给爸爸出馊主意。不然，爸爸为什么盯着回忆录不放？你为什么不多多地跟我们商量？是不是眼里没有我们？你不就是想流芳百世吗？徐晓鸣听罢，连解释的欲望都没有，只是默默地听着，他真想摔掉电话，给他们一个无言的回击。

徐晓鸣不明白，是什么让他和弟妹们之间产生了一道鸿沟，难道是由于他读了书吗？有了名声和成就吗？出人头地了吗？似乎是，也似乎不是。

徐晓鸣和父亲弄不清楚的是，这是不是三个弟妹的共同愿望呢——那就是，绝对不能让父亲的回忆录装订成册，不能让它传于后代。

更有意味的事情还在后面，自从徐家弟妹不断地增删或阻止回忆录打印之后，有铁公鸡之称的老三，竟然时不时就叫老婆来到父母家，并且带来礼物，像韩国高丽参、林家蜂蜜，甚至还送来一台脚板滑轮按摩器。老四和老六经济拮据，出手自然没有老三大方，就时不时买来两斤水果，或是一条斤多重的鱼，或是一块斤多重的肉，他们似乎都在轮流安抚父亲，让他少发脾气，平心静气下来。其实，他们最终的目的，是让他彻底地忘记回忆录，就像根本没有这件事一样。父亲当然很清醒，明白他们是在搞怀柔政策，以小恩小惠拉拢自己，所以，父亲每次看见他们送东西来，都很激动地把枯手一扬，气呼呼地说，我不要，我不要，你们通通给我拿走，我只要我的回忆录。母亲则息事宁人，急忙拖住他说，哎呀，你不要，我要，崽女送来的为什么不要呢？

父亲无处倾诉，不断地打电话对徐晓鸣诉苦，大骂他们太阴险，太没有良心了，父亲愤怒地说，他们难道要让我死了，才让回忆录出来吗？怎么不让我在世时看到呢？

徐晓鸣想，可能父亲去世了，也就没有回忆录这一说了。

所以，他也十分无奈地说，爸爸，我明白这都是由于我的原因，我如果也跟他们的生活状态一样，那肯定就没有问题了，所以，依我的想法，你不如干脆对他们保证，说不在回忆录中写我了，关于我家的内容通通地删掉，不然，你的回忆录很难装订成册。

父亲说，那怎么要得？你难道不是我的崽吗？

徐晓鸣一听，眼睛潮湿了，十分沉重地说，爸爸，这也太悲哀了。

父亲叹息说，是太悲哀了，我们斗不过嘞。

年迈的父亲最终还是没有看到回忆录装订成册，一年多之后，父亲去世了，他很不甘心地闭上了眼睛，苍老的脸上泛出隐隐的痛苦，唯有徐晓鸣明白，父亲还在挂记着那部回忆录。在父亲的追悼会上，徐晓鸣大哭不已，几乎昏厥过去，如果父亲没有写回忆录，至少还能多活几年吧？就在把父亲的遗体推进火化炉的那一刻，老六突然从挎包里抽出一沓东西，迅速地塞到父亲的枕头下面。

咣——，火化炉的门关上了。

窑洞顶上的白刺花

旺生睁开蒙眬的眼睛一看，发现工棚里居然静静的，一点儿响动也没有。

他觉得很奇怪，又仔细地扫一眼，通铺上的几十号人都不见了，只有凌乱的草席和鞋子，弥漫着一股淡淡的汗臭味。哦，原来人们都下窑去了。旺生焦急了，埋怨这些人怎么不叫醒他，尤其埋怨如国，这个猪弄的如国，跟自己这么要好，似如兄弟一般，而且就睡在自己身边，怎么也不叫一声就下窑去了呢？平时，他俩不管谁先醒来，顺便伸手推一推，或是轻轻地叫一声，人就把眼睛睁开了，晓得要走窑了。即使躺在铺上，不愿意很快地爬起来，还想多赖一阵子，也用不了几分钟，还是会迅速地起来的。

　　旺生急急忙忙地穿上破烂的衣服，把草鞋套在脚上，拿起黑乎乎的矿帽朝伙房走去。还得吃饭嘞，不吃饭哪里有力气？他走得十分急促，差点被石头绊倒，踉踉跄跄，旺生含糊地骂了一句。他也责怪自己睡得太死、太沉，怎么人家都走了，自己一点儿感觉都没有呢？竟然没有被人们的说话声以及响动声惊醒。旺生大约太累了，况且，他十七岁的身体并不怎么结实，还很单薄，像一棵没有长大的树，怎么抵抗得住暴风骤雨呢？每天下班，旺生觉得骨头都快要散架了，十分酸痛。那种酸痛是从骨头缝里发出来的，像钢针般，一丝一丝地往外钻，想揉揉都没有用。所以，平时他很少做梦，躺下去就呼呼大睡。而昨晚上，他居然做梦了，而且，做了一个很不好意思的梦，他竟然梦见自己和刘桂芳紧紧地抱在一起，两人赤条条的，都很激动。他们不断地打啵，不断地抚摸，不断地说话。然后，刘桂芳叫他骑在她身上，他颠簸地骑了一阵，就趴了下来，觉得很疲劳，然后，就睡去了，睡得十分香甜。

　　伙房设在工棚的一侧，歪歪斜斜的，像一个弱不禁风的病人，似乎大风一刮，屋子会轰然倒塌。在伙房做事的叫刘桂芳，一个二十七八岁的女人，也是窑山唯一的女人。她男人去年在窑下死了，被矸石打死的，据说，脑壳都砸碎了。窑主见她可怜，让她来伙房操持大家的伙食。旺生没有见过她男人，旺生来到这个窑山时，她男人已经死了。刘桂芳来到窑山，像一只乖态的母麻雀，飞到一群公麻雀的窠里了，公麻雀们叽叽喳喳地围绕着她叫。平时，窑工们喜欢拿她开玩笑，或是说几句粗话，过过嘴巴瘾。也有大胆的，趁机摸一把她的屁股，或是掐一把她的腰身。刘桂芳又不是个没嫁人的妹子，虽然开始还不习惯，皱眉板脸，但渐渐地，对于这一切似乎也习惯了，默认了。只要那些男人不动真的，她也是骂一句，说一句，或是一个哈哈，就笑过去了。她明白，这些男人都很难受，每天除了挖煤挑煤，就是吃饭睡觉，生活要多枯燥就多枯燥。旺生却从来没有摸过刘桂芳，也不敢跟她说痞话，他还是个后生，实在做不出来。所以，他对那些男人的言行非常反感，觉得那些人简直太痞了，又不是自己的女人，怎么能随随便便地摸呢？或是毫无顾忌地说痞话呢？有时，旺生很想站出来帮刘桂芳说话，指责那些脸皮厚的男人，却没有这个勇气。他担心别人会狠狠地反击自己，又不是你的女人，你担什么心呢？帮什么腔呢？旺生想，如果今后自己讨了老婆，别人如果乱摸她，或是调笑她，老子要跟他拼命，给他点儿厉害看看。

当然，旺生也是暗暗喜欢刘桂芳的，尽管她比他大了好些岁。他觉得她笑起来非常好看，嘴巴轻轻地一抿，眼睛微微地一眯，那种乖态的样子，很让人感到舒服。还有，她奶子耸耸的，一跳一跳，很富有弹性，像两只不安分的野兔子，也十分地好看。他却从来也不流露出来，他把这份喜欢深深地埋藏在心底。即使跟如国也不曾说过，他觉得如果说出来，别人一定会嘲笑他的。哎呀，没想到你这条嫩卵，还有这个野心？旺生只是用行动默默地寄托着这份喜欢，比如，别人吃了饭，把碗筷往洗碗盆里一丢，嘴巴一抹，走人。其实，丢下碗筷也没有什么过错，这本来是刘桂芳分内的事，而他呢，每次把自己的碗筷洗了，然后，放进装碗筷的笭筐里。刘桂芳曾经说过他，叫他不必洗，他却依然如故，似乎担心累了她。还有，如果没有走窑，看见刘桂芳从老远的地方挑菜回来，旺生会咚咚咚地跑过去，不由分说地接过担子，把菜挑回伙房。就算这些小事可以忽略不计，有一件事情，却最让刘桂芳感动。旺生总是间或从窑洞顶上采来一束刺花，那些白色的刺花，一朵一朵，花蕊也是白的，像一根根细小的银针。刺花相距有致，层层叠叠，每朵花有瓶盖般大，虽然妖艳和嫩薄，但又不易碎裂和凋零。旺生把一个罐头瓶子洗了，然后，装上水，将刺花插在里面，摆到伙房的桌子上。过五六天，看见刺花凋零了，干枯了，他又去采，不厌其烦。这件事别人都不晓得，以为是刘桂芳采来的，女人喜欢花是天生的。更何况，伙房只她一个人，那花朵可以陪伴她。旺生不想让别人晓得，所以，做得很隐秘，都是趁别人没注意，才把刺花悄悄地采来。他是不想让人笑话。对此，刘桂芳很感动。她觉得，这个后生给了她一种温馨，这种温馨散发出淡淡的刺花香。她也喜欢这个后生，觉得他虽然沉默寡言，却是个老实人，心地纯洁，像洁白的刺花。不像别的男人，满肚子的花花肠子，总想占女人的便宜。

刘桂芳正坐在矮板凳上洗碗，盆里发出叮叮当当的声音，见旺生匆忙走来，说，旺生，你怎么才起来？快吃饭吧。她指着灶台上给他留下的饭菜。旺生想起了那个梦，不好意思地说，睡过了。然后，端起饭碗，大口大口地吃起来。他没有走到伙房外面去吃。平时吃饭，旺生和大家都是把碗端到伙房外面吃的，站着，或蹲着。外面空旷一些，伙房里太狭窄了。

此时，伙房里很安静，只有刘桂芳洗碗筷的声音，还有旺生咀嚼的声响。那些走窑人还没有把煤炭挑出来，伙房前面的小路上，没有出现他们的身影。旺生站在离刘桂芳几步远的地方。伙房里烂糟糟的，角落里堆着煤炭，还有柴火。大灶上坐着一只黑色的荷叶锅，烧着水。煤烟把房子熏得漆黑，如果不是白天，就像在窑下似的，实在没有什么好看的。所以，旺生一边吃饭，一边看着洗碗的刘桂芳。一束白色的刺花摆在桌子上，那是旺生昨天才从窑洞顶上采来的，它们仍然是那样鲜嫩，现在，它们的洁白衬托着洗碗的女人。

刘桂芳穿着花色短袖衣，胳膊和背上显得十分丰腴，背后还隐约地突现着奶罩带子，十分诱惑。当刘桂芳转过头笑着看他时，旺生又赶紧注视着她那张乖态的脸，以及颤动的奶子。她的嘴唇很诱人，嫩红嫩红的。也许是昨晚上的梦——这个让人难以启齿的梦——怂恿着旺生，他一改往日冷静的感觉，体内竟然有某些东西在蠢蠢欲动，像煤火一点点地燃烧起来。这种感觉，让他感到有点奇怪和讶异，脸上泛出一丝不易觉察的羞涩。旺生从来没有过这种强烈的感觉，尽管心里暗暗地喜欢她。而在平时，他连仔细看她也不敢看的，很羞怯，他总是客气地叫她刘嫂。现在，这种莫名其妙的激动，竟然渐渐地让旺生浑身感到十分不安和躁动，好像有一股沉默了许久的红色岩浆，突然从某个裂缝里喷发出来，呼呼地燃烧着，呼啸地奔放着，令人是那样地不可抑制，这个念头开始还很模糊，忽然之间，就十分地明晰了，好像马上非得要抱她或亲她一下不可。他回想起在梦里，自己与她毫无顾忌地搂抱着，抚摸着，嘴对嘴地打着啵，然后，还威猛地骑在她身上，而那毕竟是梦。从梦里回到现实，旺生觉得落差太大，甚至很失落。他想在现实中重新恢复梦中的情景，就像从黑暗的窑洞中走到明亮的地方。眼下的刘桂芳让他浑身颤抖，几乎连碗筷也拿不稳，嘴里也停止了咀嚼，他好像要趁机做点什么事了。总之，这种念头竟然十分强烈，旺生几乎快抑制不住自己了。他往外面看了一眼，还没有人从窑洞挑煤出来，这个世界上好像只有两个人。所以，他鬼使神差般悄悄地走近刘桂芳，目光贪婪地盯着她的背面。这时，他多么希望她也站起来，像在梦里一样，伸出双手冲上来，含情脉脉地迎合自己，一切都显得是那样自然和顺理成章。

刘桂芳忽然反过头，看着走近的旺生，注意到了他贪婪的目光。她的眼睛里有些迷惑，不明白旺生为什么这样看她，他从来也没有用这样的眼神看过自己的。旺生有点慌乱，急忙装着吃饭的样子，把目光低低地投向饭碗，埋头不看刘桂芳。

刘桂芳继续洗碗，她手脚很快，不一阵子，就把碗筷洗完了。然后说，旺生，快点吃，吃了我好洗碗嘞。旺生慌乱地哎哎应着，加快了速度，几次还噎着了。刘桂芳咯咯地笑起来，不再催促，说，你还是慢点吃，别噎着了。两人的对话，并没有终止旺生内心的激动，此时，旺生很想把那个梦说给她听，想试试她的反应。而他已经没有耐心了，巨大的冲动已经在排山倒海地推动他，希望马上在现实中回到梦中的情景。这时，刘桂芳站起来，把洗好的碗筷放进箩筐，然后，朝旺生走来。她准备拿抹布擦灶台，经过旺生身边时，旺生竟然又大胆地把眼睛射向刘桂芳，他看到了她那张乖态的脸，那张脸不胖不瘦，不白不黑，眼睛亮亮的，脸上挂着一丝笑容，嘴唇鲜红，当然，还有那两只颤动的奶子。旺生就在这一刻突然爆发了，把碗筷飞快地往灶台上一放，双手一展，紧紧地抱住刘桂芳，在她嘴上重重地打了一个啵。

刘桂芳没有想到旺生竟敢这样，突如其来的事情，让她满面羞涩和恼怒，还有惊愕。她反应很快，气愤地一把将旺生推开，力气很大，像聚集了全身之力。所以，旺生猝不及防，猛地一退，碰翻了桌子上插着刺花的瓶子。瓶子和刺花没有从桌子上掉下来，瓶子里的水却从桌子上哗地流下来了，流一阵，然后，吧嗒吧嗒地滴着水珠。刺花顿时水淋淋的，像是它们的眼泪。刘桂芳一只手迅速地抹着嘴巴，似乎要将旺生留在上面的气味狠狠地擦掉，还呸呸地吐着口水。然后，大声责骂，你这个家伙，胎毛都没有褪，就想吃老娘的豆腐？没想到你也像那些人一样，你是吃屎的呀？刘桂芳气得浑身发抖，扬着一只手，恨不得狠狠地抽旺生一个嘴巴，抽掉他的蠢气。

空气骤然紧张起来，旺生呆若木鸡，张开大大的嘴巴，十分惊恐地看着无比气愤的刘桂芳。他不晓得该怎样面对她，他怯怯地站着，沉默着，听着刘桂芳大骂。他脑壳里完全成了一锅稀饭，乱极了。有时，又是一片空白。至于刘桂芳骂什么，他似乎一个字也没有听清楚，那些愤恨的语言，没有进入他的耳朵。他只看到她既红又白的脸色，以及在不断激动地张合的嘴巴。他四肢颤抖，望了门外一眼，害怕有人突然闯进来，那个局面，会更加令他尴尬和狼狈。他已经忘记了要飞快地跑出去，赶紧跑进窑洞，跑进那个黑暗的洞子，以回避她的厉骂。他眼里流露出可怜的目光，他开始自责和后悔。他不明白，刚才自己为什么竟敢做这样的下流事，胆子为什么这样大，自己怎么这样蠢呢？简直像头蠢猪。人家不愿意，你怎么也动粗了呢？

刘桂芳恼羞成怒，继续骂着。她恨恨地盯着旺生，好像他不走，她要继续骂下去，把他骂个狗血淋头，让他得点教训。旺生简直无地自容，再也待不下去了，刘桂芳的骂声，像暴风骤雨般在伙房里冲撞。他终于鼓起勇气，拿起矿帽往门外跑去，然后，疯狂地朝窑洞方向跑。刘桂芳痛恨地看着旺生慌乱的背影，这才停止谩骂。窑洞是平巷，刘桂芳看见旺生从窑洞边挑起空箥箕，然后，跑进黑乎乎的窑洞。巨大的窑口，像野兽贪婪的大嘴，一下子把瘦小的旺生吞噬了。

刘桂芳觉得旺生十分可耻，又十分痛惜，一个老实后生也变坏了，变得令人不可思议。她看着旺生摆在灶台上的碗筷，情绪十分败坏，气得差一点儿摔烂旺生的碗，连他这个人在她心目中的形象一起摔烂。所以，她一点儿心思也没有了，没有去洗旺生丢下的碗筷，那可怜地倒在桌子上的瓶子和刺花，也引不起她任何的兴趣。她的心境简直坏透了，在伙房门口坐下来，一时也不想做事。她的脸色十分难看，惨白，惨白中又透露着血红。她怨恨地想，怪来怪去，还是怪那个死鬼，如果他不出事，她哪里会来窑山做事呢？哪里会受男人们的欺侮呢？今天，竟然连旺生也来欺侮她了。可是男人才死去不久，她如果马上嫁人，是说不过去的。不然，不如干脆趁早嫁个男人离开这里。此刻，刘桂芳已经打定主意，只守那个死鬼一年，过了一年，她要嫁个男人，免得在这里受人欺侮。她还没有忘记用手擦着嘴巴，左一下，右一下，似乎怎么也擦不掉，擦得嘴巴边上都有点痛感了。然后，起身打盆水，洗个脸，然后，又呆呆地坐下来。

挑煤的人们，已经陆续地从窑洞一步步地走出来。他们打着赤膊，穿着短裤，肩膀上挑着沉重的担子，每担煤起码有一百七八十斤，或一百五六十斤，煤炭在箢箕里闪烁着点点光芒。他们把煤炭挑到煤坪过秤，然后，过秤的四老倌子把重量记下来。每个挑煤的人，都擦着满脸的汗水，吁吁地出气，却都会弯下腰，眼睛仔细看看四老倌子是否记错数。这是用汗水换来的数字，这些数字，意味着他们的血汗钱。看了看，放下心来，然后，又往回走。几乎每个人挑着空箢箕返回时，都要来伙房喝茶。伙房外面的墙角下，摆着一只木桶子，桶子里装着茶水。他们痛快地喝一勺子，又拖着疲惫的脚步，朝长长的窑洞里走去。

从窑洞通向煤坪的小路，几乎是用煤炭铺成的，黑乎乎，像一条蜿蜒的冬眠的蟒蛇。有人还在图穷快活，分明已经累得精疲力竭了，还没有忘记跟刘桂芳开个玩笑，说刘嫂，只有你轻松嘞，你看我们，一个个像条黑马卵，喂，你喜欢马卵吗？

如果在平时，刘桂芳肯定是要以牙还牙予以回击的，嘴巴也不会饶人的，她会让他们碰个不软不硬的钉子。不像刚来时，她还很害羞，听见那些粗话，脸就变得绯红，不敢回嘴，默默地让人家占便宜。现在，她的羞涩感也没有了，每天跟这些管不住嘴巴的男人混在一起，女人的那份羞涩，就在天长日久之中，一点点地消失了，她就变得泼辣起来、粗糙起来。

刘桂芳今天却再也没有这个心情，她木木地坐在伙房门口，对于别人的调笑充耳不闻。有人疑惑地看着她说，刘嫂，是不是想男人了？你看我怎么样？刘嫂也不理，眼睛直直地望着那个黑暗的窑洞。

她觉得这些男人真可怜——当然，也包括自己那个死鬼——弄一点血汗钱真不容易，都把命抵给了阎王老子。说不定，哪天就到阎王老子手里报到去了。他们没有其他的本事，唯有一身蠢力气，他们每天耗费着自己的力气，为了养家糊口。她又感觉到，这些男人像蚂蚁，把一堆堆煤炭辛辛苦苦地搬出来。眼看着在煤坪堆得像山一样高了，又飞快地被那些贪得无厌的车子运走了。然后，这些蚂蚁，又不遗余力渐渐地把另一座山重新堆起来。那些闪烁着光芒的煤炭，洒满了他们的汗水和血泪。自己在烧火煮饭菜时，不是也闻到了从煤炭中散发出来的汗水，以及血泪的气味吗？

刘桂芳就这样呆呆地坐着，眼睛一动不动。等到愤怒渐渐地熄灭了，该想的事也想过了，这时，一股后悔的念头又慢慢地冒了出来。实际上，这个女人在旺生跑掉时就已有了悔意，只是当时她还没有感觉到。现在，她觉得对旺生太过分了。她对别的男人，从来没有这样凶狠，只是嗔怪地骂一声而已，并不当真。当然，那些男人也没有像旺生这样大胆，竟然突然抱着自己打啵。那些男人，最多只是趁机摸一把她的屁股，或是掐一把腰，而这个旺生，却是来真的了。这个平时那样老实的旺生，怎么忽然间这样冲动呢？真是看不出来。也许，旺生是真的喜欢自己，所以，平时他不说疬话，也不做疬动作，似乎这些言行，会玷污对她的喜欢吧？甚至，连碗筷也不让自己洗，似乎生怕累了自己。这难道不是一种喜欢吗？还有，平时总是帮忙挑菜什么的，这也是的呀。还有，不断地给自己采来刺花，这也是的呀。而这，是不是一种假象呢？这样把对女人的喜欢深深地埋藏在心里的男人，一旦来真的了，冲动了，要比别的男人凶猛百倍，甚至毫无顾忌。而这个旺生，也不看我比他大那么多，差不多十来岁吧？他难道不顾忌年龄上的差距吗？刘桂芳感到十分恼怒的，就是这一点。如果，今天是一个比她大的男人，霸蛮抱着她打啵，她可能也不至于这样愤怒。当然，骂是要骂的，怒火却不会这样熊熊燃烧，大动肝火。谁又想得到，竟然是沉默寡言、老实巴交的旺生呢？是十七岁的旺生呢？

她还要跟旺生天天见面的，所以，她感到有些为难，不晓得应该怎样面对旺生，也不晓得旺生怎样面对自己。当然，她绝对不会骂他了，最多是不理他罢了。刚才厉骂他时，他那副样子是多么地可怜和害怕，像一只即将被杀的鸡，颤抖，害怕，眼里流露出万分惊恐的神色。现在想来，她居然有点于心不忍，觉得自己是否太过分了。

这时，她的眼睛活了起来，目光慢慢地往窑洞上面移动，最后，停留在窑洞顶上盛开的刺花上。那些刺花生得奇怪，附近没有，偏偏只有窑洞顶上生着一蓬蓬白色的刺花，像窑洞戴着一只花环。那些白色的刺花，也让煤尘污坏了，只不过比生长在窑洞边上的草丛要幸运，没有窑洞边上的草丛污染得厉害。那些刺花长在窑洞顶上，距离远一点。远远一看，白色的花朵依然很白，只有走近去看，才晓得也是落了些微煤尘的。所以，旺生每次采刺花，需要从窑洞的一边走，绕一个很大的弯子，然后，从山坡的侧面爬上去，那样才能采到它们。她想起旺生每次把花悄悄地采来，兴奋地跑进伙房，然后，打盆清水，小心翼翼地将刺花伸进水中，把上面的煤灰轻轻地洗掉，生怕将嫩薄嫩薄的花瓣弄烂了。这时，刘桂芳总是惊讶地看着洗花的旺生，那样轻巧的手脚，哪里像一个做粗事的人？似乎是一个心灵手巧的绣花的妹子。然后，旺生高兴地把洗净的刺花插在瓶子里，兴味盎然地欣赏着，并不断地问，刘嫂，好看吗？好看吗？

挑煤的人们见刘桂芳不再搭腔，晓得她有了心事，就觉得索然无味，不再说粗话了，拿起木勺子闷头闷脑地喝茶，然后，往窑洞走去。窑洞边上的野草，已经没有了绿色，被厚厚的煤灰无情地遮盖了。好像这个世界上，真的还有这种黑色的野草，唯独窑洞顶上那些刺花，依然洁白地盛开。阳光毒辣地照耀着，天气炎热起来。空气中飘荡着弥漫的煤灰，它们像无数黑色的金子，细碎地在天空上飞舞，似乎无比快乐。

刘桂芳默默无言地坐着，心想，再坐一阵，就要准备午饭了，还要择菜，不能为生气耽误了做饭。忽然，她的脸色有点变化了，脸皮微微地跳动着，眼神流露出一丝疑虑。她总是觉得哪里有点不对头，一时又不能明白地感觉出来。而她的确觉得哪里有问题了，她已经认定绝对是有问题了。她睁大眼睛，怔怔地望着从窑洞挑煤出来的人，望着望着，突然似乎有什么明确的东西，一下重重地击中她的心脏。她隐隐地感到一点疼痛，就是这种疼痛，让她已经清楚地感觉到问题出在什么地方。哦，挑煤的人，已经来回走了几趟了，怎么没有看见旺生出来呢？旺生是挑煤的。平时，他挑煤出来，从煤坪返回时，也要来伙房喝几口茶水的，轻轻地叫一声刘嫂，然后，朝窑洞走去。她经常望着他那瘦小的身体，担心哪天沉重的担子把他的腰身压垮。

是的，一直没看见旺生出来。

刘桂芳心里骤然紧张起来，脸色是一种骇人的白。旺生究竟哪里去了？还没有看见他挑一担煤出来嘞，人家都已经挑了几担嘞。莫不是他做别的事去了？或是帮着挖煤，或是帮着支架？不可能，绝对不可能的，他历来是挑煤工，别人的工种他也不会，人家也不会让他做的。这里丁是丁，卯是卯，一个萝卜一个坑。刚才，他发疯似的跑进窑洞时，不是还挑着空箢箕匆忙进去的吗？那么，他到哪里去呢？难道他不挑煤了吗？他愿意眼睁睁地看着人家挑吗？哦，或许是他挨了自己的痛骂，一时无脸出来，或是一时没有心思挑煤，像自己一样没有心思做事，然后，悄悄地躲到某个角落里去了？也许，是自己心情不好，看走了眼，没有注意到他其实是在挑煤的？或是煤灰把脸涂黑了，自己没有看出来？

此时，刘桂芳的心思全部放在注意旺生的身影上，她希望能看见旺生瘦小的身子，肩膀上压着沉重的煤炭，两条细腿吃力地支撑着，走动着。她重新睁大眼睛，一个个仔细地看来来往往挑煤的人。这些人，她都认识。即使某人的脸让煤灰涂黑了，她还是能从他的体形上看得出来。她却还是失望了，还是没有看到旺生瘦小的身子。她担心旺生出什么事，所以，又不甘心地走到四老倌子那里，查看他的本子上面是否有旺生的名字。她认真地看了一遍，没有发现旺生的名字，又看一遍，还是没有。这时，她有了一种极不好的预感。她真正焦急了，匆忙跑到窑洞口，惊慌地对那些进出的人说，怎么不见旺生呢？怎么不见旺生呢？

她异常的焦虑让人们感到十分惊讶，他们沾满煤灰的脸看着她，讪笑着说，怎么？刘嫂还想吃嫩草吗？刘桂芳沉着脸色，说，我是说正事呢，旺生不见了，我坐在门口看，忽然发现没有旺生，我分明看见他进去的。

那些人怔住了，一律摇晃着脑壳说，没看到嘞。他们哪里会注意别人，只顾自己发狠挑煤，谁挑得多，谁的报酬就高。所以，他们这才认真起来，又问她是怎么回事。她急促地说，旺生进去这么久了，怎么还没出来呢？你们快去找找。刘桂芳急得直跺脚，好像有浑身力气却帮不上忙。她晓得窑山有个忌讳，女人是不能进洞子的，不然，她要毫不犹豫地冲进去。

疲劳的人们终于明白是怎么回事了，赶紧丢下扁担、箢箕，匆匆地走进窑洞。

他们在条条巷道以及挖煤的当头四处寻找，却没有见到旺生的身影。他们十分焦急，继续分头寻找。他们不相信一个大活人突然不见了，又没有出什么事故，比如冒顶、透水、瓦斯爆炸之类。后来，该找的地方都找到了，还是没有找到旺生，然后，去死巷寻找。

这是一个老煤窑了，有些巷道早已废弃，这些废弃的巷道叫死巷。走窑人忌讳这个"死"字，所以叫盲洞，也有叫盲巷的。不论是哪种叫法，顾名思义，像这样的巷道，是不能去人的，十分危险。他们在盲巷的口子上，发现了空篾箕，断定是旺生的，也断定旺生走进了盲巷。他们却不明白，旺生为什么要走进盲巷呢？这不是明明送死吗？顺着这条线索，人们终于在盲巷深处找到了旺生。旺生坐在地上，背靠着巷壁，脑壳伏在膝盖上，双手捂着脑壳。任他们怎么叫，也叫不醒他。有人用力一推，他竟然像一团泥巴倒在地上。

旺生已经死了。

人们慌张了，不敢在盲巷里停留，七手八脚地把旺生往外面抬。如国赶紧跑出窑洞报信，一边跑，一边大声地哭着说旺生死了。

刘桂芳站在窑洞边，听说旺生死了，一时吓蒙了。

旺生怎么死了呢？旺生从来也没有说过痴话的，也没有痴动作，他却死了。即使他今天强迫跟我打了啵，也不应该死的。刘桂芳就是这样毫无逻辑地想着。她蹲下来，哇哇地哭着，泪水把地上的煤灰凝成一小团一小团，像一滴滴黑暗的眼泪。

旺生被人抬出来了，尸体摆在工棚前面的坪里，瘦小的身子似乎萎缩许多，人们痛惜不已。如国拿衣服盖在旺生脸上，呜呜抽泣。刘桂芳好像没看够似的，又轻轻地掀起衣服，泪眼汪汪，看着旺生惨白而痛苦的脸。她多么希望他突然睁开眼睛，问道，刘嫂你不再生气了吧？她悔死了，哭得不能自已，哭得别人不明所以，都迷茫地看着她，那些疑惑的目光中，明显包含着这样的意思，旺生又不是你男人，怎么哭得这样伤心呢？女人爱哭不假，而刘桂芳哭得也太离奇了。

旺生死于盲巷，盲巷不通风，谁都晓得盲巷是不能去的，容易憋死人，这个道理谁都懂的。旺生为什么偏偏去盲巷呢？所以，对于旺生的死因，人们感到十分奇怪，都说，大概是鬼撞着他了，让他鬼使神差地走进了盲巷。

唯有刘桂芳明白，旺生是为什么死的，他为什么要走进盲巷。她对谁也没有说。总之，她悲痛欲绝。那天，她伤心地把旺生丢下的那副碗筷洗了又洗，好像总是洗不干净似的，也似乎是要把旺生的碗筷洗刷成世界上最干净的。刘桂芳一边洗，一边不停地掉泪，泪水叭叭地掉进盆子里，她几乎是在用自己泪水，在洗着旺生的碗筷。旺生从来也没有让她洗过碗筷，谁晓得，他这次没来得及洗，人却永远地走了。刘桂芳洗罢碗筷，没有把它们放进筲筐，而是放在桌子上，筷子是横在碗上的，与那束刺花摆放在一起。然后，她把那个被旺生碰倒的瓶子扶起来，添上清水，还像旺生一样，小心地把刺花上的水珠轻轻地抚掉，插进瓶子里，把花瓶子端正地摆在桌子中央。

旺生埋葬在离窑山大约三里路的山坡上，坟墓旁边，正巧有一大蓬白色的刺花。那蓬刺花离坟墓大约两米远，刺花上面没有落下煤灰，所以，刺花十分的洁白。刘桂芳站在旺生的坟墓前，痛悔不已，喃喃地说，旺生，这里有刺花陪着你，你就当是我在陪着你嘞。

刘桂芳在窑山再也待不下去了，这里有她死去的男人，还有一个可以说是被她逼死的旺生。她对窑主说，她不想在这里做了。窑主感到十分奇怪，劝道，这份差使别人想来，我还不让来嘞，你为什么不做了？是不是旺生死了？

刘桂芳一脸哀伤，像突然凋谢的花朵，苍老了许多。她没有说什么理由，第二天，背着行李默默地离开了窑山。谁也想不到，在她那个包袱中，有旺生吃饭用过的碗筷，还有那个装刺花的罐头瓶子，以及一束快要凋零的洁白的刺花。

暗　恋

1

　　我曾经在窑山当过一段时间的保卫科长，这个你没有想到吧？我调来长沙之后，也从来没有对人说起过。我在当保卫科长的时候，曾经发生过一件令人匪夷所思的案件。

　　那还是我当保卫科长不久，窑山就发生了一件凶杀案，一个最乖恋的女人在屋里被人杀害了。那是一个十分寒冷的冬天的晚上，当时，我已经睡觉了。迷迷糊糊之中，突然有人来敲我屋里的门，姜科长，快起来，杀死人了。

　　我马上翻起来，打开门一看，原来是陈述之。

他泪如雨下，气喘吁吁，脸色惨白，神情痛苦不堪，跑得一头大汗。

我一边急忙跟着他跑，一边问，是谁让人杀死了？

陈述之哽咽地说，灵敏。

我大惊，说，她？又问，你是怎么晓得她被人杀死了？

陈述之说，我正从外面路过，突然听见她大叫一声，然后，我看见有个人惊慌失措地从她屋子里跑出来，我想去追，追了一段，却追不上，那个家伙实在是跑得太快了，然后，我就来向你报案。

路过派出所时，我立即将派出所的老马叫醒，告诉他，王灵敏被人杀害了。

老马说，你先去守着，千万不要动现场。他马上向县公安局报案，请求他们立即派人来。

我跟着陈述之来到王灵敏的屋门口一看，二十六岁的王灵敏死得很惨，是被刀子杀害的，身上起码戳了十几刀，鲜红四溅，简直惨不忍睹。

窑山离县城不远，只有三十多里路，县里的人没过多久就匆忙赶来了，迅速地小心翼翼地进行勘察，女人没有被奸污，而且也不像劫财，屋里的钱财一点儿也没有拿走。

凶器也没有留下。

窑山一个非常乖态的女人就这样死去了，案件轰动了整个窑山，人们无不为之可惜和悲伤。

2

当然，陈述之是公安人员调查的重点，他说他看见了那个凶手从死者屋里跑出来，然后，又追了一段路，他是唯一的目击者。所以，就让他详细地说说当时的情况，还要他说说那个凶手的模样，比如说，长相，身高，穿的什么衣服和鞋子，等等。

陈述之虽然痛哭不已，但态度还是非常不错的，很是配合公安的调查。他说，至于那个凶手的长相以及穿的什么衣服和鞋子，的确都很模糊，夜晚嘛，况且，人们基本上都睡觉了，家属区一片黑暗，实在是看不清楚。至于凶手的身高呢，他说，估计在一米七五左右。当时，凶手是往火车站那个方向逃跑的。

当公安人员问陈述之，你那样晚了，为什么还在外面走呢？况且，天气是这样的寒冷。

陈述之就吞吞吐吐起来了，不肯回答，最多也是搪塞，说，我睡不着，就起来走走。

这当然也成了一个疑问。

凶手看来是一个很老练的家伙，没有留下任何指纹，肯定是戴了手套的，幸亏还留下了鞋印。公安人员将凶手在现场留下的鞋印，跟陈述之的鞋印一对比，发现不是他的。而陈述之和他所说的那个凶手的身高，却是一致的，也是一米七五。那么，这是不是一种巧合呢？另外，有没有一种可能，陈述之和凶手就是同谋？那么，他们杀人的目的又是什么呢？只是这个同谋的疑问一下子被推翻了，如果是同谋的话，他还不至于愚蠢到主动来报案，那岂不是引火烧身吗？

　　我也跟着公安展开调查，在窑山的范围内访问每个人。陈述之的情况，却让我们大吃一惊。平心而论，陈述之在我们窑山的男人中间，算是一个长得很出色的人，眉清目秀，穿戴整洁，而且彬彬有礼，无论是对男女老少，都是笑呵呵的。虽然只是一个修理工，但他显得非常有修养，根本没有沾染上窑山男人的粗鲁和随便。而他已经三十二岁了，还没有成家，这在我们的窑山，是比较罕见的。

　　在调查过程中，我们还晓得了陈述之一直追求王灵敏，而且，两人也曾经谈过恋爱，后来不知什么原因，王灵敏提出不跟他谈了，然后，就嫁人了。即使是王灵敏结婚了多年，陈述之也没有放弃对她的爱恋，任何人给他介绍对象，他都一律不予理睬。许多的人也劝过他，算了算了，人家已经结婚了，你还那么蠢蠢地追求什么呢？他却说，我相信心至诚则金石为开，我要打动她，让她最终回到我的身边。人家就笑他，陈述之啊陈述之，你小心不要成了一个花痴嘞。

　　据说，王灵敏与陈述之分手之后，几乎每个晚上，不论是三伏天，还是三九天，陈述之都在离王灵敏家不远的那条路上徘徊，时间在晚上的九点至十二点之间。本来，人们也以为他有散步的习惯，后来，才发现不对头，谁会这么长久地准时地出来散步呢？而且，不管风吹雨打呢？然后，就恍然大悟，原来，陈述之还在深深地迷恋着王灵敏，他的眼睛总是默默地望着她的屋子，充满了深情。

王灵敏的男人不在窑山，她嫁给了一个邵阳城里的工程师，一时调不动，所以，只好忍受分离之苦。听说，在王灵敏结婚的那天，陈述之哭得要命，伤心至极，而且，一连请了三天的假，躲在屋子里不出来。王灵敏当然晓得陈述之的恋心不死，所以，也尽量地回避他，除了看电影，夜晚更是不出来的，担心陈述之纠缠，闹得满城风雨。实事求是地说，其实，陈述之从来也没有纠缠过王灵敏，更没有闹出一点儿风波。

尽管我们掌握了这些情况，案件还是毫无进展。王灵敏的男人也赶来了，那是一个很魁梧的男人。我们也向他调查过，问他是否与人有过仇，或者有什么过节。他悲伤地说，他没有跟任何人有过仇恨。还当着我们痛哭流涕，捶胸顿足，说其实很快就要办调动了，如果能早点调走，也就不会发生这样的悲剧了。

突然，王灵敏的男人对我们说，杀害灵敏的肯定是他。

我们问是谁，他说，一定是陈述之。王灵敏曾经跟他说起过，陈述之以前跟她谈过恋爱，而且至今一直不娶。

3

让我们感到失望的是，尽管陈述之也有这样或那样的嫌疑，毕竟没有任何可靠的证据来证明他是凶手，他的所作所为，充其量不过是还在迷恋王灵敏而已，如果他恨王灵敏，要杀害这个女人，也用不着等到今天，他早就可以动手了。

我没有料到的是，后来的事情起了一些变化，在案件处于重重迷雾之时，陈述之却找到了我，竟然说王灵敏是他所杀。

　　我暗暗地吃惊，说，陈述之，你那天对我说，你看见了一个男人杀了王灵敏之后，慌慌张张地逃跑了，你还追了一段路，而今天，你却说是你杀的，那你为什么要杀她呢？

　　陈述之的脸上显得非常沉着，一点儿也不惊慌，有一种犯事之后的坦然，他侃侃而谈，这个道理是明摆着的，窑山的人，谁不晓得灵敏跟我谈过恋爱？谁不晓得我一直还深深地迷恋着她？灵敏嫁人了，我心里非常痛苦，当时，我就想杀了她。你晓得灵敏为什么不跟我谈了吗？她嫌我是一个工人。其实，我一直强迫自己不要报复人家，而后来，我再也忍无可忍了，就杀了她。

　　陈述之脸色沉重，悔恨不已。他让我给他倒了一杯茶，喝了两口，又继续说，那天晚上，我把刀子藏在身上，然后，戴上手套就去了她家。我晓得如果叫她开门，她一定不会开的，所以，我就捏着嗓子，装着别人的声音叫她，她就开了门，一进门，我就把门紧紧地关上了。我说，灵敏，你也有今天，你害得我好苦嘞。当时，她吓得惊慌失措，想叫喊，我一手就紧紧地捂住了她的嘴巴，然后，将她扑倒在地上，抽出刀子，就把她杀了。他居然一口一个灵敏，从来也没有叫过王灵敏。

　　我说，陈述之，这不是开玩笑的，你不要乱说嘞。

　　陈述之认真地说，我没有跟你开玩笑。

　　我问，那你说，你的刀子、手套和鞋子，都丢到哪里去了？

　　他说，我都丢到河里去了。

　　也许陈述之是出于某种压力，说的是真话呢，所以，我赶紧告诉了公安。我们商量了一下，尽管对陈述之所说的产生了种种疑问，而在当时线索全无的情况下，也不失是一条线索。公安马上把陈述之叫到河边，让他指出来，他把作案的东西丢到了哪个位置。

陈述之指着河中心，说，我就丢在那个地方了。

那是一条水面很宽阔也很深的河流，公安就叫来船，去河里捞东西，捞了整整一天，却一无所获。我们又问陈述之，到底是不是那个位置？他一口咬定说，是的。我们却累得一塌糊涂，冷得浑身发抖，也没有捞到任何东西。

我恼怒起来，对着陈述之暴跳如雷，我说，你娘的肠子，到底说的是不是真的？你是在耍我们吧？

陈述之不惊不慌地说，是真的。

又说，姜科长，你不要骂人嘞。

4

东西捞不到，仍然没有证据，没有证据，就不能将陈述之押起来。当然，公安还是决定让我暗暗地跟踪他，看他是否有什么异常的举动。

我没有想到的是，这个猪弄的陈述之，根本就不需要我跟踪他，他除了每天上下班之外，居然主动来找我，说王灵敏的确是他杀的，要我们将他抓起来，然后就迅速地枪毙。他说这些话时，一点儿紧张也没有，甚至很是坦然。

我就劝说他，陈述之，这是要砍头的嘞，你就不要拿自己的脑壳开国际玩笑了，好不好？

他却严肃地说，我哪里是在跟你开国际玩笑？我主动来投案，难道错了吗？

从此，陈述之甚至成了习惯，每天下班就来找我，而且，几乎在求我了，一定要我相信他就是凶手，并说，这个案件可以了结了，可以向灵敏的丈夫和人们有个交代了。

这真是搞得我哭笑不得，你说，这个世界上哪有这样的蠢人呢？他不仅说他是凶手，而且，还滔滔不绝地说起他与王灵敏谈恋爱的时候，那种脉脉温情，那种甜言蜜语，那种恋恋不舍，那种山盟海誓。

听得我的心也跟着一跳一跳的。

他甚至还告诉我，他虽然没有跟她睡过觉，但看见过她洗澡，然后，他就从她乖态的脸说起，再说那如瀑布似的黑发，再说那对高耸的奶子，再说那平坦的腹部，再说那美妙的大腿，说着说着，竟然呜呜地哭起来，痛不欲生地说，我是真蠢嘞，我为什么要杀害她呢？她是那样一个出色的女人嘞……

他说起那个女人的种种妙处，我还是听得津津有味的，而在心里面，又为她的惨死感到一种莫大的同情。每当陈述之说王灵敏是他所害时，我就烦躁起来，就吼他，你不是发神经病了吧？

陈述之居然振振有词地说，姜科长，你为什么骂我是神经病呢？你骂人不好的嘞，你看我骂过别人吗？

我心里却在说，骂你？你娘的肠子，我还恨不得打你一顿嘞。

总而言之，从此，陈述之这个家伙搞得我日夜不安，他下了班，就来缠我。我吃饭也罢，休息也罢，他总是跟着我走，我走到哪里，他就跟着到哪里，喋喋不休地说杀害灵敏的凶手就是他。我婆娘气得恶狠狠地骂我，你们不要在家里说，你们要说，就到办公室去。

我只好窝囊地从家里溜出来。

我婆娘还对我说，如果有一天她也不幸地被人杀死了，我也能像陈述之这样坚持承认自己就是凶手，那她也死而无憾了。我没有反驳她，我暗暗地在心里面说，你如果当得王灵敏的一只脚，老子科长也不当了，就去承认自己是凶手。

所以，在很长的一段时间里——也就是在案件没有破获之前——陈述之几乎就像我的影子一样，时时刻刻地跟着我。

后来，我采取了措施，估计他快下班时，我或是把办公室的门关起来，悄悄地躲在里面，或是躲到某个朋友的宿舍去。而这一切，对于我来说，无济于事。他倒是像一个非常合格的侦探，简直不用吹灰之力，就找到了我。一是办公室门上的缝隙很大，他一眼就能从缝隙里看到我；二是窑山只有眼屎那么大，他耐着性子，挨家挨户地找，就从人家的宿舍里找到了我。即使我后来把办公室门上的缝隙用报纸糊起来也不行，他只需用火柴棍子轻轻地戳开报纸，我就原形毕露了。

窑山的人，都晓得陈述之明明不是凶手，却一定要承认自己是凶手，就连连感叹，说王灵敏那个女人，死了也是值得的，居然有男人为她去死。

我真是对他无可奈何了，我绝没有想到，当一个小小的保卫科长，还会遇到这么令人烦恼的事情。有一次，我苦笑着对缠着不放的陈述之说，好了，从今以后，你也不要再来找我了，从现在起，我承认王灵敏是你杀害的，好不好？

陈述之居然高兴得手舞足蹈，深深地出了一口气，如释重负地说，唉，那就解决问题了，灵敏的在天之灵，也终于得到一丝安慰了。现在，请你马上把我抓起来，送到公安局去吧。

说罢，他竟然还从口袋里摸出一条早已准备好的粗绳索，递给我，叫我将他捆起来。

我顿时暴跳如雷，重重地砰地一拍桌子，陈述之，你是头蠢猪啊！

陈述之眨着眼睛，困惑地看着我，说，你一个当科长的，为什么又骂人呢？你不能改改这个毛病吗？

5

一直到后来，案件才水落石出。

原来是一个暗恋王灵敏的人杀害她的。

那个男人叫张悦，二十五岁，未婚，在离窑山五里路的乡村学校教体育。窑山每个星期在操场上放电影，他就要赶来看，借一条椅子坐着，而且，每次都悄悄地坐在王灵敏的后面，他觉得王灵敏长得真是太乖态了，简直像仙女一样的。每回散了电影之后，他还要随着人流不声不响地跟踪王灵敏，一直跟到王灵敏进屋为止。所以，尽管有许多的妹子追他，要跟他谈对象，他也不答应。

这个叫张悦的人，竟然还偷偷地画了王灵敏许多的画像。他画得真是太像了，他肯定是凭着记忆来画的，把王灵敏这个女人的气质和神态，画得惟妙惟肖，其水平根本不亚于一个画家。当我们在他的屋子里搜查时，发现他居然画了厚厚的一沓，有两百多张。

更为令人惊讶不已的是，他居然还画出了王灵敏的气味。你说，这气味怎么能画得出来呢？张悦却有超人的思维，他在白纸上，画出了一绺绺的像云彩般的虚无缥缈的东西，然后，涂上了类似香皂的气味，再在旁边题上一行字——王灵敏的气味。

当时，我看了之后，感慨不已，这真是绝了嘞。这个人暗恋王灵敏，真是暗恋得发疯了，甚至比陈述之还疯狂。问他为什么要杀害王灵敏，他说，我既然这辈子看起来已经得不到她了，也不想让别人永远地得到。尤其是他最后一次在看电影时，听到她悄悄地对坐在旁边的人说，她就要调走了，他简直是痛苦不堪，就下了最后的决心。他说，我要在黄泉之下，与她结成夫妻。而且，他在动手杀害王灵敏之前，跟王灵敏几乎没有说过一句话。

后来，我问陈述之，你他娘的肠子，现在还说是你杀害的吗？

这一回，陈述之没有说我骂人了，居然痛哭流涕起来，狠狠地骂那个凶手，说，那是一头蠢猪嘞，只是他想的为什么跟我想的，也是一样的呢？

那是我第一次听见陈述之骂人。

记一件难忘的事

通往学校的路，是一条柏油路。

冬天，柏油路面干干的，硬硬的，很好走。到夏季，太阳一晒，柏油就被晒出来了，融化了，黑亮黑亮的。打赤脚千万打不得，会烫得你像麻蝈乱跳，嘴里叫着哎哟。即使是穿了鞋子，也不时地被柏油粘住。

通往学校的路，有一个长长的陡坡。每天，有许多的汽车跟板车来来往往。汽车就不说了，那些板车是一道风景，像一线线连绵不绝的蚂蚁。车夫们拖着沉重的货物，一步步艰难地爬着陡坡。

我明白，他们都是从火车站拖来的，然后，再拖进我们这个小城的各个商店。拖的货物无所不有，有饼干，有荔枝，有柿饼，有红枣，有片糖，有糖粒子，还有火柴、香烟、蚊香、肥皂，等等。凡是我们要用的要吃的，都在板车上。那些货物，一般都是用麻袋装着的，堆在板车上，再用粗大的麻绳索紧紧地捆起来，简直像一座灰色的小山。我很佩服那些拖板车的人，我想，一个人，怎么能拖得动那么沉重的货物呢？

当然，我还是比较喜欢看车夫们拖空车的时候，个个轻松，健步如飞。板车发出咣咣的空洞的声音，一路下坡，眨眼就不见了。如果在夏天，胶轮子轧在融化的柏油路上，发出阵阵滋滋的声音，有点悦耳，像一种罕见的乐器，在不断地弹奏。

当他们拖着沉重的货物回来时，就完全变了样子。脸上的轻松消失了，双手紧紧地抓着车把，像蜗牛慢吞吞地走着，非常吃力。尤其是上坡，车夫们咬紧牙关，俯着上身，脑壳简直像快贴在地上，眼睛盯着脚下，巴望着早点儿爬上陡坡。腿上的肌肉，绷得铁紧铁紧的。尤其是腿上那些纵横交错的筋，鼓得像一条条痛不欲生的粗大的蚂蟥，汗水如雨摔碎在马路上。两只脚板，尤其惊人，像两只巨大的铁钉，一步又一步牢牢地钉进路面，才得以让沉重的板车不至于后退。当然，也像一把奇特的尺子，一寸一寸地丈量着收获。也有实在拖不动的，就不再走直线了，采取走"之"字形的方式，像螃蟹，一横又一横地爬着。虽然速度很慢，但也不失为一种爬坡的技巧。

所以说，我要为人民做好事，是非常便当的。我只要走过去，伸出双手，在板车后面一推，好事就做成了。而在当时，我一点儿为人民做好事的心情也没有，我的爸妈下放到很远的农场去了，半年才允许回家一趟，姐姐也下乡去了。我跟奶奶生活。奶奶似乎生怕我一下子就长高了，每餐只给我吃一碗饭。我说，奶奶，我肚子饿嘞。奶奶就说，崽呀崽，家里如果有，奶奶难道还不让你吃饱吗？我觉得奶奶说得还是有道理的。

所以，我的肚子每天饿得咕咕叫，像有一堆麻蝈在叫喊，你说我哪里还有力气帮人家推板车呢？

当然，这并不是说我没有为人民做好事的心肠。我看到那些车夫艰难地拖着板车，一步步慢慢地爬着陡坡，我的心里就会微微一颤。良心就悄悄地对我说，赶紧去帮帮人家吧。而我的肚子又坚决不答应，并且高声大嗓地说，你不要听良心的话，他娘的肠子，它没有生崽，不晓得肚子痛。如果你吃得饱饱的，还用得着它说这个屁话吗？

它们争吵起来，对于它们之间的吵闹，我一般不予理睬。如果吵得太厉害，我就要大声地骂它们，吵什么吵？吃多了是吗？肚子却长着一张臭嘴巴，甚至冷嘲热讽地说，要是吃多了就好啰，那我也会支持你为人民做好事的嘞。

2

有一天，良心终于战胜了肚子。

那天，我放学之后，走在回家的路上，像平时那样，对那些拖着沉重货物的板车似乎没有看见。我说过，那是一个长长的陡坡。这时，不太争气的肚子又叫喊起来，虚汗从我的额头上跟身上流下来，我急着回家吃饭。

许多板车在爬坡，远远一看，像是一队队蜗牛在搬家。这时，我看到身边的一部板车特别缓慢，进一步，居然还往后面退两步，车身在不断地左右摇晃着；有时，车轮竟然僵持不动。我晓得，这是车夫与板车在进行着力量的争夺。我生怕它会翻车。而且，上陡坡时，载着沉重货物的板车，是不能停下的。一是它停不住，板车会自动地往下面滑去。二是如果强硬地把板车停下来，你若是再想起步，如果没人帮助，那将是非常困难的。高高的货物，其面孔十分冷漠，一丝同情心也没有了。这的确是我从来没有见到过的。也可以想见，这个车夫几乎连走"之"字形的力气也没有了。

我又禁不住看了一眼那个车夫。车夫打着赤膊，汗水在古铜色的苍老的皮肤上流淌。他年老体弱，估计有五十多岁了，瘦得像一把丝瓜筋，骨头棱棱的，一头白发，脚下穿着破烂的草鞋。

这时，车夫也偏过脑壳，斜斜地瞟我一眼。我发现，那深陷的眼里充满着一种绝望，又充满着一种渴望和哀求。

我犹豫起来。我明白，良心跟肚子又在吵架了。而这次，我却坚定地站在了良心的一边，并把肚子狠狠地骂了一通，你也不看看眼前这个老人，他是多么需要我去帮助他嘞。

我没有说话，走到板车后面，帮他推了起来。板车明显地灵活起来，一寸寸地朝坡上爬去。老人没有说话，他肯定强烈地感觉得到有人在帮他。我也看不到他感激的目光，高大的货物挡住了我们的视线。我却晓得，他是非常感激我的。

这时，我暂时忘记了爸爸妈妈以及姐姐那些不愉快的事情。肚子却仍然不肯放过我，大声地叫喊道，你搞什么鬼？我已经饿得不行了嘞，你赶快回家吧。

我似乎没有听见。我低着头，双手搭在麻袋上使劲地推着。我的汗水叭叭地打在柏油路上，融化了的黑色柏油，立即就把我的汗水吞噬了。胶轮发出艰难的滋滋声，远没有放空车下坡时的那种悦耳了。这种声音，很容易让人想起人生的沧桑跟磨难。

推着推着，我抬起了头，望着眼前的麻袋。我不晓得麻袋里装的什么货物，隐隐地，我又闻到了一种淡淡的香甜味，所以，口水也不争气地流了出来。我敢肯定，这里面装的是能吃的东西。

欲望让我仔细地观察这些麻袋，它们像密不透风的麻脸，板着面孔警惕地看着我，似乎在提防我打它们的主意。这时，我突然发现堆在板车左侧的一只麻袋上，有一处麻线发开了，居然有一个小指头般大的洞眼，露出了一点深红色的货物。我一只手推着板车，一只手好奇地伸到小洞上，悄悄地拨了拨。然后，又往里面一抠，竟然抠出了一粒干红枣。

这真是我没有想到的。我看看左右无人，毫不犹豫地把它吞进嘴里。我不敢发出咀嚼的声音，害怕车夫听见。我硬是用嘴巴把它磨碎的，连枣核也不敢吐。

所以，我立即听见肚子在大声地夸奖我，嘿，你做得不错嘞，继续做吧。我似乎得到了一种鼓励，所以，我继续去做，却不敢再吃了。我开始"深挖洞、广积粮、不称霸"了，而且非常低调，悄悄地抠出一粒来，就迅速地放进书包里，抠一粒，又赶快放在书包里。我就是这样一边在做着好事，一边又在做着坏事。

那个过程，是紧张而刺激的。我推车的力气也更大了，我担心前面的车夫会感觉得出来，所以，我不能让他有任何异常的感觉。我抠枣子的速度也非常快，简直像一个偷窃高手。没多久，就抠出了十五粒红枣，洞里面都被我抠出了一个小小的空间。所以，我再不敢抠了，适可而止吧，我担心被他发现。然后，我小心地把那个小洞扯拢一些，尽管于事无补，也可以遮一下耳目。

等到我完成了这件不光彩的事情，板车也终于爬上了坡。这时，板车停了下来。我却松开双手，迅速地跑开了。我生怕他那双深陷的眼睛看出我的勾当——我的脸色肯定不太正常。当时，我做好事的感觉，一点也不存在了。

我边跑边往后面看了看，那个车夫舒展着身子，一边擦汗，一边向我招着枯枝般的手。他肯定想说谢谢我的，我却飞快地跑开了。倒是这一来，我给车夫造成的印象肯定是很不错的，他还以为我是一个只做好事却不需要感谢的人。

我回到家里，把十五粒红枣分成五份，每人三粒。爸爸妈妈跟姐姐的那一份，我都给他们留着。奶奶惊讶地问我，红枣是哪里拿来的？我装着高兴地说，是同学给我的嘞。

只是从那以后，我再也不敢去帮别人推板车了。而且，我每次都离马路远远的，我害怕碰到那个老车夫，害怕他找我的麻烦。当然，我还担心自己又会忍不住边做好事，边做坏事。虽然厚脸皮的肚子老是怂恿我去，但我的良心却坚决不允许了。

3

有一天，何老师出了一个作文题，叫《记一件难忘的事》。本来，我想写写爸爸妈妈去农场劳动的事情，也很想写写我姐姐下乡的事情。想了想，还是写不得。他们走的那天，全家人抱头痛哭了一场，像生离死别一样，非常伤感。所以，我就想起了帮人推板车的事情来。

这样，我写下了如下的文字——

《记一件难忘的事》

有一天，我正走在放学的路上，突然狂风吹起来了，一眨眼，黄豆般大的暴雨也跟着下起来了。那时，还只有四点多钟，天色却已经黑得不行了，那些黑压压的云团，就像一床巨大的棉被，要罩到了地上。于是，我飞快地跑起来，想早早地回家。

这时，我看见马路上有一个拖板车的老伯伯，拖着一车沉重的货物，正在非常吃力地一步一步地走着。而且，又是上的陡坡，那就更加吃力了。我十分担心车翻伤人。这时，我心里也非常犹豫，下这么大的暴雨，我的一身都淋湿了，这是很容易生病的。但是，看着老伯伯一个人拖着板车，不去帮一把，心里又很过意不去。这时，我想起了毛主席的伟大教导："一个人做点好事并不难，难的是一辈子做好事。"于是，我就毫不犹豫地跑了过去，对那个老伯伯说："老伯伯，我来帮你推吧。"老伯伯感激地看了我一眼，说："孩子，天下这么大的雨，你还是赶紧回家吧，淋湿了一身可是要生病的啊。"老伯伯取下自己头上的斗笠给我戴，我没有答应。我说："毛主席教导我们说，中国人连死都不怕，还怕困难吗？"我说完，就走到板车的后面，帮着推起来。

好陡的坡啊，前进一步，都是那么艰难。这时，风刮得更猛了，雨下得更大了。我本来是用双手推的，但我马上用肩膀推，这样力气更大一些。这时，我感到全身很冷。就又想起了毛主席的教导："下定决心，不怕牺牲，排除万难，去争取胜利。"于是，我的信心更足了。我想，不管风有多大，雨有多猛，我一定要帮老伯伯把板车推上坡。

马路上，几乎见不到人影子了，只有汽车不时地驶过。路边的槐树，被风雨吹打得东倒西歪，摇头晃脑的。我在暗暗地嘲笑它们，你们没有我坚强啊。

半个小时过去了，我终于帮老伯伯将板车推上了坡。老伯伯停下了板车，感激地说："孩子，真是感谢你啊。"老伯伯还伸出手来，摸摸我的头，帮我擦了擦脸上的雨水。那时，我感到非常温暖，心里甜丝丝的，说："不用谢，这是我应该做的。"我就对老伯伯说了一声再见，然后，就高高兴兴地回家了。

说实话，我写完之后，心里是很得意的，我自以为是出色的。这的确是来自生活，我只是把氛围渲染了一下，比如说，我帮老人推板车的时候，并没有下大暴雨。再就是，由于众所周知的原因，我当然不便把偷红枣的事情也写上去，如果写上去，那还是在做好事吗？那时候，我就学会了对材料的剪裁。

第二天刚下课，有同学叫我，说，何老师让我去一趟。我一听，心怦怦地跳起来。我已经预感到了，何老师肯定是表扬我的作文写得好。说不定，还会当范文在班上念呢。

何老师很有水平，听说是某大学哲学系毕业的。河北人，个子很矮。三十多岁的人，头发居然就白了，像五十来岁的男人，可见他是很用功的。他能说会道，无论争论什么问题，老师们没有人能争赢他。而且，他说的一口标准的普通话，就让说方言的老师无地自容。而且，他一激动起来，口水四溅。

可惜的是，他一直还没有找对象。老师们也跟他做过介绍，而那些女的都嫌他个子太矮。我觉得，那些女的也太没有眼光了，男人个子矮不要紧。不是有俗语说嘛，天上的鹞子，地上的矮子。就说明矮子是有本事的。何老师就是一个很有本事的人，不然，师生们佩服他做什么呢？

我走进何老师的办公室，他正坐在破烂的椅子上，拿着一支红点水笔。他看我走近，就用红点水笔指着我的那篇作文，非常严肃地说，你写这篇作文的用意是什么？

我一听，明白不是我所预料的那样表扬我，心里慌乱地跳起来，以为他晓得我偷红枣的秘密。

我低下头，企图进行最后的狡辩，底气不足地说，用意？就是写做好事嘛。

何老师用他那双尖锐的眼睛，很哲学地看我一下。然后，把本子推到我眼下，说，你从头到尾看看吧。

我就从头看起。

我发现，他在我描写暴风骤雨的那段文字下面，划了长长的一线。还有描写车夫吃力爬坡的那些文字下面，也划上长长的一线。我开始还以为是我写得好，平时的作文有了妙处，何老师都是划上一线的。只是我感觉到了，这些线条，与以往的有所不同。以往的线条，是呈螺旋形状的，可以看出老师批改时的那种得意的心情。而眼下的这些，却是带着质疑的直直的线条。

我再翻到最后的批语，何老师居然是这样批的：整篇作文的气氛，令人感到十分压抑。在风雨飘摇之中，一部破烂的板车，在艰难地爬陡坡，作者的用意是什么？是什么寓意？两个红色的问号大大的，粗粗的，触目惊心。

我蠢了。我实在不明白，何老师的批语到底是什么意思。难道说，我写这个帮助别人推板车的事情，还有什么寓意吗？一是以我小小的年纪，当时，根本就弄不懂寓意这个词是什么意思。二来我的确不晓得我有什么寓意。可以肯定的是，他一定是从我的作文里面，隐隐地闻到了什么异味。而且，他一定是用他哲学的脑壳，来看待这篇小小的作文的。

我脸上充满了疑惑，心里顿时紧张起来，怯怯地说，我就是写帮人推板车嘛。

何老师又拿很哲学的眼光尖锐地扫我，说，你难道仅仅是写帮人推板车吗？然后，他看看手表，叫我跟着他出来，在操场上走着。

昨晚，下了一场不大不小的雨，土操场一片泥泞。我们小心地散着步，像在滑冰。我的心里十分紧张，不知结果如何。

我以为，何老师一定会直言告诉我，这篇作文的寓意是什么，它为什么不好。他却没有说，也许是看我年纪还小吧，即使说出来，我也未免懂得那些深奥的道理。何老师背着双手，板起脸，然后，耐心地开导我，你一定要好好地想想，是不是有什么人叫你这么写的？

我鼻尖上冒出了汗珠，老实地说，没有，我爸爸妈妈都到农场劳动去了，姐姐也下乡去了，我跟着奶奶，她不识字。

何老师突然停下来，眼睛死死地盯着我，许久没有说话。我害怕看那双眼睛，赶紧低下头，望着脚下的泥巴。

何老师很严肃地说，我告诉你，这件事情，会记到你档案里的。他的一只手在空中挥动着，似乎把这件事情已经写进了档案。

我又一次蠢了。

我虽然不懂得在档案记上一笔的严重性，却能感觉到，它一定会影响我的将来。

这时，幸亏上课铃响了。

何老师说，你去上课吧。

我赶紧跑开了，跑着跑着，泪水突然一涌，禁不住哗哗地流出来。

4

虽然何老师没有再找我的麻烦，但我总是尽可能地回避他，心里头像压着一块巨大的石头。我明白，这件事情一定被他记在档案里了，对于我今后，肯定有着巨大的影响。后来，我读完了初中，就不准我读了，叫我插队，许多同学却上了高中。我不明白，这是父母的问题影响了我，还是档案里的事情影响了我。

过了好多年，我更懂事了，忽然想起了这件事情。细细分析，这才恍然。哦，我终于明白，何老师为什么要用很哲学的眼光来看待我的作文了。所以，心里仍然泛滥起隐隐的后怕跟酸楚。

硝烟弥漫

1

老七这辈子最恨的人可能是老秋了。

老七曾经无数次咬牙切齿地说，我不把老秋一屋人斩草除根，我就不是老七。他说这些话，都是当着许多人说的，却没有几个人把老七的话当真，以为老七不过是恨老秋罢了。有人还嘲笑老七说，你不是老七，那你是什么？老七怔了怔，说，那我就是一条死卵。旁边人哈哈大笑起来。

大家之所以不把老七的话当真，是因为他的胆子太小，不可能把老秋一屋人斩草除根什么的。平时在井下，顶板稍微有一点儿响声，或者说掉下来一小块矸石，老七竟然吓得不得了，杀猪般叫起来，赶紧走嘞，要冒顶了嘞。搞得跟他在一起挖煤的人大骂，说老七，你发癫了吗？像你这样老鼠胆子，快不要来挖窑了。老七一脸惶恐，嘀嘀咕咕地说着什么，继续铲煤。

也不是说，一个人胆量小就什么事情也做不出来。像这号人，不做就不做，一旦做出来，那肯定惊天动地。老七就是这样的人，说他胆子小吧，却暗暗地瞄上了王寡妇。有一天，趁着王寡妇一个人在屋里，老七麻着胆子走进去，先是故意跟人家拉家常，拉着拉着，看见王寡妇走到床边准备叠衣服，老七竟然冲动起来，把门一关，然后，像疯了似的，猛地扑上去，一把将王寡妇掀翻在床上。王寡妇居然没有大喊大叫，可能是出于面子的原因吧，这事若闹出去，谁的脸上也不好看。她只是拼命地挣扎，满脸的通红和愤慨，死也不肯就范。所以，两人就这样在床铺上滚来滚去的。

老秋就在这个时候出现了。老秋是去自家的菜地，经过这里时，听见王寡妇屋里有动静，像是有人在扭打，好奇地站在窗口一看，大叫，住手——

事情就这样闹出来了。

王寡妇长得不错，皮肤白红白红的。男人去世两年了，还不见她要嫁人。也有做媒的，王寡妇一律不答应，说再等等。也不晓得她要等什么。其实，窑山有许多人想打王寡妇的主意，只是一时上不了手。谁料这个胆量最小的貌不惊人的老七，却捷足先登了。虽然没有上手，但大家心里也有点不太舒服，嘲笑老七，说他羊肉没吃到，倒沾了一身膻。弄得老七那几天出门都低着脑壳，很没有面子。王寡妇没有告老七，所以，窑山也没有把老七怎么样，只是狠狠地批评了一顿。而老七跟老秋的仇，就这样结下了。结下仇还不算，有仇就要报，不报心里不舒服。所以，老七放话出去，要把老秋一屋人斩草除根。

老七如果要报这个仇，的确也是有条件的。按照大家的猜测，老七要想斩草除根，肯定是拿炸药深夜里往老秋的屋里一甩，轰隆一声，老秋一家必定斩草除根。煤窑的炸药到处都是，虽然管得紧，但你要偷一点儿，也没有什么问题。

老秋的家在窑山，老七的家在乡下，离窑山三百多里。老秋的女人在窑山做临时工，两个崽女。平时，老秋是最看重那个崽的，崽要吃冰棒就买冰棒，要吃鱼就买鱼，可说是百依百顺。有时，老秋下井去了，崽闹着要吃冰棒或要吃鱼什么的，他女人稍有怠慢，老秋如果晓得了，那就要大发雷霆。先是不分青红皂白地狠狠地骂女人一顿，然后，飞快地去给崽买回来。窑山的人都晓得，老七之所以如此看重崽，是有原因的。老七家已是三代单传，如果再不看重这个崽，那就没有道理了。崽也是太娇了，十一二岁了，有时老七还让崽骑在脖子上走来走去的。

老七说那些要报复老秋的话，老秋也不是没有听见。而老秋这人有点意思，似乎并不把它当成一回事。有人对他说，老七要把你家斩草除根啊，你要注意啊。老秋听了，只是微微一笑，根本没有他人所预想的那种紧张，那种惶惶不可终日。老秋还说，老七如果有那个胆量，我也服了他。

自从出了那件事之后，老七在路上遇见老秋，就不再理他了，昂着头，目不斜视，一脸仇恨，好像眼里根本没有老秋。老秋也不见怪，老秋对人说，他可以理解老七，老七恨他，也可以理解，这样的事说出去，他哪能不恨呢？人家说，老七是要对你屋里斩草除根的嘞。老秋还是淡淡一笑，听他乱说？我就是送给他一包炸药，谅他也不敢。

2

老秋在窑山算个好男人。下了班，他偶尔打打牌，却决不像其他人来赌的，如果来赌的，他就起身走人。更多的时候，老秋在菜地招呼那些可爱的菜蔬，给菜蔬松土，淋肥淋水，扯草捉虫，或是搭棚子。老秋是个很有耐心的人，他是唯一不给菜蔬打农药的。他说打农药的菜蔬不好吃，对身体也不利。老秋家的菜蔬也是种得最好的，那些辣椒那些丝瓜那些茄子那些冬瓜那些蕹菜那些四季豆那些白菜那些大蒜，绿油油的，红汪汪的，紫浸浸的，看一眼，很让人喜欢。老秋的菜地很别致，他在一畦一畦菜地的小径上，用断砖头整整齐齐地铺起来，像一条条小马路，利索得很，是人家没有的。

尽管老七不断地威胁老秋，说要斩草除根，老秋也根本没有放在心上。每天照样上班，下了班，照样打打牌，而绝大多数的时间，还是照样在宝贝菜地里忙碌，像一个对种菜蔬有无限兴趣的菜农。

对于老七的不断威胁，老秋的女人和两个崽女也听到了，个个吓得要死，鼓着惊慌的眼睛，说，这怎么办？那个老七狠毒得很，要斩草除根哩。

老秋安慰着家人，温暖地在女人肩上拍拍，然后，在崽女的肩上拍拍，说，不要怕，怕什么怕？他老七只是说说而已，哪有那么大的胆量？他不要脑壳了吗？他不怕吃花生米吗？老秋一次次地劝说家人，女人和崽女才定下心来。

老七虽然没有立即付诸行动，但还是不断地放出话来，话还是那么一句话。有人就开始嘲笑老七，说，老七呀，你放屁已经放了不短的日子了，怎么还不见你动手呢？

其实，说这些话的人也居心不良，想看个热闹。想想也是，位于山沟沟里的窑山，除了发生事故，几乎就没有什么令人感到刺激的事情了，平淡而又单调，枯燥而又无味。好不容易出了一个老七要报复老秋的事情，却总是等不到老秋家轰隆的爆炸声，所以，心里就显得不那么耐烦了。

老七却很耐烦，而且还很有道理，说，君子报仇，十年不晚。你们难道没有听说过吗？不要急，这个仇，我迟早要报的。

老七发誓报复老秋的事情，保卫科的老才也听说了，心里不由一紧，哎呀，这还得了？你老七想搞人家王寡妇，人家老秋发现了，你却还要报复人家？居然还要斩草除根？

老才找到老七，开门见山地说，老七，你几十岁的人了，已经做了一次蠢事，难道说，还要做一次蠢事吗？杀人是要偿命的，你不为自己想想，也要为屋里人想想吧？

老七也不紧张，说，我哪里杀了人？我说说都不行吗？

老才说，你有这个动机，我就要来提醒提醒你，不然，到时候恐怕后悔莫及，到时候人家还会指责我工作没有做到家。

老七嘿嘿地笑起来，说，那我可以给你做证，你的工作早已做到家了。

老才一本正经地说，我不是跟你开玩笑。

老七说，那我也不是开玩笑。

老七的这句话，陡地让老才更加警惕起来。他刚才说不是开玩笑，这句话颇有含义，那就是说，他必定会动手的。

老才眼睛凶凶地瞪着，警告老七，你不要乱来嘞。

老才找老七谈话之后，心里仍然很不踏实，又多次找到老秋谈，劝他平时注意一点儿。并说，据他的经验，像老七这种人，属于那种性格内向的人，这种人不做便不做，一旦做起来，那就是惊天动地的事情。他老七那样胆小的人，去搞王寡妇，不是很说明问题吗？

老秋还是一点儿也不惊慌，说，没有关系，他老七也只是图个嘴巴快活而已，他那种人敢动真的？

老才却不敢放松丝毫警惕，不时地来找老秋，叫他采取一些必要的防范措施。老才是一个尽职尽责的人，还慎重地拿来了五套防范措施，一套一套地十分详细地说给老秋听。老才很有耐心，蹲在菜地边说他的那些防范措施。老秋呢，照样慢条斯理地捉虫子，或扯草。老才生怕老秋没有听进去，所以说几句就要问老秋听见没有。老秋连看也没有看他，就说，听见了。

老才说了多次之后，老秋就显得有点不耐烦了。你一个保卫干事，老是往我这里跑，啰里啰嗦的，旁边菜地还有那么多人，别人还真以为老七要把我家斩草除根哩，岂不是让人家看笑话吗？所以，老秋不高兴起来，说，老才，你不要再来了好不好？你那些话，我耳朵已经听出茧了，你如果还要像老太婆似的啰嗦，我的耳朵肯定有一天会聋掉的。

老才也不高兴，说，老秋，我是一番好心，你难道不晓得？你不想听我还省得一点儿口水，你以为我喜欢说吗？如果哪一天出了事，你就不要来喊我，我真是黄泥巴砌了个黑灶哩。说罢，一路嘀嘀咕咕地走了，再也不来找老秋了。

3

其实，老七一直没有任何动作。

他的确生了一张寡嘴，每天起码要对人说十多次。无论在井下还是在打牌，突然会冒出一句来，我要把老秋一屋人斩草除根。有些人也听烦了，皱着眉头说，老七，挖煤就挖煤，打牌就打牌，不要像个和尚念经一样的，你有本事，你就去炸掉老秋一屋人。

老七也不生气，说，你们还有没有一点儿良心呢？他老秋让老子出了一个那么大的丑，我说说都不行吗？天下哪有这么个理呢？

老七真是像一个庙里的和尚念经，日日念，月月念，年年念，真是锲而不舍，一念三年过去了。其实，这时再没有人听他的了，那种想看大热闹的心理也渐渐地消失了，他们很看不起老七了，你这算什么本事呢？只晓得一张寡嘴天天念，是一个男子汉就一不做二不休，搞它一个大热闹出来。老七也不知听进耳朵了没有，反正还是照样念。

有一次，老七和几个在打牌，那天他赢了牌，心情不错，气势就上来了，打一张牌，就叫一声，我要把老秋一家斩草除根！当时，输了牌的老古心里本来就不痛快，口袋里的钱像长了翅膀一样飞进了老七的口袋里，见老七老是说，便发起输火来，打着打着，突然将手中的牌一甩，凶狠狠地指着老七大骂，老七，你如果还要一张臭嘴巴念念念，老子就要拿刀子割了你的舌头！

老七说，你敢？

老古那天真的发宝气了，当真起身去摸了一把刀子，举起就要朝老七砍来。也亏了当场有好些人，急忙一把挡住，劝老古，老七也不是今天才念，他已经念了三年了，你不要听就是嘛，等于他在放屁好不好？劝了好久，才把老古给劝住。

即使是这样吵了一场，也没有把老七的嘴巴堵住，他一如既往地说那句话，他只是不再跟老古一起打牌了。

问题是，谁也没有料到的事情发生了，那就是老秋心里居然渐渐地开始害怕了。他根本没有料到老七连续不断地念了三年，看样子还要继续念下去。虽说他老七一直没有动手，但仅此一点，就足以说明老七心里对他的那种仇恨一直是深深地扎根在心里的。这种仇恨如果日积月累，就会像火山一样，先是长时间暗暗地酝酿着，然后时机一到，蓄势待发。一旦爆发起来，那该是多么可怕！说不定哪一天，他老七就会真的一家伙把他全家人斩草除根，那么他家就彻底绝根了。老秋的眼里时时出现炸药爆炸的浓浓烟火，轰隆的爆炸声让他胆战心惊。老秋再也稳不住了，这种惶恐不安居然像火苗一样在他的心里燃烧起来，而且越烧越旺。老秋这时才认真而焦虑地考虑这件事，于是，他悄悄地开始活动开了。

大约两个月之后，老秋一家突然不见了。哪里去了？哪里去了？许多人在打听。原来老秋调到另一个煤矿里去了，是夜里来车子搬的家。再看那片菜地，只见一片光秃秃的泥土了，那些鲜鲜嫩嫩的菜也被老秋一点儿不剩地扯走了。

武汉还有个亲戚

　　星期五上午，鲁超群就在考虑这个周末如何度过了。

　　是钓鱼，还是打麻将？鲁超群曾经用十个字概括过自己的嗜好，烟酒槟榔茶，棋牌麻将钓。他正拿不定主意，手机上的《西班牙斗牛曲》响了。一接，原来是和尚打来的，和尚大声地说，喂，哥哥，跟不跟我去武汉耍？一切都由我包了。

　　和尚历来是个大方人，平时吃饭呀洗脚呀什么的，都抢着埋单。有一回，跟吴麻子两人都喝醉了，与吴麻子抢着埋单，竟然争吵起来，连鲁超群也没有劝住，结果，和尚的牛脾气上来了，一椅子把吴麻子的脑壳砸得头破血流。当然，即使出了这类悲惨的流血事件，也不影响朋友之间的感情，由此可见，他们之间的友情是坚不可破的。和尚在长沙办了一家公司，这半年的业务都在武汉，所以，买了一辆桑特拉，在长沙与武汉之间奔跑。他们以前也说过，要跟和尚去武汉耍，一直却没有实现。

这次，和尚下了决心，请他们过武汉看看。

鲁超群一听，觉得去武汉比钓鱼和打麻将什么的新鲜，看看武汉是否比长沙好耍，当即就痛快地答应了，说，那好啊，还有谁去？和尚说，还会有谁？吴麻子嘛。鲁超群很高兴，问什么时候走，和尚说，吃过中饭就走，我来接你。

在家吃中饭时，鲁超群对父母说要去武汉一趟，他老婆不满地说，那要多久才回来？鲁超群说，星期天晚上。这时，母亲说，哎呀，你去武汉呀，我们还有个亲戚在那里嘞。鲁超群说，什么亲戚？怎么没听你说起过？母亲感慨地说，那是你外婆家的亲戚，按理说，你要叫他哥哥呢，他叫照如，以前我们家很穷，他一家人很关照我们的，不然，肯定会饿死人嘞。这个恩情不能忘记啊，超群，你一定要去看看他，要带点礼物嘞。鲁超群说，没问题。母亲说，哦，对了，他还留了个电话的，你先告诉他一声。鲁超群就给那个从来也没有见过面的亲戚打电话。鲁超群说，照如哥，我是鲁超群，我今天就到武汉来，另外还有几个朋友。武汉的亲戚十分高兴，说，欢迎欢迎，我随时跟你联系。说罢，留下了鲁超群的手机号码。

临出门时，母亲还再三叮嘱他，超群，你一定要去看他们一家嘞，我们不能忘记人家的恩情。鲁超群说，放心放心，到了武汉，怎么不去看他呢？肩上俨然挑起了这个轻松的任务。

　　和尚按时来接鲁超群，车上坐着吴麻子，刚上车，鲁超群的手机就响了，原来是小曼打来的，听说他们要去武汉，也叫着要去。鲁超群心里非常高兴，并暗暗自责，哎呀，怎么没想起小曼呢？有小曼陪着，逛武汉的心情，就大大地不一样了。当然，他还是把手机捂住了，急忙向两位兄弟报告这个新情况。和尚和吴麻子一听，反正小曼也不是外人，他们这几个人平时聚在一起时，不论是吃饭，还是唱歌，或是洗脚喝茶，小曼几乎次次到场。鲁超群的年龄最大，所以，和尚和吴麻子都开玩笑地叫小曼为二嫂子，叫得多了，小曼也就习惯了，由他们叫去。和尚和吴麻子说，二嫂子要去就去吧，反正只有你舒服，有美人陪同嘞。鲁超群反驳说，要陪也是陪我们三个人嘛。吴麻子的嘴巴很痞，说，没错，白天陪我们三个人，晚上陪你老人家一个人。三个人都哈哈大笑起来。然后，就马上去接小曼。接到了小曼，车子就呜地上了高速，一路向武汉进发。

　　小曼和鲁超群坐在后排，小曼问到怎么想起去武汉了。鲁超群说这是和尚的主意，再说大家也没有去过武汉，另外，还说了要去看武汉的一个亲戚，这个亲戚对我家是有大恩的。小曼爽快地说，那是，这样的亲戚值得一看，像我家里的那些亲戚势利得很，有钱了，都嗬嗬地像湖鸭子哄地飞来了，没钱了，连一个鬼影子也看不到。

　　三个男人在车上抽烟嚼槟榔，小曼嚼口香糖。鲁超群担心和尚睡眠不足会栽瞌睡，就叫吴麻子不断地往和尚嘴里塞槟榔。车子走了一阵，一时觉得无聊，吴麻子说，哎，我现在叫你们猜个谜语好不好？说是正面像道槽，背面像只船，进去硬邦邦，出来稀软软。这是什么东西？

和尚嘴里含着槟榔，狠狠地骂了一句，吴痞子，你出口就没有好话。小曼也跟着说，骂得好，这家伙嘴里嚼的是草嘞。吴麻子马上争辩说，这是正经八百的谜语，怎么说是痞话呢？你们要我大哥说说看。鲁超群晓得这个谜底，就解释说，这个谜语听起来似乎很痞，其实不痞的。小曼不满地问，那你说是什么呢？鲁超群说，是槟榔嘛。

车内一阵大笑，小曼笑得脸色绯红。

无聊的气氛陡然消失了，鲁超群和吴麻子就轮流说起段子来，有荤的，也有素的。和尚也想说几个，大家却坚决不准他说，你专心开你的车，如果分散精力出了车祸呢？我们几条小命都掐在你手里的嘞。和尚只好不语。

这时，小曼的手机响了，小曼偷偷飞快地瞟了一眼鲁超群，一只手窝在嘴边，悄悄地说话，她说得吞吞吐吐、遮遮掩掩的。鲁超群就觉得小曼心里有鬼，本来心情很好的一个人，此时，就极不舒服起来，居然生了一丝醋意，横着眼睛看小曼。当着车里的人，又不便质问她，等到小曼好不容易把电话打完了，鲁超群就用手机给她发了条信息：刚才是哪个男人？小曼看了他一眼，也回了条信息：是个女朋友。鲁超群凶了她一眼，又发信息：不可能，你把我当宝要吗？小曼不再回信息了，好像做了什么亏心事，把脸久久地朝着窗外。

五点钟左右，快到武汉了，这时，鲁超群的手机响起了斗牛曲，原来是那个叫照如的亲戚来电话，问他们到了哪里。他告诉鲁超群，他家住在汉阳火车站那一带，叫他到了的时候，再打电话问具体地址，还说他已经在酒店订了包厢，要跟他好好地喝几杯。鲁超群捂着手机，赶快问和尚，我亲戚在汉阳，晚上请我们吃饭。和尚丝毫也没有犹豫，说，今晚就不去了，我有两个哥们儿在武昌请客，昨天就说好了的，你要你亲戚明天再请吧。鲁超群想，既然来了，一切就听和尚的安排吧，然后，就对亲戚说，晚饭可能不行了，有朋友请客嘞。亲戚嘀咕了一阵，十分失望地说，哦，那就再联系吧。

进入城区之后，汽车堵得厉害，开开停停的，吴麻子骂道，妈妈的，到哪里都堵车，堵得一塌糊涂，老子要发明一种汽车，能在空中飞的，彻底解决这个问题。

鲁超群笑着说，你还是先把老婆讨进来之后，再去搞发明吧。

车子七拐八弯的，终于把他们带到了武昌的欧式一条街，这时，天已近黑色，那条街道虽然不宽阔，却也灯火辉煌，房子的造型也很洋气，取的店名也很洋气，路易还有香格里拉什么的，等等。再往前开，车子停在了一家叫皇都的饭店。

走进 308 包厢，和尚的两个朋友已经在等着了。和尚马上介绍，那个扎红领带的姓冯，那个高的姓白，都是武汉的好朋友，搞装修公司。两人三十来岁。然后，和尚又介绍自己这边的三个，双方就一一地握手。鲁超群坐在上席，他以为会喝五粮液，谁晓得是主人带来的白云边，九年陈的。鲁超群在心里嘀咕，这个酒连听也没听说过，就悄悄地望了吴麻子一眼。这个眼色被和尚捕获了，趁冯白两人在商量点菜时，和尚马上小声地解释说，武汉人就是这样，喝的酒抽的烟，大都是本地产的。

举杯之后，冯朋友和白朋友不断地敬酒，当然更多是敬鲁超群，他是大哥嘛。由于对方太热情了，鲁超群也没有计较酒的优劣了，一时就开怀大喝。其间，他亲戚又来电话，问晚上是否来汉阳，他请大家吃夜宵。鲁超群说可能来不了，酒喝多了。那个冯喝酒很厉害，后来竟然要敬双杯，鲁超群也不愿意让和尚失面子，也来了个双杯。小曼坐在他的身边，暗暗地扯他的衣服，鲁超群也佯装不知，大喝其酒。渐渐地，鲁超群心里就有点不舒服了，那个姓白的人，老是色迷迷地盯着小曼，眼神很是张狂，妈妈的尸，这人也太不地道了吧。小曼呢，居然也是有意无意地偷看对方，似乎很喜欢别人欣赏自己。鲁超群决定借着酒力，狠狠地打击一下姓白的，就站起来，连敬了他一个四季发财。姓白的哪里招架得住？狼狈不堪地连连告饶。桌子上的人，都为鲁超群的豪气大声叫好，居然没有注意到这里面的微妙。

临散场时，那个冯说，蒙各位哥哥看得起，明天晚饭还在这里设杯薄酒，请大家赏光。和尚看着鲁超群，意思是叫他表个态，鲁超群说，那好吧，又客气地说，和尚在武汉有这么好的朋友，真是令人羡慕嘞。说得冯和白都很高兴。吃罢饭，那个冯打算请大家去唱歌的，不料接到了电话，有人叫他去打麻将。冯不假思索地说，就来就来，口气极其地谦卑，一放下电话，就愤愤地说，这些老爷不好打交道嘞，天天寻着我们，还不是想让我们在桌子上放水？鲁超群见他很为难，十分理解地说，你们不去陪，他就不给你工程，还是去吧，再说，我们坐车也累了，想早点儿休息了。

然后，就分手了，冯又对和尚强调说，记住，明天晚饭还在这里。

和尚说，晓得晓得。

除了小曼，鲁超群三个人已经喝得醉醺醺的，相对而言，和尚少喝了一点儿，他还要开车。他强打着精神，把大家送到汉口，在一家宾馆住下来。那晚上，和尚没有回自己的住地睡，和吴麻子住一间，鲁超群和小曼住一间。临进屋之前，鲁超群突然问和尚，九年陈的白云边，是多少钱一瓶？和尚说六十。鲁超群哦了一声。三个男人进了房间就呼呼大睡了。其间，鲁超群的手机响了好几次，他也不晓得。小曼也不晓得，他的手机是振动的。小曼洗了澡，裸着身子，在墙壁上的镜子前站了一阵子，静静地看着细腻的皮肤、高耸的奶子，不由怜爱地抚摸着自己。二十五六岁的女人了，还没结婚，与鲁超群相好几年了，她似乎又跟其他女人不一样，并不考虑什么结果的，对于这个，她早已有了心理上的准备。走出卫生间，她把电视机的声音调到最小，几乎没有了声音，担心吵醒了鲁超群。

十二点钟时，房里的电话突然响了，小曼一惊，以为是小姐打来的，厌恶地皱皱眉头，本来不想去接的，又担心铃声吵醒了鲁超群，就去接了。一听，原来是吴麻子，吴麻子问鲁超群醒来没有，小曼说还没有，吴麻子说你叫醒他，要他过来一趟，我们有事商量。小曼一听，顿时敏感起来，以为是叫鲁超群出去叫小姐，在长沙，小曼就曾经多次怀疑过这些家伙，只是他们实在是太狡猾了，所以，一直拿不到任何证据。其实，吴麻子跟和尚要睡小姐，也不关她什么事，两人反正还是王老五，可以无法无天，他们只要有钱，就睡他们的好了，她担心的是他们把鲁超群带坏了，她对鲁超群是很苛刻的，绝不允许鲁超群堕落。所以，她很不高兴地说，这个时候了，还商量什么鬼事？是不是地震或是发洪水了？吴麻子态度温和地说，你以为是我叫他呀？是和尚叫他嘞。小曼听说是和尚叫鲁超群，就不再坚持了，这趟来武汉，是和尚催成的，还是要给他面子。

就叫醒了鲁超群。

鲁超群睡得迷迷糊糊的，说有什么事？小曼说他们叫你过去。鲁超群从床上爬起来，准备走过去，小曼警告说，你如果跟他们去睡小姐，我绝对不会饶你的。鲁超群皱着眉头说，你怎么疑神疑鬼的？如果这回不要你来，那么，我回长沙之后，你肯定会跟我没有完的。说罢，把手机拿起一看，上面居然有八个未接电话，都是那个亲戚打来的，就马上打了过去。亲戚问他们住在哪里，他说住在汉口，亲戚说请他们出来吃夜宵，鲁超群说太谢谢了，夜宵就不吃了吧，几个人都喝醉了。又强调说，我明天来看你。

然后，鲁超群来到隔壁房子，问和尚和吴麻子有什么事。吴麻子说，超哥啊，你今晚上有人陪，我跟和尚就太可怜了，你看是不是"活动"一下？鲁超群一听，明白他们的意思，在长沙时，他们也把诸如此类的事情说成是"活动"，内容却极其丰富，包括打麻将、喝茶、唱歌、钓鱼、洗脚、按摩、睡小姐，等等。现在说的"活动"，明显是指的睡小姐。鲁超群是个讲义气的人，理解朋友们的心情，就说，那可以嘛，千万不要让小曼晓得了，我跟你们去……

话还没说完，房间里的电话响起来了，吴麻子拿起电话一听，是个小姐的声音，娇滴滴地问先生要不要服务。吴麻子顿时兴奋起来，一只手捂着话筒，对身边的两人说，哎呀，说曹操曹操就到了，嘿嘿。鲁超群马上示意吴麻子问个仔细，吴麻子就说，请问有什么服务？谁知对方却突然破口大骂起来，吴麻子，你们想干什么？吴麻子一听，顿时大惊失色，原来是小曼。他妈妈的尸，这个女人简直太可恶了，原来是在故意试探他们。吴麻子赶紧调整语气，细声细气地说，二嫂，你这是做什么啊？这不是引诱我们犯错误吗？我们哥们儿难道是那样的人吗？快放电话，我们正在谈事呢。放下电话，吴麻子就埋怨鲁超群，你看你超哥，带一个女特务来，我们什么活动都搞不成了。

对于小曼的举动，鲁超群一肚子脾气，反倒有了逆反心理，说，这个女特务真是讨厌，不理她。他对车上小曼的那个电话，仍然耿耿于怀，就从床头柜上拿起服务提示的牌子，扫了一眼，指着其中的一个号码说，吴麻子，你打这个电话。然后，又问和尚这里是否安全。和尚含糊地说，应该没问题吧？只是我在武汉搞得不多，每次都是来去匆匆的。

吴麻子把电话打通了，问是否有上门服务的，对方说有，又问要多少钱，对方说六百。吴麻子一听，就没说话了，叭地放下电话，气愤地说，他妈妈的尸要六百，太贵了吧？又不是金子做的。鲁超群跟和尚听说要六百，也很气愤，在长沙，像这样的宾馆，哪里要这么贵呢？听吴麻子说"又不是金子做的"这句话，两人又情不自禁地笑了起来。鲁超群接上吴麻子的话说，恐怕武汉的小姐，就是跟长沙的不一样，可能是金子做的嘞。他们坐在床边，一致认为价钱太不合理了，又不是五星级宾馆，也太宰人了吧？这个价钱，要是在长沙，可以潇洒好几次了。所以，三人的心情一下子就没有了。再说，人生地不熟的，担心别人带笼子，一旦出了事，小曼晓得了就拐场了，那么，一点儿脸面都没有了。和尚说，这个城市就是跟长沙不一样，吃饭便宜，搞活动就太贵了。然后，三人纷纷表态，活动就不搞了，免得出意外。如果小事变成了大事，无事变成了有事，卵事变成了屁事，好事变成了坏事，实在是划不来的。所以，他们考虑了价钱和环境种种不利的因素，最后决定还是放弃。

第二天十点多钟，和尚叫大家起来，说是带他们去以前的租界看看。吃过早餐，车子就往租界开去。租界当然冷落了，却仍然可以想象得到当年的热闹和辉煌，那些不高的洋房子，依然泛起一丝贵气和趾高气扬的意味。在鲁超群的眼里，竟然还仿佛出现了许多西装革履的高鼻子洋人，以及一头金发的女人，当然，还有小车和黄包车在不断地穿梭。

最后，和尚带他们来到了吴家花园，然后，对吴麻子说，这是你家门当年的房子。吴麻子一头雾水，问，哪个家门？和尚说，你真是没读书嘞，就是那个吴大帅吴佩孚嘛。又说，他是第一个上《时代》杂志的中国人嘞，那还是一九二四年嘞。这个吴佩孚是不纳妾的，却又纳了三个妾，这是为什么呢？这是他老婆逼的，他老婆没有生崽女，还以为是自己的原因，就逼着男人纳妾，结果呢，还是没有后代，你们说为什么？原来是吴大帅没有生育能力。

走进吴家花园，和尚熟门熟路地带他们上上下下地观看，这是一栋四层楼房，每层面积大约四五百平方米。让人可以想见当年的阔气和富贵，也有一种人去楼空的感慨。在那些结实的墙壁上，以及门窗细小的缝隙中，印证了历史变幻的风云。现在，最下面的那一层已经租出去了，成了一家茶馆，环境十分安静。他们没有在茶馆里面坐。走到庭院里，庭院不大，却也摆了一副造型特别的铁桌椅，他们就要了茶，坐下来休息，共同感叹着世事的沧桑与历史的变迁。茶馆老板在庭院里特意开了一条水池，池中养了不少的金鱼，原木拼起的小桥，就成拱形从水池上架过，是想制造出一点儿野趣来的。别看和尚只在武汉与长沙两地之间为生意奔波，却似乎对武汉的历史非常熟悉，简直是如数家珍。他先说了一通武汉，说武汉以前称之为"东方芝加哥"，牛皮得很嘞，现在不行了，比如说经济吧，整个武汉，还当不得上海的一个区。然后，又滔滔不绝地说了一大通关于吴佩孚的事情，还说，这个吴大帅，是个很有文化的，本来是想雄心勃勃统一中国的……

鲁超群三人倒也听得津津有味，吴麻子却连连叹气，哎呀，老子当不得我家门的一条腿嘞，他讨了四个老婆，我呢，岳母娘还不晓得在谁的肚子里呢。其他三人就笑了起来。小曼说，现在你也不是赶上了好时光吗？只要你有钱，你也可以讨四个甚至更多，你如果办了幼儿园，我来给你当园长好吗？我一定把你的接班人培养成栋梁之材。吴麻子一听，哎哟哎哟地痛苦起来，摇着双手，说，二嫂，我哪里有米米嘞？吴麻子的确没有米米，在长沙东打一枪西放一枪，没有比较固定的职业，和尚叫他来公司帮忙，他却不愿意，说，好朋友就不要堆在一起，免得到时候伤了和气。

小曼又对和尚说，你也要找对象了嘞。和尚却腼腆地说，随缘吧。其实，追和尚的妹子还是不少，不晓得怎么搞的，每次见了面，和那些妹子吃餐饭，就再也没有下文了。鲁超群他们都是见证人，吃饭时都在场的，以便给和尚评审一下对方。不论这几位评委如何说那妹子的种种好处，和尚也不来神，每回就是见面吃饭而已，他的任务好像就是埋单。吴麻子曾经刻薄地说，你老先生，哪天真的会跑到深山当和尚去的。和尚只是笑。

这时，鲁超群的手机响起了斗牛曲，一看，是汉阳那个亲戚打来的，说中午一定要请他们去吃饭。鲁超群问和尚，我们可以赶过去不？和尚拿出手机看时间，已经是十一点五十五了，就说，赶不过去了，还有很远的路，况且，中午又堵车，我们不如下午再去吧。鲁超群就对着手机说，照如哥，我们在汉口，现在恐怕赶不过来了，我打算下午再过来看你好吗？真是对不起。吴麻子说，到底是个什么亲戚？鲁超群就说了，吴麻子说，这样的亲戚见到了就见到了，没见也就算了。鲁超群脸色一沉，说，吴麻子，你怎么这样说话呢？如果是你的亲戚，难道你不去看吗？吴麻子说，那也难说。

和尚站起来，说，好了，看了吴佩孚，现在去饱肚。就付了款，然后，走出院落上车，带大家去饭店吃饭。

这是和尚第一次在武汉请他们的客，就想去好一点的地方，却被鲁超群坚决地制止了，他说没那个必要，几个兄弟随便吃点就可以了，何必那样讲究呢？再说，这里的口味也不怎么好。吴麻子和小曼也举双手赞成，说要请客，还是到我们长沙去补吧。一行人就到一家小店子吃饭。和尚不想在武汉冷落了朋友们，吃罢饭，见时间还早，就说要带大家到东湖看看。

大家觉得这个主意不错，就去东湖。

在半路上，鲁超群突然记起什么，提醒和尚在超市停一下车，说要给亲戚买点儿礼物。和尚一边开车，一边注意路边的超市，发现一家超市之后停了车。鲁超群就独自去买东西，小曼他们都没去，在车上等着。起码等了二十分钟，鲁超群才提着东西匆匆上车，小曼问他买了什么，鲁超群说，我也不晓得买点什么才好，看了半天，干脆就买了两瓶十五年陈的白云边，还有一条红壳子的黄鹤楼烟。

和尚说，可以了，它们在武汉都算是贵东西了。

来到东湖之后，和尚为了让他们有点儿感觉，有意识地沿着东湖慢慢地跑了一圈，然后，把车子停在磨山公园外面，小曼逗趣说，死和尚还真会安排，上午呢，带我们看吴麻子家门的花园，下午呢，又带我们看鲁超群家的鲁家公园。大家一听，果然是巧了，就讪笑起来。鲁超群说，我家如果有这么大的公园，首先让各位在里面砌一栋别墅。吴麻子嘴巴刁，说，那我二嫂的别墅呢？难道也砌在里面吗？那大嫂不每天跟她吵架才怪呢。和尚咯咯地笑起来，鲁超群和小曼就一齐攻击吴麻子，说，你硬是长了一张臭嘴巴嘞。

和尚问是否进公园看看，鲁超群三人都说，这样的山没什么看头。鲁超群建议说，我们还是去游游东湖吧。仁者乐山，智者乐水。我们不是仁者，是智者，所以，就乐水去吧。和尚就去买了四听罐装啤酒，然后，和大家走到湖边。湖边停了许多游船，船家有男有女，和尚就跟一个男人讲价，吴麻子轻轻地扯了和尚一下，暗示他叫个女人撑船。和尚是何等聪明之人，马上嫌价钱太贵了，换了一个女人。那女人虽已是中年，却仍然可以看出当年的妖媚，只不过是经岁月侵蚀，那些妖媚，已经被脸上的粗枝大叶掩盖了。

四个人小心翼翼地走上船，双双相对而坐。东湖上一片安宁，波澜不惊。鲁超群喝了一口啤酒，深深地感叹，这里真是不错呀。和尚说，武汉以前有百湖之城之称，现在呢，只有三四十个了。

大家叹息说，可惜呀可惜。

那天游客不多，仅仅只有这条船在慢慢地游着，鲁超群仿佛觉得，这条小船，会将他们带到很远很远的地方去。吴麻子却一心要制造出一点热闹来，就拿出手机，给鲁超群和小曼照相，小曼一副小鸟依人的样子，把头伏在鲁超群的肩膀上，效果不错。

小曼忽然说，吴哥，你把这些相片，发到我电脑里来吧。鲁超群警惕地说，发到你电脑里做什么？小曼嗔怪地说，怎么？你害怕了？怕全世界人民都晓得吗？鲁超群不与她争嘴，担心破坏了心情，只是暗暗用眼色提醒吴麻子，这样的蠢事，是千万不能做的。吴麻子心里当然明白，嘴里还在调侃小曼，那好啊二嫂，只是每张相片的要价不低嘞，老子要靠这个发一笔老财，然后，把老婆讨进屋。

突然脱离了喧哗和嘈杂，处于一片水淋淋的静谧之中，他们的身心十分愉快。

鲁超群说，如果一辈子在这种环境中生活，那真是妙不可言。

冬阳照耀在湖面上，湖水波光粼粼。有风微微吹来，却没有寒冷的感觉。这时，吴麻子说了个段子，说是在阿姆斯特丹，那些外国的妓女，也会说几句简单的汉语，所以，每当看见西装革履的中国男人走过来了，她们就会招着手，用十分别扭的中国话说，冒号，要不要？有发票。吴麻子不笑，其他几个人却笑得前仰后合的，小船一晃一晃，好像要翻船似的。尤其是小曼，连连说，吴麻子你要死了，亏你想得出来嘞。又举着小小的拳头，不停地往鲁超群的身上猛打，好像他就是那个西装革履的中国人。站在船头专心摇桨的那个女人，不明白他们在说笑什么，只是张着惊讶的眼光向他们投来。

在东湖上足足游了两个钟头，这时，和尚就提醒说，我们得走了，不然，又会堵车的，还有这么远的路嘞。吴麻子发着牢骚说，妈妈的尸，还是没有我们长沙方便，这里吃个饭还得提早开路。和尚说，在北京还不是一个样吗？中午吃了，马上走，走到另一个地方吃晚饭，烦躁得很，哪里像我们长沙，几分钟或十几分钟，就可以把整个城市跑个遍。

一行人就上了岸，鲁超群准备给汉阳的亲戚打电话，说他们现在就要往汉阳那边赶了。刚摸出手机，斗牛曲响了，正是那个亲戚打来的，说请他和朋友们过来吃饭。鲁超群说，我们就会过来了。和尚突然想起了什么，说，哦，不行不行，我那两个朋友昨晚不是说了吗，今晚上还在皇都请客的。鲁超群一听，为难地说，那我亲戚这边怎么办？吴麻子说，你只说朋友昨晚上已经定了，不便推辞的。鲁超群试着说，那是不是兵分两路，我一个人去我亲戚那里，你们去皇都？和尚却猛烈地摇晃着头，反对说，那肯定不行的，我朋友不是说了吗？你是我们的大哥，是非去不可的，不然，我的面子往哪里摆呢？小曼也帮腔说，人家和尚还要在这边做生意的嘞。吴麻子也说，我们总共四个人，还兵分两路，那不成了散兵游勇了吗？没有什么卵意思了。鲁超群见他们这么说了，也不便拒绝，就说，那好吧，我给亲戚解释一下。又给亲戚打电话，说是很抱歉，刚才他忘记了，昨晚上有朋友在武昌定好今天吃晚饭的，不去实在是不好，是这样，我们晚上再联系好吗？

那时，已经是四点多钟了，和尚开着车赶紧往武昌赶，赶到皇都，天色又是黄昏了，当然，还是喝九年陈的白云边。这一天，似乎很累，大家没有喝多少，和尚的两个朋友也不劝，所以，都喝得十分斯文。那个白也不敢再大胆地看小曼了，低着头喝酒吃菜，比昨天老实了许多，他肯定吸取了昨天的教训，害怕鲁超群又会跟他来个四季发财，或是十全十美，那么，肯定是吃不消的。吃罢饭，已是八点多钟了，那个冯刚说今晚上一定要安排活动，话还没说完，手机就响了，他一看，连连摇头，满脸苦笑，说又是叫我们去打麻将。

鲁超群知趣地说，可以理解的，人在江湖，身不由己嘛。

在酒店外面分手之后，一行人就往汉口走。吴麻子说，和尚，我们好不容易到了武汉，你怎么不安排一点儿活动呢？真是让人失望嘞。和尚说，同志们是想唱歌，还是想洗脚？我实话告诉你们，这些场所，都赶不上我们长沙，没什么意思，这不是我小气，舍不得花钱嘞。鲁超群说，既然如此，我们还是回宾馆休息吧。和尚似乎心有不安，唯恐怠慢了朋友们，就说，这样吧，今晚上，我带你们到最热闹的吉庆街去看看吧，那是全国有名的地方。小曼说，那有什么好看的？和尚说，你不晓得吧，那里吃夜宵闻名于世。

回到宾馆，大家洗了澡，已经十点多钟了，这时，鲁超群的亲戚又来电话，说是否到他那边去，他请大家吃夜宵。鲁超群实在不想走得太远了，这个鬼地方，吃餐饭都是跑过来跑过去的，在路上耗费的时间太多了，就说，照如哥，别客气，这边有朋友安排了。想了想，又强调说，我明天一定来看你。

大家在长沙习惯吃夜宵的，昨晚上没吃夜宵，心里好像还有点不太踏实，好像每天的生活中，缺少了一点什么内容。所以，和尚带着大家到了吉庆街之后，看见吉庆街居然这般热闹，人人都很高兴，纷纷说，哈，在长沙，还没有这么个吃夜宵的大场合嘞。

一行人就找个桌子坐了下来。

妈妈的尸，这个夜宵之地，真是让人大开眼界，卖唱的，弹吉他的，拉二胡的，拉大提琴小提琴的，还有画像的，照相的，卖花的，说单口相声的，真是热闹非凡。在长沙，除了卖花的，最多只有弹吉他唱歌的，其内容没有如此丰富多彩。这些属于夜宵摊子的衍生物，有活泼年轻打扮时髦的妹子，也有徐娘半老的女人，当然，也有油腔滑调，或是不苟言笑的中老年男人。他们都凭着一技之长，在这个充斥着酒气与菜味的喧哗之地，不停地转动着，极尽所能地表演着，企图从食客的口袋里，再挖出几个铜钱来。

见鲁超群他们坐下来，就立即涌上了许多艺人。和尚问鲁超群是否点一个，却被鲁超群拒绝了。坐了一阵，兴味盎然的他们，继而又改变了刚才的观点，对于这个陌生的吃夜宵的地方，发表了趋于一致性的看法，觉得过于嘈杂了，没有多大的意思。这哪里是吃夜宵，简直是大杂烩表演，闹哄哄的。

和尚解释说，这是一个女作家把此地写出名的。然后，就自作主张地要了一个鱼火锅，几盘小菜，另外，还给鲁超群点了一盘鱼泡，晓得他是最喜欢吃的。和尚对服务员说，给我来一箱啤酒吧，要喝就喝个痛快。吴麻子赶紧制止了，说先来四瓶再说吧，和尚你就省着点吧，到时候，我讨婆娘了，给我打个大红包。

当他们把筷子从火锅里夹东西吃时，又都呕呕地吐了出来，把筷子啪地一放，皱着眉头，纷纷说，这个味道怎么吃呢？

味道的确是太差劲了，寡淡寡淡的，又酸酸的，鱼腥气都没有褪去，这让他们的食欲顿时消遁，似乎是责怪和尚，为什么把他们带到这里来了。和尚急忙解释说，武汉人就是吃的这个口味嘞，我也不是叫你们来吃口味的，是请你们来这里看看热闹的，也不悔来武汉走了一遭嘛。鲁超群几个人没再动筷子了，既然来了，也不便立即离开，就慢慢地喝着啤酒，然后，扫视着那些吃得津津有味的食客，仿佛都在替那些人感到难受，这样的口味，他们居然也吃得下吗？

小曼十分感叹地说，还是我们长沙的口味好嘞。

就是就是，三个男人也十分赞成。

这时，鲁超群看见一个徐娘半老的女人，风韵犹存，手里举着一块黄色的牌子，上面用红漆写着，京剧越剧黄梅戏花鼓戏，旁边还注明是专业水平。在她的身后，跟着一个很有风度的中年男人，穿着米黄色风衣，带着乐器，很可能是她的丈夫。鲁超群猜测，这个女人肯定是剧团的演员，肯定也是唱得十分好的，趁现在嗓子还可以唱几下，夫妻就双双出来捞外快了。她在那些吆喝喧天的桌椅之间走来走去，眼里渴望有人请她唱一曲，却无人叫她。食客们都请那些打扮怪异的年轻妹子唱歌，况且，那些妹子又十分大方，一边唱，一边在食客们的肩膀上按摩，眉来眼去的。像她这般年纪的女人，在这种场合中，是断断做不出轻率而矫情的举动来的，她似乎是要保持着专业性的固有的那份庄重和端庄。所以，她的目光里有几许失望，同时，也充满着希望。鲁超群觉得她很可怜，想叫她来唱一曲，却又一点儿兴趣也没有了，菜的口味，让他早已兴致全无，所以，心底的那点怜悯，也就荡然无存了。

喝完啤酒，鲁超群就说走吧，大家就起身走了。

那时，已经一点多钟了。

其实，在长沙，他们几乎没有两点钟就回家的。

第二天上午十点多钟，他们才醒来，和尚说，我再带你们看个地方吧。鲁超群说，什么地方？和尚说，要看的地方当然很多，只是来武汉，不到珞珈山看看，也是很遗憾的，武汉大学就在那里嘞。吴麻子问，珞珈山在哪里？在武昌还是汉口或是汉阳？和尚讥讽说，你怎么没读书呢？就在东湖嘛，当然，东湖是很大的。鲁超群商量说，是不是选一个景点离汉阳近点的？我们看了之后，就可以去我亲戚家？和尚说，离你亲戚家近点的地方有个琴台，高山流水觅知音，钟子期老人家在那里做抚琴状嘞，只是那实在没有什么看头。

鲁超群一想，说，那就去珞珈山吧。

车子开到珞珈山，他们随便走了走，见到许多来来往往的学生，有散步的，也有把单车踩得像风一样直飚的。吴麻子没读过大学，一时大发感叹，哎呀，我吃了没读书的亏呀，我弄你们读了书的娘呀。鲁超群极其反感地说，吴麻子，你这就要不得了，你自己读书不发狠，这又怪谁呢？还要骂人家的娘，这是典型的劣根性，你娘叫你读书，你要在家杀猪，这又怪哪个呢？

一行人说说笑笑，走走看看，倒也安然自在。他们早已说好了，吃过中饭就回长沙，这样不至于显得急促，也不必赶夜路。

和尚说，如果春天来看樱花，也是一大景观嘞。

鲁超群大学毕业很多年了，故而，对于大学校园，怀有一种特别的感情，虽说这不是他就读的学校，他仿佛又回到了当年的感觉。他望着那些生气勃勃的学生，还有那些白发苍苍的老师，不由感慨万千。想当年，他从农村考上大学时，还只有十六岁，父母为了不让他显得过于寒酸了，也是为了以示庆贺，费尽心机，特意给他买了一双皮鞋，一只手表，还有一个黑色的皮革提包。他来到长沙的第一天，就迫不及待地照了个全身像，把锃亮的皮鞋露了出来，还故意把手表露了出来，手里提着那个黑色的皮革提包。那个土包子模样，至今回想起来，让人忍俊不禁。

哪里像现在的大学生洋气呢？

这时，鲁超群的手机响起了斗牛曲，原来是那个亲戚打来的，亲戚说，一定要请他和他的朋友们吃中饭，并问他在哪里。鲁超群一听，顿时呆了，在武大校园里回想往事，竟然把看亲戚的事情也忘记了，就急忙问和尚，现在是否能赶到汉阳去？和尚连忙摇头，肯定赶不到了，路太远了，何况，现在已经快十二点了，堵车的高峰期嘞，算了算了，你告诉你亲戚吧，中饭赶不上了。鲁超群就非常抱歉地说，照如哥，实在是不好意思，我们还在珞珈山，根本就赶不来了，我们再联系好吗？他想，吃过中饭，就马上赶到汉阳，与亲戚见上一面，还是来得及的。

中饭又是和尚请客，鲁超群不愿意，说还是由我来请吧。

和尚说，我在这里也算是半个主人了，怎么要你请呢？接着，把大家带进了校园旁边的一家酒店，点了几个菜，要了啤酒，慢慢地喝着吃着。

鲁超群仍然沉浸在往事之中，他现在有点后悔了，当年没有去读硕士，或是读博士，他的同学很多都出了国，或是硕士、博士了，现在，一个个都是教授，或是专家，或是官员，而他呢，现在只不过是个小小的公务员，连个副股级都没有捞到手。当时，他只想毕业之后，马上参加工作，很威风的啊，有工资拿了啊，还能为家里减轻负担啊，现在想起来，也太幼稚了，太短视了。

鲁超群表面上跟吴麻子与和尚喝着啤酒，心里却在想着那些遥远的往事，所以，有点心不在焉。快要吃完饭时，时间已是一点半了，正准备走，酒店里的电视机开始播放一位男歌手的节目，而这个男歌手，又是小曼特别喜欢的，可以说是她的偶像。所以，当他们起身要走时，小曼却死活也不答应，说一定要看完再走，还说她这两天都随着大家走，没有让大家扫过兴，所以，希望大家现在也不要扫她的兴。

吴麻子与和尚看着鲁超群，叫他表态，鲁超群只好无奈地摇头，耐着性子等小曼。那个男歌手长得很帅气，小曼看得十分入迷，看着看着，就情不自禁地坐到电视机跟前去了，好像恨不得钻进电视机里，抱着那个歌手亲个嘴。鲁超群心里又滋生了醋意，干脆不去看，眼不见为净，别过头，只顾跟吴麻子和尚说话。

等到小曼看完那个节目，已经快三点了，鲁超群说，我们赶紧去吧。他的意思是马上去汉阳，如果再不去，就真的没时间了。

这时，吴麻子接了一个电话，是他女朋友打来的，说今天是她的生日，你吴麻子怎么忘记了？还说晚饭一定要请她吃饭的，还要买花的。

吴麻子啄着脑壳回答说，一定一定，吃饭还有买花，我还要叫超哥和尚小曼来热闹热闹，吃了饭，唱歌好不好？放下电话，就十分焦急地说，快走快走，不然，我这个女朋友又会吹了，妈妈的尸，现在的姑奶奶都惹不起，一个比一个厉害。

大家就赶紧上车，鲁超群看着那堆买好的烟酒，很为难地说，那我这个亲戚还看不看了？

和尚说，下次再来吧，我反正还会往这边跑的，还怕没机会吗？再说，如果现在去汉阳看你亲戚，上高速还得往这边来上，时间肯定是不够了。

小曼也说，对，下次再来吧，趁早回去，跑夜路，和尚怕是吃不消的，再说，吴麻子的女朋友还在等着吃晚饭嘞。

吴麻子更是急不可待，连连挥着手，催促和尚开车，又双手作揖，嘴里说，各位哥哥，还有二嫂，我求求你们了，快走快走，和尚，三个多小时能跑到吧？

和尚说，没问题。

那么……这些烟酒呢？鲁超群怔怔地说。

吴麻子潇洒地说，这还不好办？烟嘛，就三一三十一分掉算了，这叫"上山打猎，见人一份"。酒呢，也就不要你另外去买五粮液了，回到长沙就喝掉，十五年陈的，比那个九年陈的肯定要好喝多了，也算是给我女朋友贺生吧。

鲁超群无奈地想，唉，也只有这样了。

就马上给汉阳的那个亲戚打电话，一个劲地解释说，真是对不起，实在是太忙了，没过来看你了，下次一定来看你。

车子七拐八弯地开出了城区，然后，冲上高速，往长沙方向飞快地奔跑起来。

冬季的太阳还很大，高高地照耀着，给人十分温暖的感觉。

莫开西的模特生涯

1

　　那天早上，莫开西站在离学院大约一百米的地方，马路两边都是一些饭店或小吃店，除了几家卖早点的店子忙碌之外，其他的店子还没有开门。莫开西望着那些吃早点的人，口水不断地流出来，那个非常突出的喉结，上下不停地滑动着。到这里吃东西的大都是学生或老师，他也很想走过去吃一碗米粉或几个包子，却实在舍不得。他一只手老在口袋里摸着，显得十分犹豫，既像是害怕那不多的钱飞走了，又像是准备拿出来买东西吃。总之，那只手老是处在一种模棱两可的状态。当然，他又尽量不朝那些地方看，觉得那样不太好意思，干脆把眼睛移开，像在等什么人，或者像在等车。离他五六米远的地方有个车站，这样显得自然一些。

莫开西是个农民，快六十五岁了。他到这里来的确是等人的，准确地说，不是他等别人，是等别人来挑他。这是莫开西这辈子第一次来省城，如果不是他的大崽生病住院，可能这辈子也来不成省城。更没有想过，靠他那一张满是沧桑的脸还能赚钱。大崽的病情逼着他卖光了值钱的家当，还借了不少，他本来想也差不多了，医生却说，还不够，要他赶快想办法，不然的话就要停药了。莫开西急得心里吐血，他没有让大崽晓得，一面叫家里人想办法借，一面想在城里找点事做，好歹也可以赚几个钱。他带着大崽住院的那天，医生就说，他大崽可以陪护。莫开西问陪护要不要钱，医生说如今哪有不要钱的好事呢？八块钱一晚上。莫开西狠心地住了一晚，让大崽心里有点安慰。第二天他死活也不住了。他想，反正天气也不冷，到街上随便什么地方睡一晚也就过去了。所以，他每夜靠着医院外面的绿色熊猫垃圾箱睡觉。开始两晚还睡得比较安稳，没有人打搅他老人家的瞌睡。只有几个后生喝醉了酒，把一个空酒瓶子朝他甩过来，幸好没有打着他，在离他一米远的地方砰地炸开了。当时他从梦中吓醒来，本想要骂人的，而人家又没有伤着你，如果骂，说不定那些醉鬼对他不客气。他明白，如今这个世道后生是惹不起的。村子里有几个后生为了点儿小事，不是把五岳一家人杀了吗？所以他舌头一卷，飞快地把骂人的话卷进了肚子里。

第三天夜里，他还是遇到了一点儿小小的麻烦。

那夜里他本来睡得好好的，突然被人踢醒。睁开眼睛一看，原来是两个戴红箍箍的人，他不晓得那是联防队的。两个后生口气很凶，问他是哪里的，为什么睡在这里？莫开西是个老实人，就把大崽住院跟自己为省钱的事说了出来。有个后生拿手电照照他，忽然说，这个老倌子长得像洋人嘞，很有特点嘞。那个后生又说，老倌子，我告诉你，你可以赚到钱的。莫开西忧愁地说，我要是能赚得到钱就好啰。那个后生说，肯定赚得到的。他说，你明天早上从这里搭 2 路车，坐到师范学院下车，那是终点站，你就站在那里等着吧，保证你有钱赚。莫开西疑惑地说，天下哪有这样的好事？站在那里就能赚得钱吗？那个后生说，老倌子，信不信由你。说完，跟着另一个后生走了，边走边说，没想到乡里也有长得像洋人的。莫开西冷笑一声，想，长得像洋人就能赚得到钱吗？在这之前他从没有觉得自己像个洋人，自己就是一个地地道道的农民。他也几乎没有照过镜子，有时候还真忘记自己是个什么样子了。

2

第二天莫开西犹豫了很久。那个后生的话在他脑壳里响来响去，像一只鼓敲得嘣嘣响。去还是不去？不去的话，万一那个后生说的是真的呢？那不是掉了一个好事吗？如果去，万一他是哄人的呢？那不是白白地丢了车费吗？

当然，莫开西还是经不起诱惑，总觉得有一只无形的手在扯他，扯着扯着，居然就把他扯走了。

下了公共汽车，莫开西有点不知所措。他慢慢地走着，眼睛四处张望。他想起了那个后生说的话，站在这里等着就有钱赚，所以他就站住了。

渐渐地，他发现这里的确跟其他地方不同，有许多男女也陆续地在马路边站着。看那装束好像也是乡下人，他们是不是也跟他一样在等着赚钱呢？要不就是城里有钱捡，而天下哪有这样的好事？如果这里有钱捡，那全城的人都会舍死拼命地来抢，哪里还会轮到他呢？

莫开西又发现，那些男女开始把眼睛朝他扫来扫去，好像认识他。那些眼光有点惊讶，也有点不高兴。莫开西不明白这些人为什么这样，所以干脆不看他们。好在那些人看他一下就不再看了，这才使他心里轻松下来。

没过多久，莫开西发现有个戴眼镜的后生向他走来。那是一个很瘦的后生，像是从小挨饿样的，脸色黄黄的，好像有病。头发却老长老长的，比女人的还长。后生一脸惊喜，像是发现了一窖金子站在他面前，左手抵着下巴，用欣赏的目光看他一阵子，自言自语地说，不错不错。然后对他说，请跟我走。

莫开西说，去哪里？

后生说，你难道不是来当模特的吗？

莫开西怔了怔，当模特是怎么回事？幸亏他脑壳转得快，这是不是昨晚那个后生所说的赚钱呢？他赶紧笑着说，是的是的。

后生说，那走吧。

莫开西紧跟着眼镜后生屁股走，旁边那些男女，用一种嫉妒而又无奈的眼光看着他，莫开西马上意识到自己可能要赚钱了，心里暗暗地生出一丝高兴。当然，到底是怎么个赚法，他还没有底。如果是卖力气的话，别看他上了年纪，自己毕竟还是有两斤狗力气的。

眼镜后生对他好像很不错，边走边问他叫什么，他小心地说了，眼镜后生反过身笑着说，莫开西？好好好，你不仅长得很有特点，像外国人，连名字也有点洋味。又问他以前是否做过模特。他说，没，没做过。又问，你今天是第一次来？他说，第一次。就说，那你老人家的运气不错嘞。他连忙恭敬地说，那是托你的福，托你的福。

他走在后面，看着后生那女人般的头发一甩一甩的，心想，他留这么长的头发做什么？又想问他脸色怎么那样难看，是不是有病？

眼镜后生带着莫开西走进校园，那里面很大，七拐八弯的，然后走进了一间教室。教室里有三四十个男女学生，每人一个大画板。学生们看他跟着眼镜后生走进来，大声地欢呼起来，哇，李老师今天给我们带来了最佳人选。

那些学生围上来盯着莫开西看，个个兴奋地说，太有特点了，太有线条感了。李老师也很高兴地说，他的名字也很有特点，你们猜叫什么？他看着学生故意不说，显然是在卖关子，过一阵子才说，叫莫开西。有个学生开玩笑说，真看不出来，这位老伯全盘西化了。教室里响起一片笑声。莫开西被这些学生弄得晕晕乎乎的，脸上露出憨憨的笑，一口黄牙，双手不知怎么放才好。

李老师说，好了好了，开始吧。

学生们蹲着或坐着，扶着画板，拿起笔，做起画前的准备。

李老师对莫开西说，请你坐到前面来，把上衣脱了。

莫开西穿了两件衣，心想大概要他脱一件吧，就脱下一件。

哪知李老师摇摇头，说，还要脱。

莫开西怔了怔，又看看下面那些男女学生，犹豫一下，就把上衣脱光了，然后坐在木台子上。他的背面挂着一块巨大的黄色的布。

李老师很有耐心，叫他的脸朝哪里看，不要笑，两只手怎么放。把他摆弄一阵子，最后对他说，好，就是这样，你不能动，一动，他们就画不好了，听见了吗？

莫开西点点头。

直到这时他才明白，这个赚钱的事就是坐到这里让学生们画他。心里不免有点得意起来，这真是天底下的好事让他"莫老爷"碰到了。坐到这里都有钱赚，如果早晓得他愿意坐一辈子，赚点松活钱，这一不要费力，二不要晒太阳。他认为，最应该感谢的是那个戴红箍箍的后生。这时他看见下面的学生们紧张地画了起来，教室里立即发出沙沙沙的声音，像蚕虫吃桑叶，声音很悦耳。想着，想着，他不由得笑了起来。下面却有人呵斥，不要笑。莫开西明白这是在凶他，赶紧把笑收回去。

教室里十分安静，除了蚕虫吃桑叶的声音之外。当然，他觉得这样憋着不说话没有卵意思，要是能一边跟学生们说话，一边让他们画画，那就有味道了。这么多人画他，莫开西又是头一回来，心里还是很紧张的，也很不自在。这时又有人说，你不要紧张嘞。他说，我没有紧张。那人说，你放松一点儿嘞。他说，我放松了。其实，他实在不晓得怎样才算放松。那人说，你就像是一个人坐在这里，懂了没有？莫开西马上想起自己好像独自坐在土里歇气，这样一来，那人没有再说他了。他又想，这要是在乡下，如果一个人宝里宝气地坐着不动，别人不认为这是神经癫子才怪呢。

大约坐了半个小时，莫开西的尿胀起来了。他想提出来上厕所，又觉得当着这么多人说要屙尿，实在不太雅光，尤其还有几个小妹子。那就忍一忍吧。这泡尿却似乎是跟他过不去样的，胀得小肚子生痛，急冲冲地闹着要出来了。

他开始不安起来，两条腿紧紧地夹着，这一夹，全身不由得紧张起来，一紧张，那人又吼了起来，放松放松，你怎么老是说不听呢？他不敢动，所以，他没有看到这个老是跟他过不去的人是谁，他认为这个人的眼睛肯定是吃了油的，不然为什么这样尖呢？问题是，他可以听他的把两腿放松，那泡尿却不听这一套，仍然急促促地要往外冲。

莫开西憋得老汗都流了出来，他觉得再不屙尿，这条命搞不好就会丢掉的。尿憋死人的事又不是没有过。如果为了赚这个钱，把一条老命都丢掉了，也太不划算了。当然，他还是忍着。他不明白，这些学生怎么画不累呢？怎么不要屙尿呢？如果他们累了，也要屙尿了，大概会休息一下吧？

他已经感觉到尿水往外面冲了，他再无法忍受了，突然大叫，我要屙尿——

喊罢，莫开西像一头冲下山的猛兽向门外跑去。教室里一片哗然，学生们显然受到了惊吓，纷纷地叫起来。说他把人吓死了，说这个老倌子真是的，怎么搞突然袭击呢？莫开西根本顾不上找厕所了，像一只无头苍蝇满地乱跑，最后一头撞到教室后面哗哗地轻松起来。

那天他当了两小时的模特。临走时戴眼镜的李老师出现了，给了他三块钱，说一块五一个小时。

莫开西很高兴，希望再让学生们画，画一天都可以。

李老师理解地笑了，说，以后有你画的。

他问，那我什么时候再来？

李老师说，你可以天天在那里等着，当然，不一定天天要你，这就要看你的运气了。

莫开西觉得，这样的钱赚得太轻松了，不费一丝力气。当然，他还是隐隐地感到腰酸背痛。他骂自己，娘的肠子，你真是一条贱命，在屋里累得像崽一样，也没有腰酸背痛，来这里坐一两个钟头居然就痛了，你说这不是命贱，又是什么呢？

3

他那天是走路回去的。

他觉得每天来的话，来去的车费要两块钱，那等于在教室里白坐了一个半小时。所以他决心走路，等于参观参观这个城市吧。来城里好几天了，他哪里有心思看世界？这样走一走，就等于看世界。为了省钱，莫开西到城里之后每天还省了早饭。在这里又没有做什么事，吃三餐做什么？即使当了模特，他也不吃早饭，在教室里不就是坐着吗？

莫开西活了这把年纪，那天才突然想看看自己这张脸。他来到医院大厅，朝那面竖着的大镜子看来看去。这一看，觉得自己长得真是有特点，下巴长长的、翘翘的，鼻子高高的、直直的，眼睛大大的、凹凹的。他一辈子也没有觉得这张脸长得有什么特点，一个农民，尤其是一个老农民，哪还有这个心思？他想起刚才在路上看到的电影广告牌，那些外国男人也是他这样的脸，难怪学生们对自己有这么大的兴趣。他上看下看，左看右看，旁若无人地照着镜子，惹得许多人好奇地看着他，那些眼光中有点心照不宣的意味，这个农民大伯恐怕脑壳有问题吧？

那天莫开西照了很久。而且他可以肯定，自己一辈子也没有照过这么久。

莫开西没有把当模特的事对大崽说，害怕大崽骂他，你这老皮老肉的当什么模特？大崽只问他去了哪里，他说就在街上走走。大崽说，看看也好，你一辈子也没来城里看过的。大崽说着说着，有点伤感起来。大崽是肺癌，头发几乎掉光了。他也晓得没有什么希望了，硬不愿意来，莫开西一家人又哪里忍心呢？就是卖铜卖铁也要来，总是抱了一丝希望的。大崽天天吵着回去，说我们本来就没有钱，不要再浪费了。莫开西以前只是劝他安心治病，对钱的事情避而不谈。他明白这是自己底气不足。而今天，他说话就不一样了，虽然晓得当模特的钱不是很多，但毕竟不是在医院闲着了。所以，他说，钱你不要担心，一句老话说得好，人不死，粮不断。我这把老骨头还顶得住，怕什么卵？大崽默默地望着父亲，泪水流了下来。

第二天清早莫开西就动身了，他估算了一下，到学院起码十二三里路。所以，他是第一个到达的，那些人也来得早，却没有他早。他想跟那些男女打招呼，人家却不太理他，许多目光尖锐地在他脸上刮一下就掠开了。莫开西才突然明白，自己抢了人家的生意，人家当然不高兴。他知趣地站在一边，低着脑壳。他感觉到许多目光又嫉恨地朝他射来，像万箭齐发。为此他很有些不自在。那些男女说说笑笑的，唯有他默默地待着。他还听见有人在说他，喂，看见没有，就是那个老东西，昨天一来就走了狗屎运，画了两个小时嘞。他装着没有听见，很想走开，又担心老师来挑人丢掉了机会。

他只得硬着头皮装聋子。

大约等了两个多钟头，他看见戴眼镜的李老师跟另外几个老师出现了。他有点儿激动，想走过去跟他打招呼，又怕别人说他，他只好原地不动，心里却在求菩萨保佑，希望李老师看见他并马上叫他走。当然，他更希望李老师远远大声叫他，莫开西，你在哪里？他在心里大喊，李老师，我在这里嘞，我在这里嘞。那个李老师却好像没有注意到他，在人群中转来转去，一张张脸盯着看，像公安人员查坏人一样。

莫开西紧张起来，生怕点不到他，冲过去吧，又过于显眼。幸好李老师转了转，好像没有中意的人，然后朝他这边走来，一抬头就看见了他，大声说，你怎么站在这里？难怪没看到你，走走走。一只手在空中扬了扬。

莫开西脸上泛起一丝高兴，跟着他走。

李老师说，学生们对你的感觉很好，当然，有个问题需要你好好配合，上课之前你最好先上厕所，这样才不至于影响上课，我听说了昨天的事，有些学生都被你吓坏了。

莫开西一听，明白他是说厕尿的事，脸上泛出一层歉意，说，我改我改。

他跟着李老师走进教室，主动地把上衣全部脱光。

李老师却说，今天还要把裤子也脱光。

莫开西惊慌了，说，那怎么要得？

李老师笑了笑，怎么要不得？这又不是丑事，这是为了艺术。

接着带他走到后面，后面是用一块大木板隔断的，李老师指了指墙壁上挂着的一绺布条条，说，你把裤子全部脱掉，再穿上它。

说罢出去了。

莫开西站在那里待了许久，脱还是不脱？这是赚钱的首要问题。如果是后生们在画他倒也算了，问题是还有妹子家。你几乎是赤条精光地坐在那里，怕是太不像话了吧？这一刻对于他来说，选择实在是太难了。虽说已是个快进黄土的人了，这点脸皮还是要的。当然，他终究还是战胜了自己，怕什么卵？李老师不是说这是为了艺术吗？我不管他什么艺术不艺术，我是为了我的大崽，我是为了赚钱，要赚钱就要脱，那就脱他娘的裤子吧。

莫开西一下子想通了，脱下裤子，再把那个布条条穿上。这一穿，他禁不住扑哧地笑出声来，这东西太像女人的骑马布了，两指窄窄的布条条刚好兜住卵子，屁股都露在外面，跟光屁股差不多。难道这也是为了艺术吗？那么女人穿骑马布，也都是为了艺术？

他走到前面去的时候，开始不免有点慌乱，生怕学生们笑他，尤其是女学生。所以他的眼睛始终不敢看学生们。让他感到欣慰的是，下面居然没有议论，很平静，学生们像是司空见惯了。

李老师这回要他半躺下，一只手撑着，眼睛看着前面。好好，就是这样，不要动了。说罢就走了。

莫开西认为这样躺着也还舒服，至少比夜里靠在垃圾箱上好多了，至少没有臭酸气味。当然，这几乎是赤条精光的，也让他不太自在。双双仿佛吃了油的眼睛，亮闪闪地直往他身上睃。他毕竟还是适应很快的，似乎天生是一个当模特的，一个动作摆出来，很到位。而且这有什么不自在的呢？无非是敞开这一身老皮老肉给他们画。他今天有经验了，先把尿屙了，早饭还是没舍得吃，没做事吃什么早饭呢？

那种蚕吃桑叶的声音又沙沙地响起来。他觉得如果一辈子当模特，听听这悦耳的声音，那这一世过得相当轻松。或许是今天不是坐着，而是半躺着的，况且手还要撑着，显然就要花一些力气了，肚子里又没有货，力气从哪里来？肚子格外饿，这一饿，就渐渐地饿出虚汗，像是不要钱样的拼命流，一趟接一趟。那只手也没有力气撑了，颤抖着，像被电麻了，身子不时地完全倒在台板上。他每一倒下，下面那个熟悉的声音立即吼起来，撑起来，撑起来。他又强打起精神撑着，没多久又倒下去。你今天怎么搞的？那个声音依然很凶。

莫开西自知理亏，当然也没有辩解，不好意思说没吃早饭。

也许是他运气好，那天学生画了一拨又一拨，不像昨天是两个钟头。李老师说，今天可能要画一天。莫开西想，画一天就画一天，老子只要有钱数，你们就算天天画我，老子更高兴。

中途休息了两次，李老师问他能不能坚持。他说这有什么？我在家里还要挑百多斤的担子。

那天中午，他吃了盒饭，是最便宜的那种，三块钱。当然他还是有点心痛，这一家伙花了三块钱，那要画两个钟头嘞。平时他都是吃大崽剩下的饭菜。所以，他大胆地对那个胖胖的女老板娘提了个建议，说最好能有一两块钱的。胖女人可能跟男人怄了气，没有好气地冲了他一句，一两块？那请你去吃屁吧。眼睛还狠狠地挖他一下。

莫开西没敢回话，男不跟女斗，赶紧离开。

下午继续画。他发现又换了一拨人，他很想振作起来，不要给学生们留下不好的印象，免得人家说闲话，以后再不要他了。他努力地显得很精神，身子手脚跟那张老脸摆得不错。他听到学生们在议论他，说这个老人家天生是当模特的料子，所以心里暗暗高兴。吃了中饭，力气倒是有了一点儿，而像这样连续作战，莫开西还是觉得十分疲倦，抵挡不住瞌睡的进攻。多么讨厌的瞌睡，简直像一群无赖，一阵阵地厚着脸皮向他袭来，他眼睛刚睁开，那些无聊的家伙又毫不客气地把他的眼皮往下拉。

喂，你怎么打起瞌睡来了？又是那个声音。

他赶紧强打起精神，总是没敢去看一眼那个吼他的人，他怎么老在这里守着呢？也不像学生换一换呢？这是一个什么样的人呢？是老师还是学生？是胖子还是瘦子？他是不是也像李老师那样留长头发？

为了使自己不打瞌睡，他决定想点事情，用这种办法来驱逐讨厌的瞌睡。他就想大崽的病来，治了三个月忽然好起来了，能吃能睡了，医生惊喜地说这简直是个奇迹。后来不知怎么又不好了。想那些债主居然都不要他还钱了，说乡邻乡亲的还什么呢？后来又纷纷手拿刀子逼着要他还钱了。想医院居然不要他交费用了，说你们回去吧，后来又态度恶劣地说，再不交钱就要停药了。想那天他在街上突然捡到三十五万块钱，他高兴得像个骡子，没有久那一捆钱又不见了……想来想去，脑壳里像煮了一锅稀饭，噗噗乱响，搅得脑壳糊糊涂涂的。

喂喂，你怎么又打瞌睡？你昨晚没睡觉吗？那个声音更加严厉了。

莫开西猛然一抖，睁开疲惫的眼睛。有些学生看到他这个样子，嗤嗤地笑起来。他有点不好意思，用力地眨眨双眼，试图把讨厌的瞌睡赶走，又飞快地沾点口水往眼睛上面涂。他在心里骂自己，你这个老不死的，真的是没有卵用，一不要你费力，二不要你晒太阳淋雨，你怎么就这样没有出息呢？刚才那个声音说你昨夜难道没睡觉吗，你当然是睡了觉的，却总是睡不好，迷迷糊糊。脑壳里总在想着大崽的病，想着那一沓沓借来的票子怎么还，经常是想着想着天就亮了。天刚有点亮，街上就有车有人走了。他还靠着垃圾箱睡觉就不太好了，他又不是叫花子。所以，他眼睛里总是布满了血丝丝。

不幸的是，他这样想着想着又睡了过去。他自己当然不晓得，奇怪的是，那个经常吼他的声音居然没有再响起来。莫开西就是那样斜斜地躺在台板上，显得十分疲倦，手脚似乎很久没有这样舒坦地伸展了，很安静地伏卧着。

接着鼾声也响了起来，幸好鼾声不大，不至于影响学生们画画的心情。尤其是他像细把戏一样流着哈巴口水，一线一线的，亮亮地流在搓衣板样的胸脯跟台板上。是的，他实在太疲倦了，好像要趁着这个机会好好地睡一觉，像是睡在屋里的床铺上。他根本不晓得那个声音其实是吼过他的，他却听不见了。他不再对那个声音做出任何反应了，他已经很固执地进入了香甜的睡梦之中。

那个声音或许是不再忍心喊他，也就没有喊了。

莫开西不可能晓得，当他睡了之后，当他流着哈巴口水的时候，学生们突然都停下笔来，呆呆地望着他那种令人心酸的睡态，那些多少充满了艺术家气质的脸上无不动容。有的女学生悄悄地涌上了泪水。没有谁叫他醒过来，也没有人说话。那一刻，连蚕吃桑叶的沙沙声也没有了，教室里是一种罕见的寂静。

过了许久，蚕吃桑叶的声音才又响起来。之所以响起，肯定是从画画的角度来考虑的。莫开西的那种酣睡，能充分地流露出身心疲惫到极点的状态，一切是那么自然，没有丝毫做作。

莫开西也许不晓得，即使是休息的时候，也没有人叫醒他，学生们悄悄地走出去，又悄悄地走进来。他就那样静静地睡在台板上，来到城里他还没有这样睡过觉。那天他一直是睡着的，也不晓得后来换了学生没有。反正有人推了很久，他才醒过来。他有些愧疚，慌乱地揩着流出来的口水。

叫他醒来的是李老师。李老师没有说什么，只说，你太辛苦了。

他连忙说，我不累不累。

他接过李老师递来的十二块钱，老是说谢谢。

李老师说，真不好意思，报酬太少了，我们也没有办法。

这是莫开西来省城后最开心的一天，今天的钱弄得最多。

临走时，李老师还说了一句让他特别高兴的话，他说，你可以天天来。

莫开西把钱放在口袋里，然后慢慢地往回走。他觉得还是城里好，坐着或睡着，都可以赚得到钱。

他一路兴奋地走着，走到大桥边时，忽然有几个男女挡住他。他一看，那些人的年纪怕也有四五十或五六十岁，个个满脸凶恶。莫开西哪敢惹他们，想绕开路走，那些人却不准他走。

他说，你们想做什么？

他们说，死老倌子，你晓不晓得你抢了我们的生意？

他疑惑地说，抢什么生意？

他们说，你心里最清楚，我们警告你，你明天还要来，莫怪我们不客气嘞。

莫开西终于明白，这也是当模特的人，他们肯定是没有被老师看上，就怪他抢了生意。他看对方很凶狠，搞不好会动拳脚，就想，好汉不吃眼前亏，先避开再说。所以莫开西冷静地说，那我明天不来了。

一个很矮的老女人呜呜地哭起来，恨恨地看着他说，我几个崽女都不养我了，你这个没良心的，还要来抢我的饭碗。

他想说，我大崽得了癌症嘞。最终还是没说。

他们说，如果我们再看见你，那你是有亏吃的。

有个老倌子还重重地推了他一下。

4

莫开西匆匆地离开，出了一身老汗。他害怕生出什么事情来，搞得不好，一条老命就丢在城里了。心里又愤愤地骂这些男女，农民欺侮农民又算什么狠？有本事就去欺侮城里人，或者去欺侮乡长、村长。再说，你们生着那副鬼样子，老师怎么看得上呢？人家不要你们，你们却把怨气发在我身上，你们是不是癫了呢？

那晚上莫开西靠着垃圾箱很久没有瞌睡。他最高兴，也最烦躁，一天赚了十二块钱，这就高兴。人家嫉妒他，不准他去了，这就烦躁。他想，不去也罢，害怕生出大祸来。只是不去的话，岂不是掉了一个赚钱的好机会吗？这样的松活钱哪里赚呢？这个钱都不赚，那就是一条蠢卵。

第二天莫开西采取了措施，不再去车站附近站了，那里太显眼。他大清早绕到学院后门，站在那间教室门口等。等了半天，也没有看到李老师的影子，只见别的老师把一个个模特带了来。他生怕那些带来的模特是昨天的那帮恶人，所以看到有模特跟在后面，就赶紧溜进教室躲避，然后又走出去看。他有些慌张了，李老师怎么没有看到呢？人家都开始画了嘞，只是这间教室还没有开始。

这时他眼睛一亮，看见李老师朝这边走来，后面跟着一个瘦女人。莫开西一看，晓得那是一个模特，幸亏这个女人不面熟。

他急促地迎上去，李老师看到他，叫那个女人先进去，然后责怪地说，你哪里去了？害得我到处找也找不到，我还以为你没来了。

莫开西脸上出现了难言之色，双手搓动着，嗯嗯着，最后还是鼓起勇气说了出来。

李老师恍然地哦一声，难怪哦。他理解地说，这样吧，以后你早点来教室等着好吗？如果真的被那些人搞一下，那就麻烦了。

莫开西感激地点头，好好好。

李老师看他还没有要走的意思，又说，你还有什么事吗？

莫开西说，那今天……

李老师说，今天不行了，都安排了，明天再来吧。

莫开西望着李老师的背影，怔怔地站了半天。他原以为自己很聪明，谁晓得却丢掉了一天，不由十分沮丧。你想想，只一个念头，十多块钱就从手中溜走了。

他闷闷不乐，又不愿意在大崽跟前流露。大崽问他今天为什么没出去走走，他说脚走累了，歇一天吧。走出病房，那张脸又不乐起来。他在骂那些嫉妒的人，猪弄的，人家不要你们，你们却拿我出气，出气就出吧，问题是让我少赚了十来块钱，你说这些钱到哪里去偷去抢呢？

他心里特别不舒服，一个人闷闷地在医院过道里走来走去，最终来到了大厅。他看到了那面镜子，忽然生出念头，想去看看自己不高兴的时候是个什么样子。他来到镜子跟前，看到了那张饱经风霜的脸，岁月在古铜色的皮肤上，刻下了一道道深深的纵横交错的槽子，像是一辈子走过的大大小小的路。花白的头发，两条眉毛紧紧地皱着，像两条吃了农药的毛虫在痛苦地扭动着。他让学生们画的都是神态平和的样子，不晓得他们愿不愿意画这副脸色，画他这副没有赚到十多块钱不高兴的神态。

后来他按李老师所说的去做，每天从后门溜进来，然后像贼一样溜进教室，在角落里等着。他认为，自己毕竟还是聪明的，虽说掉了那一天，却换来了每一天。有时画一两个小时，或三四个小时，或是一天。李老师说，你是唯一让全部的学生画了的，也是唯一允许变换姿态的人。他听了很高兴，每次画完之后，又悄悄地从后门走出去。他再不敢走大路了，专门从那些小巷子里拱，他害怕碰上那些人。

其实，开始他还有点看不惯李老师，一个男人留着女人那样的长头发，像什么样子？后来他觉得李老师是个最好的后生，可惜自己没有小女，不然非要小女嫁给他不可。为了不给李老师带来麻烦，他每天都是早早地赶来。

李老师说，你不必来这么早。

又说，像你这样的模特真是少见，你是一个人在这里吗？

莫开西含糊地唔一声，没有说是陪大崽来治癌症的。他倒是有几次想问李老师是不是有病，不然脸色为什么那样难看呢？当然他没有说。他有点怕问，不希望他有病。

5

有一天莫开西又去了学校，坐在空荡荡的教室里等着李老师。

那时还很早，像平时一样，还没有一个学生。他坐在那里等着，暗暗地算了算，自己一共来了六十八回。其实他今天没有必要来了，他却觉得还是要来，主要是怕误了李老师的事情，担心人家老是等他。

终于李老师出现了。李老师大声地说，今天你又要画一天嘞。

他感激地看一眼，说，李老师，我马上要走了，再也不来了。

李老师惊讶地说，为什么？

莫开西突然一颗老泪掉下来，说，我大崽死了。

说罢，匆忙地离开了。

帮助一个异性朋友

1

当那个患了红斑狼疮的女人坐在面前时，马宏观居然不认识她了。

这个女人长得不好看，当然也不丑，短发，脸上胖胖的，皮肤红红的，看起来很健康。个子大约在一米六八以上。她穿着咖啡色的呢子衣服，身边放着一个黑色的包。

那个包很大，有点像华威先生的那只。

她来之前，就打了电话给马宏观，马宏观觉得这个女人的声音很陌生，就问你是谁？她说，条哥，你不记得我啦？我是三妹子嘞。三妹子？马宏观迅速地在记忆的仓库里搜索了一遍，也没有一个叫三妹子的女人。而据她的口气，似乎跟马宏观非常熟悉，不然，她就不会叫他的小名了，也不会说她自己的小名了。

而马宏观的确是记不得了。

出于礼貌，马宏观马上含糊其词地说，哦哦，是三妹子你呀，你现在在哪里？她说，我就在长沙，来长沙好几年了。马宏观说，那你怎么不与我联系呢？她说，我问了许多人，今天才问到了你的电话。她又问马宏观的住址，说，我马上就过来。马宏观不晓得她急于赶过来做什么，却还是客气地说，那就过来吧。

一进门，马宏观的确认不得她了，她带来的是一种陌生感，马宏观打量了许久，也没有从她的身上发现某种熟悉的东西。她却一直记得马宏观似的，一口一声地叫条哥。老婆还没有回家，马宏观摆上水果和龙井茶，催她吃，三妹子却不吃。

马宏观以为她是过于拘束了。

其实，她除了不吃水果不喝茶之外，倒不怎么拘束。她笑呵呵地说，那时候，条哥你打篮球好厉害的嘞，像飞一样的，你每进一个球，我们女队都要放肆给你拍手呢。

哦，马宏观这时终于记起来了，以前三妹子也是矿女队的。她一上场，每每到了关键的时候，她就要突然发出尖叫的一声，搞得许多人都惊慌失措的，以为她扭伤了哪里。在那个时代，他们除了演戏就是打球，多少给寂寞而偏僻的窑山带来了一丝生气和活力、欢乐和愉快。

当然，马宏观也仅仅只是记得她叫三妹子，至于她的尊姓大名，马宏观仍然记不起来，现在，当然也不便问，以免尴尬。马宏观来长沙二十多年了，许多的往事，已经被无情的岁月筛落了。

马宏观就问她到底来长沙几年了。她说四年了，先是在一家工厂，现在工厂也倒闭了。

马宏观焦急地说，那没有饭碗了呀？

她好像并不是那样地焦虑，淡淡地一笑，说，那也得活呀。

你丈夫是谁？我认识吗？马宏观问。

就是梭子鳖。她笑着说，一只手捂在嘴巴上，好像不让笑声跑出来。

哦，是梭子鳖嘞。马宏观高兴地拍着大腿。这倒是记得的，他们是一个球队的，梭子鳖又高又瘦，速度却很快，在球场上，像火箭一样梭来梭去，他们就叫他梭子鳖。

他现在在哪里？

三妹子说，在一家不死不活的公司开车，收入也不高，崽呢，还在读大学。梭子鳖这个人就是太爱喝酒了，有一回喝醉了，还去机场接人，竟敢放肆超车，被人家交警挡下了，你看这个鬼东西，跳下车子，竟然急吼吼地叫喊，谁要跟我打架？居然不分青红皂白，抓起人家就打，竟然打伤了人。好，这一下撞祸了，人家把他抓进去关了一晚，还要赔钱。我四处找人，最后拿了八千块钱才了事。

我愤愤地说，这个梭子鳖，真是没名堂，他又不是开银行的，哪里拿得出这么多的钱？

三妹子叹一声，说，就是，几个血汗钱嘞。

然后，又笑起来，说，有了这一次，梭子鳖也不敢再喝酒了，戒掉了。

马宏观想了想，说，那靠梭子鳖一个人的收入也不行嘞。

三妹子说，是的，而且你不晓得，我患有红斑狼疮……

马宏观鼓起眼睛，吃惊地问，你有红斑狼疮？这是个要命的病嘞。说完，又有些后悔。

马宏观老婆的单位就有个女人得了红斑狼疮，班也没有上了，回家去了。他听老婆说过这是绝症，而且不能见风见太阳，也更加劳累不得的。

三妹子却好像没有马宏观这么感到可怕，很坦然地说，除了吃点儿药，我也不太管它，你看我怎么这样胖，就是吃了激素。我想，病来了就让它来，急也是无济于事的，不如坦然一点。所以，我还在家属区搞了一个小杂货铺，雇了一个妹子帮我。

马宏观劝说道，你就不要去搞这些了，累得很嘞，而且……你的身体又是这样子。

对于这种生命已是倒计时的病人，平时口若悬河的马宏观不晓得怎样去安慰了，即使是安慰也是无用的，它最终是置人于死地的。

三妹子却说，出来做点儿事，心里还舒畅一些，不然，整天憋在家里拜菩萨吗？小孩又要读书，靠梭子鳖一个人是不行的。

马宏观暗暗地佩服三妹子，看来这个女人并没有绝望，没有丧失对生活的信心。

她又说，其他的时间，我就给那些房地产公司，以及销售安全门和车库门的公司跑跑，我猜想你的朋友很多，所以，就来麻烦你了。

马宏观说，这麻烦什么呀？我有机会了，一定给你说说。

三妹子一听，高兴起来，眼里充满了希望，说，这真是太麻烦你了。说着，飞快地从那只大包里抽出一沓厚厚的资料来，将房地产的、安全门的、车库门的资料，各拿了三份递给马宏观。

马宏观发现，这些广告资料印刷得真是太精美了，那些漂亮的房子和安全门、车库门，是那样地充满了诱惑力，让人恨不得马上就掏出钱来。而马宏观却感到万分遗憾，如果他现在需要买房子，需要买安全门，或者需要买车库门，他一定会毫不犹豫地答应她的，也叫她不白跑一趟。而他目前一样也不需要。马宏观拿不出钱来另外买一套房子，也没有车，所以，车库门也不需要。至于安全门，要是三妹子早点找到他，他肯定会买她的，而他才装修三年，那个安全门还是完整无缺的，一点毛病也没有。当然，让马宏观感到多少还有点把握的是，他的朋友很多，他们只要需要，就一定会答应帮他这个忙的，其实，就是帮了三妹子。

三妹子是个很细心的女人，每份资料上，工工整整地用回形针别着自己的名片，马宏观仔细地看了看，三妹子原来叫曾小英。而在他的记忆里，的确没有储存着曾小英这个名字了，只有三妹子才能唤起他的一点儿记忆。

已是下午五点半了，马宏观一定要三妹子在家吃饭。她却生怕麻烦了马宏观，连忙起身说，谢谢，我还得赶回去搞饭菜嘞，梭子鳖现在不出去喝酒了。说罢，说走了。

2

三妹子给马宏观的那沓厚厚的精美的资料，就摆在了他的桌子上。

马宏观想，就是凭着他跟梭子鳖和三妹子以前的友谊，他怎么也要帮帮她，这也是举手之劳。再说，马宏观没有跟三妹说过，他其实是一个酒仙，几乎每天晚上，都要去跟一帮酒友喝几杯，常常是喝到深夜才归屋，或是喝得酩酊大醉。他们把钱大把大把地扔在酒桌上，而那些吝啬的店家，也没有表扬过他们一次。

当天，三妹子才走不久，酒友们的电话就来了，叫马宏观出来喝酒。他暗暗惊喜，心想，三妹子的好运来了，就赶紧将那些资料各拿了一份，塞在衣袋里，兴冲冲地走了。

马宏观的这些酒友们各行各业的都有，而在酒桌上，他们几乎从来不谈生意上的事情。他们关心的除了那可爱可恨的足球，就是令人羡慕的 NBA 了，再就是世界大事，比如说，恐怖组织啊，萨达姆啊，等等。另外，就是听马宏观滔滔不绝地说一些素的荤的段子，马宏观其他的本事没有，说起段子来，简直是一个天才，他对这些东西，具有惊人的记忆力，只要听了一遍，就能一字不漏地记下来，而且，他还具有罕见的创造力，有时在办公室无事了，就默默地创作起来，他许多精彩的段子，就是这样创作出来的。然后，它们就伴随着他嘴里浓重的酒气，一一地飘逸在空中。

那天，他们在酒店一坐下来，马宏观就迫不及待地拿出那些资料，一个个地问，谁需要买房子、安全门、车库门。酒友们居然连看也不看，就都惊讶起来，问他怎么搞起这些事情来了。马宏观就耐心地将来龙去脉说了，还说请哥们一定要帮帮忙，我们每天充满一腔悲悯谈论天下大事，现在，让我们播撒爱心的机会来了，而且，像这样的人不帮，又帮谁呢？

酒友们淡漠地放下酒杯，没有说是否需要，却心怀鬼胎地盯着马宏观，眼神十分地古怪，像审问罪犯一样地审他，说，哦，是个女人？漂不漂亮？是不是初恋情人？还是最近勾上的？说着说着，他们就愈发地兴奋起来，一个个心照不宣地淫笑着。

有人居然还鼓动说，喂，现在你就打个电话叫她来，给我们兄弟欣赏欣赏。

对呀，叫她来，叫她来。桌子上的人一致拍手赞成。

马宏观开始没有说话，脸色却渐渐地很难看了，终于，他生气了，把酒杯嘭地一放，说，人家是得了绝症的嘞，你们还这样逗乐，简直是太没有良心了嘞。

其中有个叫占小朋的人，平时说话尖刻得很，嘲笑地说，绝症？你哄鬼？你无非是想把事情说得严重一点儿，好让我们出于同情帮她一把，是不是？你这个分明是雕虫小技嘛。

马宏观陡地站起来，一拳重重地擂在桌子上，酒杯和碗筷吓得跳了起来，说，占小朋，我活了几十岁了，难道就拿人家的生命开玩笑吗？以此来博得你们的同情吗？

马宏观一发脾气，大家就不再吱声了，大约相信他说的话是真的了。

占小朋却不满地看他一眼，冷嘲热讽地说，你这样发脾气，至于吗？

这时，又有人开始怀疑他暗中大概是要拿回扣的，不然，怎么这样卖力给人家推销产品呢？这个，马宏观从他们的眼神里就可以看出来。

又是那个讨厌的占小朋说，你肯定要拿回扣的，是不是？

马宏观发誓说，直到现在，我还没帮过她一次，她是今天下午才来我家里的，我即使给她推销出去了，我如果拿回扣，我就不得好死。他用手死劲地戳着自己的胸脯说。

酒友们望望他，又相互看了一眼，就像立即忘记了这件事情似的，你敬我我敬你地喝起酒来。占小朋简直是混账透顶，居然还叫马宏观说点段子听听，马宏观根本就不理睬，他现在一点心情也没有了，心里在愤愤地想，他娘的肠子，这些人，平时看起来无话不说，痛快淋漓，一旦真的要他们帮点什么忙了，一个个就无所作为了，甚至还充满了怀疑。难道我们在酒桌上就是谈笑风生吗？就是谈一些遥不可及的大而空泛的问题吗？而一遇到具体而又需要大家帮忙的事情，他们却漠不关心或疑心重重了。

那天晚上喝酒，可以说是马宏观最不痛快的一次，所以，他也没有喝多少。他没有想到，区区小事，只需大家举手之劳，结果却闹得不欢而散。

喝完酒，临分手时，马宏观仍然不甘心，就悄悄地拉住了一个叫老怪的人，他晓得他正在装修房子。

就问，老怪，你还没有买安全门吧？马宏观讨好地递了一根烟给老怪，他的眼睛却死死地盯着老怪，以防他说假话。

老怪长得很丑，眼睛像线一样细，脸上还有许多奇形怪状的疤痕，马宏观怀疑是他年轻时跟人家打架留下来的。

老怪默默地看了马宏观一眼，突然仰天哈哈大笑起来。

马宏观惊诧地说，你笑什么？

老怪一根指头戳向马宏观的脸，不断地上下划动着，说，我呀，我是在笑你这个人太死心眼了，如果像你这样尽心尽力地帮忙，那么，你一天到晚也帮不完的。

接着，老怪又好心好意地劝马宏观，说，她又不是你的什么人，况且，这又不需要你有什么承诺的，顺口答音罢了，你又何必这样认真呢？对不对？哦，至于安全门嘛，我早已买回来了。

马宏观哦哦地点头，一副很遗憾的样子。

这时，在后面埋单的占小朋从酒店一摆一摇地走了出来，看见马宏观还没有走，就拍着胸脯对他说，老马，你也不要生气，都是哥们儿，至于吗？好了，你现在可以跟我说实话了，那个女人是不是你的情人？如果是，你今晚就到我房里去，老弟把房子让出来，够义气了吧？他想以此来弥补喝酒时对马宏观的冒犯。

马宏观一听，气急败坏地说，她哪是我的情人？你不是在发酒疯吧？

占小朋很委屈地说，哎，我是一片好心嘞。

马宏观凶狠地骂了一句，好你娘的摆子。

有一天，马宏观在外面有事，顺路去看了看老怪新装修的房子。老怪曾经多次对马宏观说起过，他的新居就在这个小区，一栋三门二楼。马宏观走上去一看，气派很大，装修工人正在忙碌着，电动打钻机嘟嘟嘟地叫喊着，刺得马宏观的心脏剧烈地跳动，耳朵都快要被震聋了。老怪当时不在。马宏观急忙看了看每间房子，又特别看了看大门，发现并没有安装安全门，也没有把安全门买回来摆在房里，这至少说明了他还没有买。而马宏观记得，老怪不是说他已经买回来了吗？

马宏观无心再看了，就慌忙走了出来，电动打钻机给他的刺激很快就过去了，而老怪说的谎话，却一直深深地刺激着他，他非常地愤怒，牙齿咬得紧紧的，恨不得一口将老怪活活地吃掉。他不懂得老怪为什么这样无聊，居然连这点小忙都不帮。难道就是人们所说的酒肉朋友吗？到了"见义勇为"的关键时刻，就逃之夭夭了？

马宏观愤愤地走着，只见老怪往这边走来了。他看见了马宏观，老远就打招呼，喂，到哪里潇洒去了？

马宏观没有理睬他，当时，他气得连一句话也说不出来了，就匆匆地走过去了。他担心自己忍无可忍，会重重地给老怪一拳。老怪怔怔地站在原地，眨着眼睛，似乎不明白马宏观为什么不理睬他。

马宏观心里很难受，为老怪这些人感到痛心。本来，他以为帮帮三妹子也只是举手之劳，不费吹灰之力，没有想到，竟然是这样困难重重，一个月过去了，马宏观也没有给她任何的希望。有了老怪这桩事情的教训，他明白，酒友们是不会愿意帮这个忙了。只是这一来，反而激起了马宏观的不服气，他就不相信，自己连这点儿本事都没有，连一套房子、一扇防盗门、一扇车库门也推销不出去，其实，哪怕推销了其中的一个，他也有点心安理得了。

马宏观决定下功夫帮三妹子一把，所以，无事时就不停地打电话，他把通讯录都翻烂了。而听到的都是令人失望的消息。而且，对方都要问他，你是不是在做推销了？还有一些人居然暧昧地笑起来，嘿嘿嘿，嘿嘿嘿，她是你什么人啊？所以，马宏观每次都要把来龙去脉耐心地重复一遍。

说实话，他都有点烦不胜烦了，他没有想到，像这样的小事，帮起来还真是不容易。

3

有一段日子，马宏观真是有点灰心了，心情很不好。当然，希望毕竟还是存在的。

有一回，老怪打电话给马宏观，说一家大公司的女老板听说他很能喝酒，而且还能说许多的笑话，搞得满桌子笑声一片，今晚就在一家高档酒店请客。马宏观一听，傲脾气就来了，我与她又不认识，为什么请我喝酒？难道就是我能喝，还能说许多的笑话吗？是不是想拿我寻开心？

马宏观冷漠地说，我不去。

老怪焦急了，说，你不去怎么行？我把占小朋也叫上了，酒桌上没有你，那酒还能喝得有味道吗？然后，又劝马宏观，说这个女老板正在砌一栋很高的写字楼，很忙的，好不容易才抽出空来嘞。

马宏观一听，倒是心动了，他想，认识这个女老板，也许是个绝好的机会，她的楼房肯定需要防盗门、车库门什么的，说不定熟悉之后，我跟她一说，也许会帮一把三妹子的。他也明白，如今的酒桌上，真话假话都没有人喜欢听，最能让人开心的，就是或素或荤的段子，这样能把气氛调起来，高潮一波紧接着一波。

马宏观就答应去了。

当那个叫王晓的女老板出现在包厢时，令马宏观眼睛唰地一亮，她的年龄还只有三十来岁，穿了一件白色的长裙，且长得非常漂亮，有点像林黛玉，冰清玉洁的，非常有女人味。她向马宏观叫大哥，而且总是不断地敬他酒。这个女人喝酒非常痛快，总是一饮而尽，一点儿也不耍滑，酒德看来是很不错的。马宏观觉得，有这么一个漂亮的女人坐在身边喝酒，自己的酒喝得也是非常爽快。他甚至把女人身上的淡淡香味也喝到肚里去了。

喝着喝着，大家就怂恿马宏观说段子开开心，马宏观就说了几个。大家认为，最出彩的还是马宏观自己想出来的一个段子，其内容如下：

二十岁男人奔腾，

三十岁男人日立，

四十岁男人通用，

五十岁男人微软，

六十岁男人松下，

七十岁男人联想。

马宏观说段子真是具有表演天才，他总是要站起来，一边绘声绘色地说着，一边还配以各式各样精彩的动作，逗得满桌子人捧腹大笑。那个王晓更是笑得止不住，咯咯咯清脆的笑声，像水晶一样在包厢里飞舞。她喝了酒，就显得更加漂亮了，脸色绯红，眼里醉意迷人。

她兴奋极了，不断地说，大哥，你真是太有味道了。

马宏观兴味盎然，又顺口来了一句，说：

二十岁的男女是甜味，

三十岁的男女是香味，

四十岁的男女是酸味，

五十岁的男女是涩味，

六十岁的男女是臭味，

七十岁的男女是看味。

一桌子的人又是笑得前仰后合的，占小朋笑得连酒杯也掉到了地板上，发出当的一声，粉碎了。服务员小姐赶紧补上一只，把碎裂的玻璃杯捡起来。

老怪乘兴说，老马，你是哪种味道呢？

马宏观自从上次老怪骗了他，心里一直很不舒服，耿耿于怀，就调侃地说，我当然比不上你了，我是七十岁的男人了，只能看看了，所以，只能是看味了。

王晓连眼泪也笑了出来，一直哎呀哎呀地叫着。她的玉手，情不自禁而又非常自然地拍着马宏观的手，似乎是想久久地抚摸，好像又碍于有人，就适可而止地缩了回去。

王晓的这个举动，当然逃不过别人的眼睛，所以，弄得其他的男人很是嫉妒，尤其是老怪，雪亮的贼眼盯着马宏观，好像在痛恨自己没有说段子的本事。

其实，连马宏观也不得不承认，现在，他与这个女人喝酒是带了功利目的，面对着一大桌的美味佳肴，他的眼前，却不时晃动着三妹子那期待的眼神。所以，马宏观尽量地让王晓高兴，一杯杯的酒，像喝水一样吞进肚里去了。

王晓赞不绝口地说，大哥，你真是能喝呀。

马宏观谦虚地说，我哪里比得了你？你一个女流之辈这样能喝，还真是少见，我实在是佩服哦。我嘛，只有一个优点，段子我倒是有满满的一肚子。

马宏观明白，自己之所以这样说，其实是想吊王晓的胃口，她不是想听段子吗？我有一肚子的段子嘞，这样一来，她就会主动地跟自己接触，一来二去的，就更加熟悉了，一熟悉了，就好说话了。再说，像她这么大的老板，只要她说句话，三妹子所推销的东西就不用发愁了。当然，他不便马上对她说起这件事情，欲速则不达，只要慢慢地熟悉了，彼此加深了感情，一切就顺理成章了。

那天，王晓一定要马宏观给她留下电话，她也主动地将名片送给了马宏观，这正是马宏观巴不得的，他马上叫服务员小姐拿笔来写电话号码，王晓却说，不必了，你说吧，我记到手机里不是更好吗？

喝到半路上，王晓竟然当着众人，用纤纤细手指着马宏观，醉意微微地笑着说，大哥，我最喜欢你了。

当时，马宏观的情绪也很高，说，我也很喜欢你呀。

周围的人又哈哈大笑起来。

那天晚上，王晓看来是喝多了一点儿，身子更是显得柔软了，风情绰约，楚楚动人，她含情脉脉地一连对马宏观说了几遍"大哥我喜欢你"。然后，又很有气概地对马宏观说，我们唱歌去，大哥，你说去哪个歌厅，就去哪个歌厅。

她说完，站了起来，身子有点歪歪斜斜的了，马宏观明白她一定不行了，即使去唱歌，也没有什么意思了，她肯定会躺在沙发上睡觉的，所以，就对她的手下人暗示了一下，叫他们赶紧送她回家。王晓也晓得自己坚持不住了，所以也没有拒绝，就让手下人扶着她慢慢地下楼。

走到酒店外面，即将要分手时，王晓竟然又挣脱搀扶她的人，摇摇晃晃地走过来，紧紧地抱着马宏观，说我好喜欢你。

马宏观没有醉，而且非常高兴，他觉得，这个王晓是个性情中人，直爽，大方，毫不遮掩自己的感情，却又充满了十足的女人味。马宏观想，如果我以后开口请她帮一帮三妹子，她一定会答应的。

总而言之，马宏观本来灰暗的心情，陡然又晴朗起来。他想，看来，要帮助三妹子也不过是小菜一碟。为此，他也原谅了老怪，毕竟是他给了自己这么一个机会。

4

谁知第二天晚上，马宏观就突然接到了王晓的电话，约他出来喝茶。马宏观一听，顿时高兴起来，激动地连声说，我就来，我就来。他想，这太好了，三妹子的运气这回的确是要来了。

马宏观立即赶到春雨茶馆，然后，走进了一个小包厢。

王晓早已在那里等着马宏观了，见他赶来了，就笑着站起来，说，大哥请坐。

马宏观故作惊讶地说，就我们两个呀？

王晓眼睛一扬，说，是呀，难道不好吗？

马宏观连忙说，很好，很好。

王晓喝的是碧螺春，他喝的是人参乌龙。

王晓客气地问，大哥，你要不要点酒？

马宏观说，都吃过饭了，就算了吧。

王晓也不勉强，说，那我听你的。

马宏观喝了一口茶，然后，仔细地注视她，发现王晓这天晚上穿得非常特别，一身黑色的长裙，神色也很忧郁，像一个怨妇。

马宏观就猜测不透了，她今天怎么好像就变了一个人呢？是不是突然遇到了什么不痛快的事情？他没有问她，他想，她要是有心事，就让她自己开口吧，自己是不便问的。所以，气氛突然就跟昨晚不一样了，今晚的气氛是忧郁的，甚至有点压抑。

果然不出马宏观的意料，也许是出于对他的信任吧，王晓居然对他说起了她的历史。

她说，她本来在机关干得好好的，一九〇〇年，突然想出来下海，她觉得老是在机关待着没有意思。她的父亲早已去世，是母亲一手将她和她哥哥带大的，母亲是一个安分守己的公务员，听说她要下海，坚决反对，她母亲说，她如果不听的话，以后再也不要认她这个母亲了。而王晓还是坚决地下海了，自己办起了公司。她母亲真的不再让她去看她了。一开始，公司办得并不怎么样，一直是风雨飘摇，摇摇欲坠。她丈夫也是一个有力的反对者，曾经苦口婆心地劝她收手算了，不然，会亏得更多。她怎么也不听，她说她的脾气就是这么犟，偏偏就不服气。男人见她说不进油盐，一气之下，就与她离了婚，去了深圳。除了她哥哥不反对之外，没一个亲人支持她。而她哥哥又是一个头脑有毛病的人。

她说着，深深地叹了口气，伤感地说，那时候，她只想跳楼，想一死了之。当然，她还是咬紧牙关，硬是挺了过来。

王晓说着说着，眼泪悄悄地流了出来，脸上像挂着两串长长的珍珠。马宏观赶紧递过纸巾，她接过去擦擦泪水，又说，在别人的眼里，我是一个非常成功的女人，他们又哪里晓得我的痛苦和艰难？

马宏劝她说，人在这个世界上，有所得，就必有所失，这样一想，就想通了。

王晓感激地点点头，又说，母亲现在见我好了，也觉得她以前反对我是错的，还不断地夸我。而我却永远失去了我的爱情，我和我的前夫是青梅竹马，彼此一直是相爱的，而这个却永远也不可能弥补了。

王晓不再像昨天那个高兴、爽快、大方的王晓了，她今晚非常伤感，眼泪一直亮闪闪地流下来。后来，也许她自己也意识到了，就不好意思地惨笑起来，说，大哥，请你原谅我总是说一些不愉快的事情，你不烦我吧？

马宏观挥挥手，说，哪里哪里，如果你不介意，我可以问你一个私人问题吗？

你说吧。

那……你现在是否找到了相爱的人？

王晓自嘲地一笑，相爱的人？她摇摇头，说，再也没有了，我后来又结婚了，他开始看起来是个很不错的男人，也很疼爱我，体贴我，一旦结婚之后，就马上将伪装的面纱撕了下来，不仅不帮我，反而拿着我的钱疯狂地赌博，还在外面养了两个女人。我气愤得简直想杀了他，我对他说，我们离婚吧。他却说，离婚可以呀，如果你给我五百万，我马上就走人。说实话，五百万我是能拿出来的，我却不愿意给这个混账东西，我辛辛苦苦赚来的钱，凭什么我要白白地送给他？所以，现在我俩是相互不管，一直处于冷战状态。

王晓深深地叹息着。

马宏观喝了一口茶，说，人啊，总是有这样或那样不如意的事情，而上帝又是公平的，袘是不会把一切的好事或一切的坏事都给予一个人的。当然，你也可以找情人嘛。

王晓点了点头，轻轻地说，我也想过的。

王晓喝了一口茶，突然抬头问，大哥，你愿意来我的公司吗？

马宏观一听，怔了一怔，觉得这个问题实在是太突然了，他没有任何的思想准备，他想，是不是我刚才所说的话，给了她某种提醒？是不是她把情人的目标瞄准了我？

马宏观立即冷静下来，笑笑说，哎呀，我这个人，喝酒还马马虎虎，说点段子呢，也马马虎虎，其他的事，都做不来的，这一点，我有自知之明。我如果到你公司白吃饭，即使你碍于情面不会说我，我也会过意不去的。那毕竟是你自己的公司，我这个人嘛，吃吃大锅饭还可以的，如果给私人做，那肯定是一个不断地被人炒鱿鱼的人。

马宏观说的是实话。

他在机关工作，虽然无职无权，但这么多年来，已经舒服惯了，再也经受不起那种激烈的竞争了。当然，如果年轻二十岁，那就另当别论。

王晓却笑着说，看来，我请不动大哥，你想想，你如果到了我的公司，该是多么热闹嘞。

马宏观认真地说，千万不要这样说，热闹是不会给你的公司带来利润的。

然后，马宏观与王晓又说了一些话，王晓就埋了单，拿起挎包说，我们现在去五月吧。马宏观一想，反正自己晚上也没有什么事情，还以为她是叫他去喝酒，就说，好吧。

两人就走出了茶馆，王晓那天没叫司机，自己开一部奔驰，然后，就向五月开去。

马宏观从来也没有去过五月，五月是五星级宾馆，他们那班酒友哪里敢来这里花钞票？平时，他们去的都是小酒店。一走进五月，马宏观觉得的确不一样，简直是金碧辉煌，马宏观小心地走着，生怕地板太滑，如果一不小心滑倒在地，那未免就太出丑了。

王晓却没有领着马宏观往旁边的美食店走，而是去了十五层的客房。

马宏观就疑惑地问，我们不是去喝酒吗？

王晓笑意微微地说，大哥，酒以后还没有你喝的？上我的包房去看看吧。

好好好，马宏观说。

走进房子，王晓就给马宏观倒了杯茶，然后说，大哥，你先坐坐，我洗个澡。

马宏观也没有在意，说，你洗吧，我看看电视。说罢，就打开了电视。然后，坐在沙发上，架起二郎腿，一边看，一边想，哎呀，现在这些有钱的人，真是挥金如土，自己有家不回去，偏偏要住宾馆，而且还要住五星级的。想起三妹子的处境，马宏观不由得大发感慨，唉，真是老天不公嘞。

王晓没多久就洗完了澡，然后，就风情万种地走了出来。她只系着乳罩，穿着黑色的有网洞的三角裤，身上披了一条淡黄色的浴巾。白皙光洁的腿十分诱人。她笑眯眯地望一眼马宏观，然后，就躺在床铺上，用被单盖住了身子。

马宏观一看，心里顿时紧张起来，别看他马宏观平时一嘴的痞话，显得过分的随便，而一到了这种真场合，他居然就不安起来了，浑身竟然有点发抖。

这一切是明摆着的了，王晓是想跟他上床。

当然，也不是说马宏观是个圣人，丝毫也不动心。其实，他心里就有一种迫不及待的感觉。他却怎么也不敢相信，一个年轻漂亮的女大款，昨天才认识，今晚上居然就这样轻而易举地主动地跟他上床。她肯定是瞄准了他，让他做她的情人。马宏观如果没有三妹子的事要求她帮忙，他肯定立即要冲上去的，王晓的诱惑力实在是太强大了，不冲上去，还算是男人吗？不冲白不冲。而一旦有了三妹子的事还要求她帮忙，马宏观就觉得，这里面带有一种交易的意味了，他不喜欢这种有交易的上床。所以，此刻马宏观的心情非常微妙和复杂。

他的脸上，有一种似笑非笑的表情。

王晓挑逗地笑着说，大哥呀，你看我现在是什么味？

马宏观明白，她肯定想起了昨晚喝酒时他说那个荤段子，就说，你当然是香味嘛。

王晓一听，就乐不可支嘻嘻地笑了，她的笑声格外动听，像一串串碰撞着的珍珠在房间飞扬。忽然，她把长长的发着光泽的黑发，故意盖在自己漂亮的脸上，好像在静静地等着马宏观过去。

马宏观明白，她在挑逗自己了，而他的主意已定，坚决不跟她上床，就拿出烟来漫不经心地抽着。

王晓见马宏观仍然还没有动静，就先岔开了话说，那……大哥，我在生意场上也混了这么多年了，你也明白我的路子宽得很，黑道白道也能摆得平的，你万一有了什么事情，就开口说好了。

机会终于来了，马宏观暗自一喜。他的脸上，却没有装出非常高兴的样子，只是低沉地说，唉，有件事情想开口请你帮忙，又一直不好意思说。

你说。王晓催促道，有什么不好说的呢？真是的。她伸出一只白嫩嫩的手，像是要将他轻轻地挽过去。

马宏观就说，听说你在砌写字楼是吧？你能不能帮忙买点防盗门或车库门之类的呢？

王晓听罢，突然哈哈大笑起来，说，你刚才在茶馆里肯定是谦虚吧，还说你做不得生意呢，真是看不出来嘞，大哥也做起生意来了？

马宏观却马上声明，说并不是他在做这个生意，是他的一个多年没见的女性朋友。为了不让她误会，马宏观就将来龙去脉说了一遍，还特别强调了红斑狼疮。他说得很有感情，充满了一种同情和怜悯。

王晓大概一听说是个女人，脸色稍稍地阴沉下来，眼睛狐疑地飞快地看了他一眼，她肯定是在怀疑，马宏观所说的红斑狼疮是一个谎言。又由于她经历的这类事情大概够多了吧，马上就很老练地笑起来，说，这个没问题，到时候，我会跟你联系的。

马宏观赶紧说，那真是太感谢你了。

马宏观暗暗地发觉，王晓的情绪顿时一落千丈，居然还打了一个长长的哈欠，伸手轻轻地拍拍嘴巴，似乎再也没有叫马宏观上床的意思了。

马宏观却巴不得她这样，看看手表，站起来，抱歉地说，哦，我就不陪你了，我还要去火车站接一个亲戚，他是从乡下来的。

王晓也没有勉强，懒洋洋地说，好吧，我也很累了。

马宏观跟王晓道了再见，就赶紧走了出来。

他发现，自己居然出了一身冷汗。

5

那晚上回到家里，马宏观高兴得像一个骡子，简直是手舞足蹈的。他认为，自己虽然没有跟王晓上床，却并不影响两人之间的关系，依他之见，这样的关系甚至还纯洁一些，如此说来，三妹子的事情，肯定是没有问题的了。

老婆坐客厅里看电视，则十分反感地说，你这个酒醉癫子，滚到一边去。

她以为马宏观是喝醉了。

马宏观却不计较，高兴地说，喂，我像个酒醉癫子吗？这个世界上，哪里又发生了一起重大抢劫案，我都一清二楚的，我怎么像酒醉癫子呢？

马宏观一直没有将帮助三妹子的事情告诉老婆，是担心她吃醋，而且，她也绝对不会相信三妹子患了红斑狼疮。况且，三妹子她也不认识，这突然蹦出一个叫三妹子的女人，老婆能不警惕吗？女人到了这个年纪，就很不自信了，猜忌和多疑，是她们心理上的一对哼哈二将，警惕性很高地紧紧地把着大门，眼睛像特务一样死死地盯着你，你即使没有任何见不得人的秘密，都有可能会被这样厉害而尖锐的眼神，逼迫得主动坦白出一些事情来的。

至于三妹子给马宏观的资料，他倒是不必担心老婆追根究底的，现在每个家里，都有这些乱七八糟的印刷品，保险的啦，推销各种产品的啦，修水管电器煤气阀下水道的啦，总而言之，已是不足为奇了。

马宏观静静地躺在床铺上想，看来，王晓这个女人，显然将自己作为知心朋友看待了，不然，她就不会单独约我出来的，也不会将自己最痛苦也最隐秘的事情对我诉说，她甚至还想跟我上床呢。虽然我没有跟她上床，但我与她之间，有了这一层知己的关系之后，叫她伸出手来帮帮忙，不是小菜一碟吗？

这时，马宏观的老婆关掉电视机洗澡去了，他很想趁这个机会给三妹打个电话，告诉她这个令人欢欣鼓舞的特大喜讯。他甚至还想象到，三妹子听到这个消息之后，她和梭子鳖该是多么地高兴，也肯定会像他一样手舞足蹈的。

如果这件事一旦成功了，就不是一两件小打小唱的生意了，而是成批成批的大场合了。这对于三妹一家来说，就可以走出经济上的困境了。马宏观抑制不住内心的激动，拿起了电话，忽然，又冷静下来，慢一点儿，还是等到事情有了眉目再说不迟，免得到时候让她白白欢喜一场。再说，自己毕竟也是几十岁的男人了，决不能像小孩子那样幼稚了，生意场上的事情是说不定的，风云莫测，变化多端，即使是说得天花乱坠，也是没有用处的，只有把钱放进了口袋里，那才是真实的。

所以，从那天起，马宏观就天天心旷神怡地等待王晓的电话，另外，又在办公室加紧创作新的段子，以便喝酒时能让她高兴。他想，只要她的电话一响，这件事情就会八九不离十了。王晓的电话的确来过很多次，却都是请马宏观去喝酒的，从来也没有说起过三妹子的事情。她好像根本没有发生过与马宏观在宾馆的事情，表情仍然像以前那样，多情而爽快，极富有女人味。而且，喝着喝着，她一定要请马宏观讲些段子，让满桌人喷饭。

马宏观当然绞尽脑汁，神采飞扬，不遗余力，一切都是为了那个患红斑狼疮的三妹子。如果不是为了她，马宏观才不会给一个女大款讲什么狗屁段子。他们一边吃，一边喝，一边笑，而马宏观每次离开酒店时，都觉得精疲力竭，肚子也是空空的，回到家里，还非得吃碗面条不可。

令人疑惑的是，王晓却再没有提起马宏观要她帮忙的事情了，马宏观想，也许是还不到时候吧，即使说了，也是白说。所以，马宏观也不便提起，以免操之过急，弄巧成拙，还以为他想在这里面大捞一把。

所以，马宏观时时地提醒自己，一定要有点耐心。

几个月过去了，马宏观听说王晓的房子已经竣工了，就焦急起来。那天，又碰上王晓请马宏观去喝酒，在酒桌上，他再也忍不住了，趁别人在说起刚发生的一桩惊天动地的杀人案件时，就悄悄地伸手推了王晓一下，对她说起了三妹子的事情。

王晓张着红红的醉眼，看着马宏观，怔了怔，好像记不得这件事情了，然后，才小声地说，你怎么不早点说呢？早点对我说，我不就是一句话吗？

当时，马宏观一听，心里的气顿时像大火一样砰地点燃了，他却仍然小声地说（为了顾及她的面子），你怎么不记得了呢？早几个月前，我就对你说了的，还是在五月宾馆……

王晓却轻描淡写地说，我每天头脑里都是乱七八糟的，昨天的事情今天就不记得了，你说几个月前的事情，我哪里还记得呢？她见马宏观有点不高兴了，就举起酒杯，笑着说，来来来，大哥，干一杯，机会以后还多得很哩。

马宏观却没有举杯，这令王晓有点尴尬，这个女人却很会扭转自己的表情，很老练地说，哦，歇一歇再喝吧。

马宏观隐隐地想发作，却还是强忍着，克制住心里的那股怒气。当时，他真想跳起来，当众恶狠狠地骂王晓一通老娘，你这个没有良心的见死不救的女人啊，真是可恶啊，你他妈妈的就是离一百次婚都是活该的啊，你他妈妈的你男人把你的钱全部赌光都是活该的啊，你他妈妈的你男人养五十个女人你都是活该的啊。

马宏观起码骂了二十个诸如此类的极其恶毒的排比句。

马宏观冷冷地板着脸，没有说话了，也没有理睬王晓了，最终，他还是没有控制住自己，突然站起来，挟着冲天怒火愤愤地离开了。弄得一桌子的人莫名其妙，都惊讶地看着王晓。王晓也摊了摊双手，一脸的无奈，装聋卖傻地问别人，大哥他怎么啦？

那晚上，马宏观彻底地失眠了，虽然是闭着眼睛的，但三妹子那双充满期盼的眼睛，却不停地在黑暗中晃动，十分明亮，饱含着希望，闪烁着询问。它们在夜色之中，就像两颗硕大的闪烁着的星星。

从此，王晓也再没有来过电话了。

后来，据马宏观了解，王晓早就将门窗及车库门之类的生意包给了一个姓杜的男人，姓杜的表哥是一个不大不小的官员，而且，早就是王晓的情人。

马宏观想，他娘的肠子，我怎么就不晓得呢？我还能说什么呢？他想起了那次在五月宾馆王晓叫他上床的事情，那肯定是姓杜的表哥外出了，她耐不住寂寞了，所以，叫他来当临时工，或者说当临时情人。

马宏观越想越生气，早知如此，老子那天就会狠狠地将她睡了，而且，说不定又可以扎扎实实地帮三妹子一把。

马宏观竟然后悔至极。

一个本来最大的希望，终于破灭了。

6

三妹子一直没有跟马宏观联系了，也许，她还在耐心地等待马宏观的电话，也许是对马宏观不抱任何希望了。马宏观也没有给她打电话，尽管那名片上有她家的电话。马宏观是觉得无能为力，还有一种惭愧和内疚。

至于三妹子放在马家的那些精美的资料，马宏观本来还是好好地将它们摆在桌子上的，这样比较显眼，以便时时提醒他。而后来呢，东放西挪的，却不知将它们放在什么地方去了。也许，是堆在废报刊里面了吧？然后，老婆就将它们卖给了收废品的老妇人了吧。

有一天，马宏观的小孩信口问他，爸爸，你看我长大了做什么好？

马宏观突然歇斯底里地叫喊，他妈妈的，你就去当官吧——

小孩和老婆吓了一大跳，惊讶地看着马宏观，他那天又没有喝醉酒，不晓得他发什么神经。

香　泥

香泥，顾名思义，是一种带香味的泥巴。呈灰白色，细腻，光滑，可是浸水之后，居然渐渐地变成红色。可治多种疾病。产地保密，故世人知之甚少。

——题记

1

我晓得世上有香泥，纯属意外。

当然，在多年之前，我就听说过有香稻的，那是在我的家乡，而且仅仅只有那十来亩田出产香稻。我也品尝过的，初看起来，与一般的稻米并无什么差别，而煮熟之后，将饭盖一揭，天啦，饭粒油亮油亮的，香气扑鼻，一股股直往你的肺腑里钻，叫你舍不得吞下它们。我弄不懂，为什么只有那十来亩田能出产？而哪怕就是紧紧地贴近它们的那些水田，却不能出产呢？

老农告诉我，这是水土所致。

而香泥呢？的确没有听说过的。

2

由于感情上的重大挫折，我决定外出走走，没有目标，也不告诉任何一地的朋友，走到哪里，算哪里。我要让大自然的清风，扫荡我心中的痛苦，我要在绿山青水之中，忘掉我与她相互之间所带来的巨大折磨。

我一路行走，也不坐车，我尽量地避开城市，哪怕是小小的县城和乡镇。我只在山水之间随意地穿行。吃睡也都在农人家里。他们若问我是来做什么的，我说，我只是想看看山水而已。他们一律都疑惑地望着我，不明白我独自在山水之间转来转去的，到底有什么意思。有些警惕性很高的人，还以为我一个逃犯。

半个月之后，我来到了一处山脉，山上的参天大树，郁郁葱葱，河流清澈无比。这令我感到惊讶。我所到之处，山上的树木破坏得非常厉害，开煤窑的，开金属矿的，轰隆隆的炮声，残酷地将原本满目的绿色，像剃了个光头，裸露出片片泥土和犬牙交错的石块，实在是惨不忍睹。河流呢，也污染得不成了样子，不是弥漫着臭气的黑色，就是充斥着铁腥味的褐色，像两条巨大的毒蛇，死死地缠着大地，让人触目惊心。

所以，当我看到这片尚未被破坏的青山绿水时，心里顿时兴奋起来。想不到在我所见到的地方，竟然还有一片没有被人糟蹋的地方。它像一个美丽的处女，守护着自己的贞洁。我真是有点怀疑自己的眼睛了，我是不是来到了梦境之中？我沿着山脚，一直慢慢地走着，鸟类在林中不停地鸣叫，声音晶莹透亮，像一眼见底的河水。我兴味盎然，走一阵，就要情不自禁地赞叹一阵。

走着走着，我不禁又疑惑重重。其实，这片山水离那些零碎的村子并不很远，要说破坏它们，是极其容易的。一路上，我就看到过的，大凡有村庄的地方，山林的砍伐是非常严重的，难道说，这里的人有了不同寻常的保护意识吗？

其实，当我经过离那片山水最近的村子，准备要去这里看看时，那些农人就用很有意味的眼光看着我，像看着一个奇怪的来客，然后，小心翼翼地问，就你一个去？

我肯定地说，是的。

他们围观着我，好像在检查我所带的东西。我没有枪，也没有刀子，甚至一点儿防身的武器也不曾携带。我只是来看看山水的，我携带那些东西做什么呢？我只是带了一个装了衣物的挎包。他们就相互间神秘而恐慌地笑了笑，想对我说什么，又欲言又止。

我不明白这到底是什么意思，我却还是多了一个心思，我决心弄清楚这其中的奥秘再去不迟。在村子外面，我恰巧碰到了一个行色匆匆的中年男子，我笑着打了个招呼，并挡住了他，递给他一根烟，想从他的嘴里，套出一点内幕。

中年男子像没有抽过烟似的，颤颤地接过烟，激动地猛抽了几口，听说我要去看看那片山水，突然脸色大变，怔怔地看着我，紧张地问，就你一个人去？

我肯定地说，是的。

男子轻轻地哦了一声，就不再说话了，好像很害怕我似的，然后，就慌慌张张地走开了。

这其中有什么鬼呢？

这无疑挑逗起了我的好奇心，同时，也加重了我的疑虑。村里的人，一律是这样讳莫如深，难道说，我将要去的那片山水之中，真的有什么令人恐惧的东西吗？是人间罕见的怪物？还是嗜血成癖的猛兽？

想到这里，望着寂静无人的山水，突然，我觉得这里充满了阴森森凉沁沁的气氛，而且，老是担心那茂密的黑黢黢的树林中，倏然会奔出吓人的怪物或野兽来，将我不是吓个半死，就是将我瞬间撕个粉碎。即便是那条顺着山脚流淌的河流，看起来水波不惊，非常的温顺，水底下，却也似乎隐藏着一头巨大的水怪，趁我稍有不防，就会猛然蹿出水面，张开血盆大口，向我一跃而来，然后，一口将我吞噬。

我真的产生了一种莫名其妙的恐惧感，我也后悔没有带一把刀子，万一碰上了紧急情况，也可做防身之用。我认为，农人们绝不是在骗我，他们不会眼睁睁地漠然地看着我去送死，却好像又出于某种不便言说的苦衷，仅仅是好心地用紧张的神色，来对我做出小小的提醒。

我想往回走，离开这片令人赏心悦目的地方，我在生活中还不至于绝望，不至于就这样白白地去送死。即使感情上的问题，令我痛苦不堪，也不至于去让怪物或猛兽无情地吞噬。而我又舍不得离开这里，这里的山水，让我发现了崭新的天地，如果不去看看，也许是一辈子的遗憾。

我就是这样没有出息，矛盾重重。我在山脚下不停地徘徊。而这美妙的山水，又是那样强烈地诱惑我，就像一个神秘的年轻漂亮的女人，站在了我的前面，让我难以返回。

最后，我还是决心已下，我想，即使是出现了什么罕见的怪物，或吓人的野兽，我也要亲眼看看这到底有什么秘密，不然，为什么多年来，一直让附近的农人谈虎色变呢？我即使死了，也要死个心甘情愿。我想，肯定是由于这种好奇心，鼓动了我莫大的勇气。

所以，我朝山上走去。

3

树林的繁密，让人惊叹。而阴风飕飕，不由得让我感到阵阵凉意。我仿佛来到了一个阴凉的世界。棕色的松鼠，在调皮地蹦上蹦下，用惊讶的目光在打量我。而色彩斑斓的野鸡，一只只则像高傲的公主一样，在旁若无人地散步。许多的鸟，在追随着我，围着我上下翻飞，似乎企图从我的挎包里叼出吃食来。多年存积的枯叶，厚厚的，像一床铺在地上的巨大的棕黑色的被子，地上湿润而富有弹性。地上还爬满了粗细不一的骄傲的藤蔓，它们不时地毫无道理地绊着我的脚。

我走着走着，心中的胆怯竟然渐渐地消失了，我就嘲笑起那些胆小的农人，我不明白，他们为什么谈虎色变呢？到目前为止，我碰到了狰狞的怪物和可怕的野兽了吗？

没有。

这时，我看见山腰上出现了层层青色的岩石，而在层层的岩石间，好像夹杂着一层泥土，我甚至隐约地闻到了淡淡的香气。我觉得十分奇怪，这香气是从哪里散发出来的？是花的香气吗？好像不是。岩石显得十分突兀，那是唯一没有生长树木的地方，与这满山的茂密的树林，显得不甚和谐。

我觉得好奇，就想走过去看看。

刚接近那片岩石，有个像人形的怪物，突然像从天而降，出现在岩石上，发出声嘶力竭的怪叫声，在天地间乍然响起，我不由心惊胆战，浑身发抖。我想，这山里果然有吓人的怪物。我想拔腿逃跑，一转身时，又不甘心，倒要看看这个怪物，到底是个什么东西。我就鼓起了巨大的勇气，静静地站在原地，仔细地仰看它。

那个怪物赤身裸体，一身是红色的，无毛，又不像是皮肤，好像是在皮肤上长了一层什么东西，皱折的层次非常明显，而头上，竟然还长着两只长长的类似牛角的弯角，嘴角伸出两颗雪白的獠牙，五官却非常模糊，嘴巴和鼻子几乎看不出来，唯有眼睛，像两粒细小的黄豆，怪物的双手伴随着尖锐的叫喊，在空中不断地舞动着。

这的确让形单影只的我毛骨悚然，不寒而栗。身上的冷汗，从背脊骨上汩汩地流下来，顿时，就湿透了我的衣裤。在恐怖影片中看到的那样的镜头，没有想到，在现实生活中，它居然出现了。我这才明白，农人们为什么那样惊慌和害怕。

它并没有从岩石上跳下来，直取我的性命，它只是站在岩石上，张牙舞爪地威胁我，好像在有意留给我逃跑的时间。我鼓起了巨大的勇气，没有后退，仰着头，一动不动地注视它，倒要看它下一步是怎样地对付我。令人感到奇怪的是，红色的怪物吼叫着，大概是见我并不害怕，吼一阵之后，就莫名其妙地消失了。

顿时，我有了一种胜利的感觉，决心探一个水落石出。到底是鬼怕人嘞。我朝那岩石走去。我尽可能地轻轻地走，不发出任何响声。这时，我感觉到一种淡淡的香气，越来越离我近了，香气也渐渐地由淡而浓。当我终于来到了那片岩石面前时，我发现，那种香气竟然是从岩石上发出来的。我将鼻子凑上去，岩石上又并没有香气，这真是很奇怪了。我伸出手，抚摸着岩石，岩石很坚硬，和我以前看到的岩石，并没什么两样。

这时，我从岩石间的一层灰白色的泥土里，捏起一点稀软的泥，凑近鼻子一闻，天哪，香气居然是从泥土里散发出来的。我在怀疑，我的嗅觉是否发生了问题。这真是碰到奇事了。

好奇心就更加高涨起来。

我沿着岩石慢慢地绕过去，心里还是非常紧张的，我不晓得，我能不能将这桩奇事查清，一旦查清了，这个世界上，将会爆出重大的新闻。

岩石的形状是一个椭圆形，有很长的距离，我一边走，一边看着。当我绕过很远很远的路，来到岩石的后边时，更为奇怪的事情出现了，岩石脚下，竟然有一个很大的洞。

我想，那个怪物，是不是就躲藏在这个岩洞里呢？

我看了看后面，后面是茂密的树林，灌木丛丛，如果那个怪物从岩洞里冲出来，我以便能逃跑。也就是说，我要看好我逃跑的退路。

这时，我既激动，又万分紧张，我走到洞口前面，朝里面叫喊，喂，出来吧，你用不着怕我，我也用不着怕你，我晓得你是一个人，我只是偶然到这里来看看的。

我不明白我为什么就把这个怪物看成了一个人，这简直有点莫名其妙。我大喊了一阵，洞里没有回音，也不见那个怪物张牙舞爪地走出来。我就麻起胆子，打燃打火机，慢慢地朝洞里走去。进了洞里，洞里充满了人的气息，并没有那么可怕，而且，还充满了那种淡淡的香气。

洞里面很大，越往里面走，空气就越来越凉爽。当我一步步地走到深处时，我陡地吓坏了，不由惊叫一声，手里的打火机，叭地掉落在地，整个世界顿时一片漆黑。刚才，我看到了那个红色的怪物，它是坐在地上的，也在一动不动地默默地看着我，并没有伤害我的意思。它头上的长角和长长的牙齿，已经取了下来。

我不想失去这个难得的机会，赶紧弯下腰，在地上摸索，摸了好一阵，也没有摸到打火机。

这时，洞里发出了一声微响，然后，灯火亮了起来。

我不由一怔。

我看见那盏油灯就摆在那个怪物的身边，我正想问，怪物却说话了，你不必害怕，来坐坐吧。声音嘶哑而苍老，在巨大的洞口中，发出嗡嗡的声音。

天啦，这个怪物竟然是人。他为什么要这样做？我不由深深地透了口气，一颗悬得老高的心，终于落了下来。我发现洞壁脚下，摆着用石头垒起来的灶，灶边堆着枯枝叶，还有铁锅和碗筷。

我将打火机捡起来，慢慢地向他走去，小心地坐在他的身边。我闻到了从他身上发出的那种泥土的香气，再仔细一看，他身上原来涂满了泥巴。我已经有了预感，这个悬而又悬的迷案，一定会在我的手里水落石出的。

我拿出烟，递给他一根，并帮他打燃火。问，老人家，你为什么要这样？

他没有回答我，猛地抽了一阵烟。突然想起了什么，就起身来，跳到不远的一个水池里，一阵洗刷，没多久，就走了出来，此时，他身上的红色没有了。他好像有点羞涩，用毛巾擦干身上的水珠，就马上将衣服穿好，衣服也不怎么破烂，像一般农民的装束，然后，就坐下来，说，我跟你没有区别吧？

没有，没有。我忙说。

仔细打量，这是一个白发苍苍的老人，皮肤很白，脸上泛起许多的老年斑，也很瘦，他的眼里却发出很亮的光芒，有一种刺人的感觉，他却是个和蔼的老人。这跟我先看到的凶猛的他，简直判若两人。

我又递去一根烟，给他点上火，继续问，老人家，你为什么要这样呢？

老人半天没有说话，默默地抽着烟，油灯忽闪地亮着，不时地发出叭叭的响声，他的脸一半沉在阴影之中。我耐心地等待着，我预感到，将有一个世上少有的故事，从他嘴里说出来。

这时，老人脸上慢慢地泛起了痛苦的神色，他深深地叹息道，唉，谁愿意这样呢？我又不是发疯了。问题是，人家都疯了。唉，我给你讲一个故事吧，从前，有个细把戏，在他从小起，他的爷老倌———一个乡村的饱学之士，就教他认字，还给他讲过天人合一的道理，还解释说，那是人与自然的最高境界。这个细把戏开始还似懂非懂，随着年龄的增大，他就渐渐地懂得了这个道理。他的爷老倌临死前，居然什么话也没有说，不担心他的婚事，更不叫他一定要接起家族的香火，只问他懂不懂得天人合一的道理了，他回答说懂得了，他的爷老倌这才落了气。到了一九五八年，这个还没有成家的男人，看到村里的人上山疯狂地砍伐树木，然后，把树木塞进了炼钢炉，他们把一座座大山砍得惨不忍睹，伤痕累累。他就想，这种做法，肯定是与天人合一不符的。眼看着许多山林被毁掉了，他心里痛苦得很。当时，只剩下了这一片大山林还来不及砍伐。他就想，如果再不想个办法，连最后的这座山也保不住了，那么，这方圆几十里，就再也看不到树林了。他开始试图阻止过他们这种愚蠢的做法，谁又听他的呢？人们还以为他是在讲疯话嘞。队里甚至还批斗他、打他，他的一根肋骨也被人打断了，人们纷纷指责他是"大跃进"的绊脚石。而这个男人的脾气就是倔，就是不低头，人家打他也罢，批他也罢，他心里并不服气，他坚持认为自己是对的，他忍辱负重，竟敢给他们讲天人合一的道理，结果却招来一片嘲笑声，说他肯定是疯了，连个婆娘也讨不进来，至今仍是孤家寡人的。他不肯上山砍树，他们就押着他上山，逼他挥着斧头砍树，他却死活也不愿意，他们就用枯藤狠狠地抽打他，硬是逼着他砍。他倒在地上，一身被抽得伤痕斑斑。后来，他终于答应砍树了。他颤颤巍巍地扶着树站起来，然后，拿起斧头，高高地扬起，突然充满痛苦地吼叫一声，锋利的斧头飞快地砍了下去。人们却感到奇怪，大树上居然没有一道斧头的痕迹，而这个男人却噗地倒在了地上，鲜血哗哗地从他的腿上流了下来，他宁可砍伤自己的腿，也不愿意伤着大树。尽管如此，他还是不能阻止疯狂的人们。他真是无可奈何。在他养伤的日子里，他终于想到了一个绝妙的办法。人们从古到今，不是都害怕鬼吗？那么，我何不扮装成一个鬼来吓吓他们呢？如果能让他们害怕一天，这座山林，就能完整地存在一天。所以，等到他的伤完全好了之后，这个人就突然从村里奇怪地消失了，他藏到了这座大山里，他反正是一个人，也没有亲人来挂牵他，他也用不着挂牵亲人。村里的人，都以为他是害怕批斗和挨打逃跑了，也有人认为，他肯定是疯掉了，四处流浪去了。

　　老人抽了一口烟，继续说，好像这座大山的确需要他来保护似的，还给他留下了这么大的一个天然的岩洞，意想不到的是，这岩石里面，竟然有一种香泥。他见有人来砍伐了，就赶紧用香泥涂满了一身，连脸上也不例外，又捡来死去的野牛的角安在头上，将死去了的野猪的牙齿安在嘴上，然后，就赤身裸体地走出来，嘴里故意发出一种歇斯底里的怪叫声，以此来吓走那些不怀好意的人。这一招的确起到了巨大的威慑作用。那些人曾经来过几回，就吓得再也不敢来了，还有个人，当场就被吓死了，从那以后，他们再不敢来砍树了，也不敢来这座山上了，他们认为，这座山上有鬼，谁也不敢拿生命来开玩笑了。唉，谁知一晃，就是四十多年了。当然，值得欣慰的是，他到底保住了这片山水。

　　我大吃一惊，怔怔地看着老人，简直是目瞪口呆。老人竟然是用这种特殊的手段，来保护这片山林的。如果我向世人说出来，又有谁会相信我呢？

　　我问，那你今天，为什么要放弃自己多年来扮装的面具？你难道就不担心我说出去吗？

　　他说，我见你是一个人，也没带着斧头之类的工具，而且也不像本地人，所以，我就有意地让你来，我也想跟你说说心里的担忧嘞，你想想，我如果死去了，由谁来继续保护这片山林呢？我不可能永久地守护它们，我总是会死去的……而我又不愿意让它们毁于人们的斧头之下。老人的脸上，泛出一片黯然和忧虑，久久地望着我。

　　我却不敢承接老人那种充满期待的目光，他显然是想让我来接他的班。一时，我默默无言，我无法回答老人这个严肃的问题，我也更没有勇气来接替他。我明白，我还会回到我所在的那个喧嚣的城市，永远地在那里生活，直至默默无闻地死去。

这时，老人站起来，说，走，我们去外面看看吧。

我就跟随他走了出来。

4

走出山洞，老人指着那些高大的树林说，你看，这些树长得多么精神嘞，我是看着它们一天天长成这样的。

我却充满疑惑地问，老人家，你几十年都没有跟人说过话了，为什么还能说得这样好？

这时，老人嗬嗬嗬地笑起来，你一定会感到奇怪吧？其实，后来我也感到了这是一个问题，如果年年月月不说话，那会失去说话的功能。所以，我就天天跟它们说话，不停地说。这些树也乖得很，总是默默地听我说，我滔滔不绝地说完了，它们就不断地点头。

接着，老人朝着树林深处哦哦地大叫几声，没多久，只见一群野物争先恐后地从茂盛的树林中和草丛里跑了出来，有野鸡，有野山羊，有麂子，有野兔，它们欢快地叫着，围绕着老人，根本就不理睬我，也不害怕我，哦，这里就是它们快乐的天堂。老人笑着蹲了下来，伸出手，轻轻地抚摸着它们。

我惊讶不已，说，老人家，它们都跟你熟悉了？

老人哈哈大笑，说，熟悉了，早就熟悉了，不然，它们哪里会听我的命令？这很有味道吧？

我愉快地说，真是太有味道了。

这时，老人好像生怕冷落了我，又哦哦哦地叫了几声，这些野物突然就撒腿跑开了，飞快地消失在树林里了。

我问，老人家，这大山上恐怕还有老虎吧？

怎么没有呢？老人肯定地说，当然有，它们就没有这样听话了，凭我叫一声就会来的，它们调皮一些。当然，有好几回，我睡觉了，总觉得有什么东西在抚摸我的脸，从梦中惊醒一看，天啦，原来是一只老虎，我心里非常紧张，一动也不敢动，也怪，它并没有想咬我的意思，见我醒来了，然后，就慢慢地走出去了。

老人望着那些摇晃的草丛，意犹未尽地笑了笑。紧接着，他又带我来到岩石的另一边，这时，我的眼睛不由得豁然一亮，老人居然在这里开出了一片菜地，有南瓜冬瓜丝瓜辣椒，一派生机盎然。菜地的旁边，还用树枝围了一个围子，里面养了一群鸡。

老人解释说，这些菜，都是我上山时带来的种子。

我问，老人家，这些鸡以及油盐米从哪里来？

老人解释说，这不是太简单了吗？这大山里处处是宝嘞，当然，我是绝对不会去捕捉那些野物的，我却认识药材，比如说，芍药、当归、黄芪……多得很，我无事了，就去采药，然后，每月下山一次，卖给人家。

那你不怕被人家发现吗？我问。

我哪里会这样蠢呢？我采的药材，都卖到很远很远的地方去，离这里大约有百十里山路，那里与我所在的村子的方向是相反的，村里的人也绝对不会去那个地方的，我就在小镇上买回来我所需要的东西，你想，我一个人，又需要多少呢？

哦，原来如此。

我又问，万一山下的人，趁你下山的时候，来砍树呢？

老人家解释说，其实，这人的胆子也是小得很的，自从那年吓死了一个人之后，就再也没有人敢来了，当然，我还是不放心，说不定，这些人哪天又发疯了，对吧？

老人家又说，在这里，一个人只是孤单了点，不然，也没有什么，我本来也想过，从远处带个女人来做老婆，又担心人家受不了这份寂寞，而且，也害怕她会将我的秘密说出去，那岂不是坏了大事？所以，不如一个人。哎，我给你说，你不是看见了香泥吗？真是奇怪得很，我本来一身的伤痛，又有风湿病，来到这里之后，用香泥涂在身上，竟然就好了。

我说，哦，当真有这么神奇吗？老人家，这香泥我还是第一次看见嘞，如果将它们开发出来，让许多有风湿病的人来这里治疗，不是很好的吗？

老人却坚决反对我的说法，他脸上而且有了怒气，愤愤地说，你不要乱说，你懂什么？一旦来了许多人，还会有这样的青山绿水吗？我看，连这点香泥也会被人糟蹋掉的。

我觉得，老人家的话说得很有道理，也就不再说什么了。

老人似乎害怕我说出去，就警告我说，后生，这些秘密，你晓得就可以了，不必告诉别人，这个道理，我想你也是明白的。

我庄重地点点头。

5

我感慨万千，觉得这个老人非常了不起，在我们的生活中，有谁会拿自己的一生来保护这座山林呢？而且，居然还是用这种奇特的方式？更为令人感叹的是，四十多年来，竟然没有让人发觉？

老人抬头看看天上的太阳，说，你大概饿了吧？等我来搞饭菜，你吃吃我种的菜。说罢，老人从菜地扯下一条丝瓜，还有一些辣椒，然后，就去鸡围子里捉鸡。我坚决不答应，让他把鸡放了，老人说，你这么远来，吃只鸡算什么呢？

我劝他，老人家，你还是留着自己吃吧。

老人也就没有坚持了，说，那好吧，就依了你的。说罢，拿起丝瓜和辣椒，在岩石脚下的山泉水里洗了洗，就慢慢地走进洞里去了。那山泉水清澈见底，无声地向山下流去，发出叮咚的声音，简直像一串串动听的音乐。我情不自禁地将手伸进去，冰凉冰凉的，我双手舀起一捧水，又让它们从手的缝隙中晶莹地漏了下去。

然后，我坐在洞口，抽着烟，望着这寂静的山林，好像做梦一样。我根本也想不到，在我的一生之中，居然还会有这种奇特的经历。

没过多久，我听见老人在喊，进来吃饭嘞。

我站起来，走进洞里，老人将饭菜已经摆好了。

一碗丝瓜，一碗辣椒炒腊肉。

老人不好意思地搓着双手，说，委屈你了。

他拿出一壶酒，问我喝不喝几口。我说，我只能意思一下。老人也不勉强，让我喝了一口，我晓得这是乡下蒸的米酒，味道的确不错，很纯正。饭菜也很好吃，尤其是丝瓜和辣椒，新鲜得真是妙不可言，我所在的那个城市，是绝对吃不到了，那些菜是用农药淋大的。

吃罢饭，我想离开老人了，离开这座大山。

当我流露出这个意思的时候，老人却硬要留我睡一晚。他感叹地说，四十多年了，在大山里能与你这样在一起，我还是第一次，在别人面前——比如我去百十里外的地方买东西——我是一个不明身份的人，而在山下那些人的眼里，他用下巴朝山脚指了指，我又是一个鬼。

我还能说什么呢？我还有什么理由推脱呢？一个老人，四十多年来，用自己的智慧和生命，孤独地坚守在这座山上，我陪他一晚又算什么呢？

我答应了他。

老人嘿嘿地高兴起来，接着，让我给他说说城里的事情。他听得眼睛一眨一眨的，像一个充满了好奇心的细把戏。他不时地从嘴里抽出旱烟杆，激动地说，真的吗？真的吗？难道有这样的事情吗？

昏黄的油灯，在洞里静静地燃烧着，我和老人坐在地铺上，安静地说着话。地铺全是用树叶铺成的，树叶的上面铺着毯子，很柔软。我仿佛置身于一个遥远而古老的童话之中。洞里发出嗡嗡的回声，好像是岁月沧桑的印证。

世界万籁俱静，连树林中的鸟也进入了梦乡，不时，倒有野物的一两声短暂的呼喊，倒是反衬出了这世界的宁静。

老人突然问我，你怎么一个人来到了这里？

我就将我的想法对他说了。

老人怀疑地看着我，说，你是不是遇到了什么不顺心的事了吧？

面对这个老人，我不想隐瞒什么了，也就如实地说了。

老人长长地哦了一声，是这样啊。又劝我，过去了就过去了，也不必想得太多了。再说，你如果没有这种事情，你就不会出来走走的，也就不会来到这山里来的，我们是有缘分嘞。

我点点头，同意他的说法。

我和老人谈到很晚很晚，然后，老人善解人意地说，我看你是累了，睡吧。

我们就睡了。

我静静地躺在老人的身边，按照山下人的说法，我是躺在了怪物的身边。而我觉得这是一个多么好的老人。他为了自己想法，一直在默默无闻地坚持着，没有丝毫的动摇。

没多久，我的身边就响起了阵阵鼾声。

6

第二天早晨，林中热闹的鸟叫声，叽叽喳喳地将我吵醒了。

我睁开眼睛看看身边，老人却不在了。我立即爬起来穿好衣服，走出洞子，看见老人坐在洞口边，抽着烟，若有所思地望着那片树林。我陡地发现他的气色很差，一点儿也不像昨天那样精神了。

我不明白发生了什么事情。

就小心地问，老人家，你没事吧？

老人摇摇头说，没事的。

然后，老人叫我也坐下来，他侧过脸，一双混浊的眼睛静静地盯着我，我觉得，那里面有一种召唤，一种期待，一种希望。而我心里却有点慌乱，我不明白他为什么要这样看着我。

我怎么也想不到的是，老人久久地看了我之后，站起来，从衣服里飞快地拿出一点黑色的东西，然后，猛地往嘴里一塞。

我本来也不在意的，没多久，只见老人的脸色突然变紫了，浑身发抖，痛苦的眼睛一直看着我，然后，就噗地倒在了地上。

我惊慌失措地大喊，老人家，你怎么啦？

他却再也没有回答我了，一个字也没有说，嘴唇不断地颤动着，眼睛一直盯着我，好像在等待着我的点头。我明白，每当临死的人不得到他所期望的回答，他是绝对不会瞑目的。那么，老人究竟是在等待我什么样的点头呢？是马上将他送到山下去治疗吗？应该不是的。那么，又是什么呢？

哦，突然，我恍然大悟，老人一定是在等待我的回答，答应他今后像他一样，用这种特殊的令人不可思议的手段，坚守在这座大山上。

望着这位临终的老人，我只好心情复杂地点了点头。

这时，老人脸上才泛出了一丝微笑，终于安详地闭上了眼睛。

山风吹来，一阵一阵的，吹得十分悲伤。

那满山的树林，也发出了巨大的悲鸣声。

去城里看电影

1

坐在屋檐下的三子，看着走廊上的几只麻雀在叽叽喳喳地抢食，看得很专心。

这时，突然听见有人喊他，三子，到城里看电影去——

三子的屋门口是一条沙石马路，那是通向邵阳城里的，至于到邵阳之后，马路再通向哪里，三子就不晓得了。三子抬起头一看，是窑山的一伙朋友，喊他的是个叫五佗的人。

这时，五佗又朝三子用力地挥挥手，然后，继续往前走。

马路上，陆续地出现许多窑山的大人，那当然是一帮年轻的男女，他们肯定也是去城里看电影的。窑山的人，通常消息灵通得多，比如说，城里有什么好电影，甚至有什么好的布匹卖，他们不用多久就晓得了。三子经常从五佗他们那里，晓得城里发生的许多事情。

其实，窑山和农村是混在一起的，错落交织，又没有围墙，所以，很难用清清白白的框框划分开来。三子虽然是农村的细把戏，却经常和窑山的细把戏一起玩耍。三子禁不住诱惑，犹豫地往屋里看了一眼，娘愁眉苦脸，正在给爸爸熬草药，屋子里弥漫着刺鼻的药味。爸爸在农校教书，被揪出来，打断了一条左腿，哼哼叽叽地躺在床上，已经两个多月了。

三子迟迟疑疑地说，娘老子，我跟五佗他们去城里看电影……他担心娘不同意，娘也许会责备他，你爸爸伤成了这副样子，你还有心思看电影？

娘在光线黯然的屋子里唔了一声，三子的心情顿时高兴起来，他明白，娘同意了。紧接着，三子站起来，飞快地朝马路上跑去，在后面大喊，五佗，等等我，我来了嘞——吓得那几只麻雀噗的一声飞走了。

三子气喘吁吁地追赶上五佗他们，满脸兴奋地问，什么电影？

五佗高兴地说，《卖花姑娘》，朝鲜片子。

三子看看那些同伴，个个脸上也是兴高采烈的，激动地说，朝鲜片子我还没有看过嘞。

三子是第一次跟着人家去城里看电影。

五佗接着说，谁看过？都没有看过的。五佗指着那些大人，他们也没有看过。又擦擦鼻涕。五佗的鼻涕像下粉条似的，不断地流下来，鼻孔下面，流出了两道红色的浅浅的槽。

马路上三三两两地走着许多人，人人都很兴奋。有些大人把烟抽得滋滋响，猛地抽一阵，用手指头重重地一弹，烟屁股就在空中飞了出去——这里面，包含有兴奋加上抵御寒冷的双重因素。大家扯开步子，劲鼓鼓地一边往前走，又一边议论道，听说很好看的嘞，那些女演员长得非常乖态嘞，看的人很多，如果能买到票就好了。还有人非常有把握地说，听说在邵阳演三天，应当说票是没有问题的。还有人跟着说，我听说了，没有谁看完之后不哭的，电影院里充满一片哭声，像死了老娘一样。马上有人提醒说，莫乱说嘞。那个人立即闭上了嘴巴。

三子他们跟在大人们的后面听。

三子突然想起自己身上没有钱，没有钱怎么买票？没有票又怎么能进去呢？他想问五佗带了钱没有，如果带了，先向他借，以后再还。三子终究没有问，他想，他们肯定是有钱的，到时候再借不迟。

五佗侧过脸，问走在身边的三子说，你会不会哭？

三子说，会哭，你呢？

五佗说，肯定会哭的。

走在一起的那些小伙伴，也说一定会哭的，又说，到了那时候，电影院里一片哭声，你不哭都忍不住的。

三子加入了看电影的队伍之后，就完全忘记断腿的爸爸还躺在床上，娘坐在灶边熬草药。他奋力地走着，尖着耳朵听人家说话。他还想象起自己在电影院号啕大哭的情景，影片中的人物对话以及音乐，完全听不清楚了，被观众的哭泣声淹没掉了。他还想象起坐在身边的五佗哭起来的样子，鼻涕肯定像永远也流不完似的，像长长的粉条一样，分不清楚哪是眼泪哪是鼻涕了，不时地用手揩来揩去的。想起五佗那副邋遢样子，三子情不自禁地笑起来。

五佗问，你笑什么？

三子连忙搪塞说，没笑什么。

五佗蛮有把握地说，你还笑？到时候，你哭都哭不赢的。

窑山离邵阳四十五里路，路途要经过老龙潭、范家山、高崇山、黄陂桥、火车站、双坡岭，然后，再进入城里。通往邵阳的汽车也是有的，只是每天下午两点才有一趟，人们都等不及了。大人们走得很快，恨不得几脚走到城里。三子他们生怕跟不上，听不到那些有趣的议论了，所以，几乎是小跑。还有一个原因，只有大人们才晓得究竟是城里的哪家电影院。不跟上他们，一旦进城，三子他们会像一群无头苍蝇四处乱窜，找不到地方。

他们出发的时候，大概是上午八点多钟。天气不太好，北风呼呼地吹来，虽然没有下雨，风却很厉害，刮在脸上像刀子一样生痛。阴沉沉的空中，不时飞扬着被风吹起的纸屑或枯叶或稻草。三子他们的脸上红红的，尤其是鼻尖，红得更是厉害，简直成了紫色，一半当然是因为激动。

三子戴着爸爸的一顶破旧的呢帽子，有点大，帽檐软塌塌的，遮住了眼睛。所以，三子干脆将帽子歪歪地戴着，软塌塌的帽檐，在脑袋的一侧不断地摆动，有一种滑稽的效果。寒冷的天气，一点也没有影响他们的心情。他们的精神非常饱满，没有因为路途远而产生一丝泄气。

马路两边的田野空空荡荡的，显出满目凄凉。不时地飞起一只寒鸟，哆哆嗦嗦地很快地就消失了。农舍飘出的炊烟弱不禁风，一股股黑黑地吐出来，立即被风吹得无影无踪。汽车不时地来去，摇摇晃晃，掀起了漫天的黄色灰尘。所以，等到汽车一过，无论大人或细把戏，都要反转身子，咬牙切齿地朝着汽车屁股大骂，我捅你的娘嘞，你要死了——

骂一阵，又心满意足地大笑起来，然后，继续往前走去。

2

三子他们走到邵阳城的时候，已是下午一点钟了。

大家的肚子饿了，咕咕地叫起来，也没有谁提出来先吃点东西，包括那些大人。就可见眼下吃东西，似乎不是太重要的事情。

大人们的心情似乎更加迫切，目不斜视，马不停蹄地朝桥头方向走去，三子听他们说了是红色电影院。所以，他们顾不得看街上的风景，三子即使是第一次来城里，也没有对城里表示出一种惊奇之感，只是感到那街道是水泥的，实在是好走多了，又没有那么多的灰尘。三子紧紧地跟着人家往前走，认为看完电影之后，再慢慢地看街景不迟。

走过一座大桥，等到他们匆匆地赶到红色电影院一看，天哪，简直是人山人海，一片喧哗之声。黄色的灰尘似薄雾一般，若有若无地飘荡在上空。连大街上也站满了人。根本看不见售票窗口，窗口已经里三层外三层地被人墙包围，连一只狡猾的麻雀也插不进去。在外面等着看电影的人，一副急切切的样子，埋怨上一场电影怎么还没有放完，并且不停地看手表。还有一些已经看过的人，站在一边，好像还舍不得离开，滔滔不绝地说起电影怎么怎么好看，说着说着，居然流泪了。围在身边的人也跟着流泪，希望早点看到电影的心情就更为迫切了。当然，还有一些买到票的人，不慌不乱，脸上得意扬扬的，站在一边耐心地等候着，隐隐地，那脸上又流露出一种担忧，这么多的人，到时候又怎么挤得进去呢？

三子紧张地问五佗怎么办，五佗说，我们跟着那些大人就是了。而那些一起来看电影的大人，一眨眼，全部不见了影子，通通地消失在人群之中了，看样子，是去各显神通了吧。

五佗愤愤地骂一句，哼，这些人……真是像叫花子烤火，只顾往自己胯里扒。他是骂那些大人，进了城，就丢下他们不管了。又说，我们既然是一起来的，就要一起进去看，然后，再一起回家。

三子和同伴们点点头，不由紧紧地挨在一起，有点儿看不起那些自私自利的大人。

五佗看着这个混乱的阵势，深思熟虑地说，我们只有等到这场电影放完，进场的时候再混进去，有这么多的人，我不相信混不进去。

三子听五佗这么说了，悬着的那颗心，才噗地落下来，这下好了，不要借钱买票了。

三子跟着五佗他们退回到人不太多的地带，忧心忡忡却又耐心地等待着。那是在大街上了，一群一群的人也在等待。有人还悠然地嗑着瓜子，将瓜子壳吐得满天飞舞。

五佗擦擦鼻涕，左右看了看几个同伴，叮嘱说，进场时，我们就不要讲客气，一个跟着一个，不要掉队了嘞，一起拼命地挤，挤进去就是胜利。

大家又点了点头。

三子看着这么多的人，像蚂蚁一样，本来是没有多少信心的，听五佗这么一说，信心又像炊烟般慢慢地升上来。他不由得紧紧地握着拳头，暗暗地在给自己鼓劲。他想，五佗他们既然能挤进去，自己也一定可以挤进去的。

那个破旧的电影院，被黑压压的人像铁桶般紧紧地包围着，说不定，会被人们挤垮，如果一旦倒塌，肯定会砸死砸伤人的。三子不免想起爸爸被人打断的那条腿，浑身一阵颤抖。他暗暗地保佑电影院千万不要倒塌。

这时，人流突然骚动起来，肯定是散场了，人们像潮水一样涌进涌出。那些从电影院里好不容易挤出来的男男女女，脸上还残存着看电影时流下来的泪水，嘴里却尖声大骂，挤死啊——你娘的没有看过电影啊——外面的人却充耳不闻，齐心协力地往电影院的大门口挤去，脸上充满着兴奋和渴望，眼睛炯炯发光，居然还异口同声地起哄，嗬嗬嗬——好像是在不断地给自己鼓劲。

五佗见机会终于来了，果断地说，跟着我。

五佗非常机灵，飞快地贴着一群大人的屁股后面，插进汹涌的人潮之中。

三子紧紧地扯着五佗的衣摆，其他的同伴依次地跟在三子的后面，也抓紧着衣摆。他们也情不自禁地兴奋地叫喊，似乎需要不停地叫着挤着，就能挤进电影院。当然，前进的速度十分缓慢，有时进一步，又潮水般退两步，那是观众还没有完全走出来，外面的人又急于往里冲。进出双方的阻力都相当大，真是人挨人，人挤人。三子觉得像困在一只巨大的铁桶里面，憋得要死，呼吸十分困难，前后左右的力量像钢铁般，残酷无情地向他单薄的身子压迫过来，似乎要将他压成一个肉饼。突然，三子产生一个不好的念头，我如果挤死了，我爷娘肯定会伤心死了。

这时，三子忽然感觉到头上的帽子被挤掉了，赶紧腾出一只手摸了摸脑袋，帽子果然不见了，他在肩上背上摸了一下，也没有发现帽子。如果蹲下去在地上摸，三子是没有这个胆量的，搞得不好，人会被踩死的。三子不敢再找帽子了，腾出来的那只手，又紧紧地抓着五佗的衣摆。当然，三子还是非常担心，娘如果晓得他的帽子丢掉了，会不会骂他呢？

叫骂声，吵闹声，哭喊声，尖锐的声音不绝入耳，简直把耳朵震聋了。三子想，我如果是个大力士该有多好，只需轻轻地一挤，就将周围的人通通地挤开，让五佗他们跟在后面，轻轻松松地向电影院大门走去。或是一个会飞翔的人，也是很可以的，只需向上纵身一跃，就可以轻而易举地向门口飞去。而自己什么也不是，只是一个可怜的细把戏，任凭人家挤来挤去的。

其实，三子心里有了一丝后悔，如果早晓得是这样拥挤而混乱的场合，他就不会来了，却又无法抵御这个电影的诱惑。三子鼻子里痒痒的，那是灰尘在捣蛋的缘故。三子觉得，那些干燥的灰尘沿着鼻孔进入喉咙，然后，都走到肺里去了。

三子他们都紧紧抓着衣摆，像一根牢不可破的铁链，偶尔被人冲断，又赶紧死死地扯着，像扯着一丝希望。人流仍然在艰难地进出，三子他们不屈不挠，终于渐渐地向电影院大门口靠近了。

大门口有两道狭窄的铁栏杆过道，六七米长，刚刚容一个人通过。由于人太拥挤，结实的铁栏杆也是摇摇晃晃的，似乎会被人挤垮。看来，电影院早就预料到这场空前的拥挤，已经做好准备了，将大门半关着，仅仅留下狭窄的缝，让观众们进出。十来个守门员穿着黄色的军大衣，戴着红袖筒，年轻而又人高马大，一脸的凶气，一个个仔细地查票。若是查到没有票的，丝毫也不客气，像抓小鸡一样，高高地抓起一提，往一边丢去，也不怕摔伤人，而且破口大骂，你再打偷票，老子打你不死？所以，经常听到哎呀呀尖叫的痛苦声。

三子他们眼看着就要进入铁栏杆过道了，心里激动不已。

这时，五佗突然不往前走了。

三子刚刚缓过一口气来，惊讶地问，五佗，怎么不走了？

五佗绝望地说，看样子进不去了，人家好凶的嘞。

他们这帮人停滞不前，后面的人就大吼，挡路做什么？灾狗。

　　五佗他们急忙往边上站，站在铁栏杆的外面，想出去，一时又出不去，人真是太多了，他们只好紧紧地站在一起，被人们挤来挤去的，眼睁睁地看着有票的人挤进去。当然，也看着那些像他们一样没有票的人，沮丧地站在一边。这时，经过三子他们身边的一个女人，嘴里含着票，嘲笑地说，小屁股也想打偷票混进去？说得他们脸上泛起难言的羞愧。

　　一直挨了半个多小时吧，该进去已经进去了，外面才渐渐地松散一点，这种松散也只是相对而言，其实，仍然是比较拥挤的。许多的人还在等着下一场电影，有些人则抱着侥幸的心理，希望有人退票。还有一些人挤近大门，递烟给守门员，媚笑着，千方百计地讨好人家，希望人家会高抬贵手放他一马。

　　三子他们赶紧趁机挤出来，重新来到大街上，一个个垂头丧气的，似乎已经看不到任何希望了。

　　五佗突然发现了什么，对三子说，你帽子呢？

　　三子摸摸压得紧巴巴的头发，说，挤掉了。

　　五佗大方地说，没关系，回去老子给你一顶。

　　三子怯怯地问五佗，我们……回去吧？

　　五佗好像没有听见三子的话，铁着脸，不甘心地望着眼前混乱的场面，突然说，我们走。

　　三子他们以为是回家了，就跟在后面。谁知五佗并不是往回走，而是绕过一个很大的弯子，来到电影院的另一侧，他是想从窗子里爬进去。

　　他们来到电影院的另一侧一看，顿时呆住了。天啊，一排窗子上全部站满了人，大人和细把戏都有，只是没有女的。三子数了数，总共有八扇窗子，每扇窗子上起码挤了五六个人，姿态各异，却一律是弯曲着腰背的，窗口不高，不弯曲着腰背，就看不见银幕。窗户上安着很粗的木栏杆，一格一格的，人们的双手紧紧地抓着它们，不敢松懈一丝，时时刻刻地充满着紧张。窗子下面，还站着许多眼里充满着希望的人，他们巴不得那些站在窗子上的人支持不住，无可奈何地跳下来，他们就能立即补充上去。

三子紧张地看着挤在窗子上的那些人，担心木栏杆会被人攀断，窗台非常狭窄，仅仅只能踩脚，何况，又有那么大的力量聚集在木栏杆上面，只要一断，肯定会有人猝不及防地摔下来。

三子正在惶惶地想着，这时，听见啊的一声大叫，有人果真摔下来了。

三子居然没有听见木栏杆攀断的声音。仔细往地上一看，那是一个十二三岁的细把戏，跟三子他们的年纪差不多，人很瘦，脑壳上戴着一顶棉帽子，看样子摔断了腿把子，他抱着左腿把子，喊天喊地地叫，痛死我了嘞——，痛死我了嘞——

三子再往窗子上一看，木栏杆并没有攀断，那肯定是这个细把戏没有力气支撑，又不愿意下来，一不小心，松了劲，终于摔了下来。站那一排窗子上的人全都听见了，转过头来，惊讶地看了看，然后，又漠不关心地返过头，继续看电影。电影的吸引力，显然要比这个摔下来大声痛哭的细把戏大得多。

站在离三子不远的几个男人，像百米赛跑一样，匆忙朝细把戏掉下来的那个窗子跑去，企图占领那个空闲下来的位置。那几个大人挤在窗子下，互不相让，用力地推搡着，凶凶地吵骂，结果，一个身材高大的男人终于战胜了对手们，他凭借着身高，死死地抓着窗子上的木栏杆，然后，艰难地爬了上去，甚至还回过头来，朝那几个没有竞争力的灰头灰脸的男人嘲笑了一下。

三子的心脏一下子紧了，不由得打了个寒战，又想起可怜的爸爸的那条断腿。他和五佗他们一样，瞪着大眼睛，惊恐地看着那个细把戏。

那个细把戏抱着左腿，痛得哇哇大哭，却没有任何人来帮他。从他那乞求的眼光中可以看出来，他是多么希望有人来帮帮他。而大家的眼睛间或淡漠地看他一眼之后，更多的则是盯着窗子，渴望另一个机会突然降临。

站在另外一个窗子的男人，肯定被这个细把戏的哭声闹烦了，转过头来，一脸凶相，大声地吼道，你哭死啊，吵得我们都听不清嘞。

细把戏显然吓坏了，哆嗦了一下，泪眼蒙眬地望着那些站在窗子上的人们，哭声收敛了一些。而那种尖细的哭泣声，在冬天寒冷的大风中，像刀子一样钻心。

三子暗暗地扯了扯五佗，低声说，我们是不是去帮一下？

五佗犹豫地说，我们又不认得他，怎么帮？

三子说，那我们干脆走算了，这么多的人怎么看？其实，三子是不忍心看着那个细把戏。他觉得，再这样无所作为地看下去，无疑是对那个细把戏的一种残忍。

五佗想了想，无可奈何地说，走吧。

三子这帮人立即穿过热闹的街道，简直像一群丧家之犬，根本无心看城里的风景了。他们的肚子已经饿瘪了，也只能在一家家的面馆门前站站，闻一闻从里面飘出来的肉汤香气，口水直往肚子里咽。三子以为五佗他们身上带了钱的，谁料他们跟他一样，没有一分钱，所以，只能看看罢了。然后，又继续走。那些一起来城里的大人，始终也不见了，他们只好匆匆地往回赶——天色的确不早了。

在回来的路上，他们再也没有来时那般兴冲冲的劲头了，情绪非常低落，也不太说话，即使要说，也是愤愤地骂道，没想到有这么多的人，蚂蚁一样多嘞。他们本来不想走得太快，而寒冷的天气和空空的肚子，又逼迫着他们不得不走快一些。五佗的鼻涕流得更加厉害了，不时地狠狠擤一下鼻涕，甩出去，并大声地恶骂，流流流，流你的娘啊。

三子一直没有说话，他害怕一开口说话，北风会毫不客气地灌进肺腑，那就更加寒冷了。他的眼前，总是恍恍惚惚地出现那个被摔断腿把子的细把戏，还在不停地哭泣，他那副痛苦的样子，蜷曲着的身体，以及无望的叫喊，弄得三子心里酸酸的。

三子有点后悔，要是帮帮他就好了。

我以后再也不来城里看电影了。三子又想。

3

三子回到家里，已是精疲力竭了，全身发软，这时，天已经大黑。

昏暗的灯光下，只见娘坐在灶火旁边，低低地哭泣，哭泣声像寒冷的北风一样，令三子浑身不停地发抖。娘红着眼睛看了三子一眼，又继续抽泣，显然没有注意到三子头上的帽子不见了。

三子想看看爸爸，一声不响地走进里屋，床铺上的爸爸却不见了，三子惊慌地喊道，娘，爷老倌呢？

又……抓走了……

水池叶

1

朱小宇是我们的朋友，他什么都好，就有一点不好，喜欢吹牛皮。而人无完人，谁又没有一点儿毛病呢？没有毛病的人，那不就是圣人了吗？所以，我们也原谅他，他喜欢吹牛皮，就让他吹去吧，吹牛又不犯法，何况，对我们也毛发无损。当然，牛皮也不是随便可以乱吹的。就说朱小宇吧，好不容易找了个对象，最后，却被他一个牛皮活生生地吹掉了。

他是我们中间最先找对象的人，我们都为他感到高兴，当然，心里也有一些嫉妒。嫉妒又怎么样呢？所以，只好将这些嫉妒深深地埋藏在心里，也怪自己没卵本事。我们找对象，不是那么容易的，走窑的人，半个脑壳伸在阳间，半个脑壳埋在阴间，说不定哪天就命归黄泉了。我说的这些话，不是要吓唬谁，事实上就是如此。跟我们一起招工来的刘晓生，好高大的一个后生，上班不到十天，就被大矸石砸死了，那副悲惨的样子，我就不去说了，说出来会让人感到寒心和恐惧的。所以，走窑人打光棍的很多。要么，就是降低水平，去讨农村的妹子，只是像有些农村比较好的地方，风调雨顺，旱涝灾害少，那人家的妹子还看不起你呢，她们嫁给那些当兵的，当干部的，当机械工人的，不是更好吗？就不必嫁给你这走窑人，长年在家替你提心吊胆的，弄得不好，就成了一个寡妇。

所以，像我们这样困难重重的后生，当时也都相过亲的，除了朱小宇碰上狗屎运之外，却无一人成功，几乎是全军覆灭。

跟朱小宇谈的那个妹子，是读了初中的，算是有文化的人了。妹子叫池叶，名字很有诗意，姓水，水池叶，就更有诗意了。她虽然是乡下人，但眼睛长得亮亮的，一笑，嘴角就显出两个小旋涡，很是可爱。再者，水池叶的家境不错，那是属于风调雨顺之地，饭是不愁吃的。按照水池叶的这种良好的状况，要嫁给那些当兵的，或是当干部的，或是当机械工人的，那只需她开口就是了。她却愿意跟朱小宇谈恋爱，这本身就说明了此人很有勇气，也说明了此人不俗。

当然，就更让我们刮目相看了。

池叶每回来窑山看朱小宇，我们都要千方百计地逗水池叶笑，其实，就是喜欢看她嘴角边的两个小旋涡，简直是百看不厌，让我们上班都劲头十足，好像是自己的对象来了。

水池叶的确很讨人喜欢，每次来了，绝不空着手，手里挽着一只竹篮子，里面装着炒黄豆啦，红薯片啦，斫辣椒啦，葵花子啦，香喷喷的。人也大方，走进宿舍，看见了我们，就将东西一把把地往我们手里塞，或是塞到我们的口袋里。她居然红着脸，好像还有点不好意思，很腼腆地说，我们乡下，也没什么好吃的，就是一点土货。

我们高兴地说，土货好吃，土货好吃。

其实，与朱小宇谈恋爱，水池叶的爷娘本来也不同意的，说走窑人是吊着脑壳吃饭的，弄得不好，小命一丢，女儿就成了寡妇。所以，你们就可以猜测得出来，连朱小宇的恋爱，也并不是一帆风顺的。

所以，开始的那些日子，朱小宇十分焦急，求我们一定要帮帮他。我们开玩笑说，怎么帮呢？是不是叫我们先把你那个水池叶的肚子装上窑呢？让生米煮成熟饭呢？朱小宇说，装窑这个事情，还是由我自己来解决吧，你们跟着我去她家里就可以了。

我们不晓得朱小宇叫我们去她家里做什么，只是觉得好耍，也就跟着去了。谁料，朱小宇是让我们去帮水池叶的家里做事，挑水啦，砍柴啦，拖煤啦，插秧扮禾啦，挖土种豆子啦，累得我们像崽一样的。我们虽然嘴巴上纷纷地骂朱小宇，原来叫我们来是这般吃苦头嘞，但又不得不佩服朱小宇这个绝招，他是想讨好未来的岳父母。所以，我们也就尽力地帮他，说不定，我们以后也需要他帮忙嘞。

我们的汗水毕竟没有白流，几个回合下来，水池叶的爷娘终于动了心，脸上也有了笑容，勉强地松口了。

朱小宇很高兴，特地请我们喝了一餐酒。他是不喝酒的，就扯开喉咙，唱了几首歌，他唱得激情蓬勃，豪情大发。他感慨万千地说，兄弟们哪，如果没有你们帮忙，这件事情肯定没有戏了。我们说，成人之美，是我们应该做的嘛。朱小宇又说，由于兄弟们的帮助，我终于把那两块硬骨头（未来的岳父母）啃下来了。我们听罢，就一起碰杯庆贺（朱小宇举着一杯茶），兴高采烈地大叫，为啃下了那两块硬骨头，干杯——

啃下了两块硬骨头，接下来的事情就顺利多了。朱小宇和水池叶已经名正言顺了，进入了谈情说爱的甜蜜通道。朱小宇也用不着我们了，他不是单独地去水池叶的家里，就是水池叶来窑山看他。两人谈了两年多之后，我们就常常问他们多久结婚，到时候，我们都要凑份子的，去讨一杯喜酒喝喝。

朱小宇说，这难道也是问题吗？到时候醉死你们几个，我不负责任的嘞。

说罢，又对水池叶说，池叶，你说是不是？

水池叶抿着嘴巴笑，笑出久久的两个小旋涡来。

朱小宇长得很魁梧，浓眉大眼，尤其是那口牙齿，雪白雪白的。让人看上去，觉得非常舒服。他有个特点，就是爱说话，不说话，心里就憋得难受，而且说着说着，就要吹起牛来。有一次，他说，有一回，他在邵阳城里看见了胡松华，还有一次，在汽车上看到了马玉涛。我们当即就起了疑心，心想，那个姓胡的，还有那个姓马的，来我们这个小地方做什么呢？

有一次，朱小宇还说，他的爷老倌参加过衡宝战役，身上还受了伤，是迫击炮弹片戳伤的。其实，他的爷老倌我们又不是没见过，他哪里像个当过兵的？简直比农民还要农民，浑身脏得要死，畏畏缩缩的，每天蹲在小镇上，卖点针线什么的。

总而言之，他就是喜欢吹吹类似的牛皮。

如果不吹牛皮了，朱小宇就在宿舍啊啊地唱起来。

他一唱歌，身子必定挺立，脑壳必定是高昂的，一只手呢，必定不断地在空中豪迈地挥动着。朱小宇还无数次地说过，他嗓子的条件是不错的，以后当个歌唱家，绝对是没有什么问题的。

由此可见，他是我们中间最富有理想的人。

我们先是一起插队，然后，又招到这个窑山来走窑，情绪消沉而颓废，哪里还谈得上什么理想？每天除了上下班，就是睡觉喝酒打牌。只有朱小宇不论是在乡下，还是在窑山，每天坚持练习唱歌，他好像做好了充分的准备，只等待时机一到，就随时可以出山，演绎人生新的一页。每天早晨，他还跑到山上去吊嗓子。他说，山上的空气特别新鲜，最适合吊嗓子了。有时候，嗓子唱哑了，就去医院领胖大海，加上白糖，用一个特大的瓷茶缸泡着，当着我们的面，不时地喝一口，就喝出了歌唱家的派头来。

当时，我们很羡慕朱小宇，觉得他的知识就是比我们多，如果不是他，我们哪里还晓得什么胖大海呢？哪里还晓得胖大海是用来治嗓子的呢？

朱小宇最喜欢唱的歌，计有《我爱五指山我爱万泉河》《我为祖国站岗》《我为祖国献石油》，等等。在我们看来，那都是一些高难度的，一般人是唱不出来的。平时，不论我们在做什么事情，只要窑山的广播播放这些歌曲了，朱小宇就会马上从屋里飘出去，像飞兔一般，独自站在坪里，侧耳静静地听着，生怕漏掉了一句，一只手还不停地打着节拍。

听罢之后，他立即走进来，兴味盎然地说，现在，我来唱给你们听吧。

他一旦往高音部分唱的时候，我们的心就被那声音生生地吊起来了，很替他感到紧张，生怕他唱不上去，眼睛死死地盯着他那张开很大的嘴巴。一般地说，他都能筋鼓筋暴地唱上去，唱完了，我们就拍手称快。

也偶尔，有唱不上去的时候。

这时，他就拍拍胸膛，捏捏喉咙，死劲地咳嗽，然后，一脸抱歉地说，今天嗓子不行，看样子又要喝胖大海了。

我们也就原谅了他。

马也有失蹄的时候嘛。

2

水池叶的家离窑山不远，大约二十多里吧，不知是不是心灵感应，反正水池叶每次来看朱小宇，他总是在宿舍里，好像两人早就约定了的。我们当然都很懂味，见水池叶来了，先是陪着坐一坐，逗她笑一笑，然后，就随便找个借口，一个个悄悄地溜走了，把时间和空间留给他俩。

后来，据我们观察，他俩居然在悄悄地准备结婚的东西了，有时，两人到商店扯几块布啦，或是，买脸盆脚盆铁桶什么的。买好之后，都让水池叶拿回家。

朱小宇很高兴，他当然高兴，他如果不高兴，那么，我们就只有上吊自杀的份儿了。我们想找对象，都还找不到呢。我们悄悄地发现，朱小宇自从谈恋爱之后，就更加节省了。有时上天光班（那是最辛苦的了），要从深夜十二点上到早上八点，也就是说，一个通宵没有觉睡，是最掉肉的班了（我们还称之为掉肉班），吃好一点儿，是自然不过的事。朱小宇呢，居然连两角钱一份的辣椒炒肉，也舍不得吃。那他吃什么呢？仅仅吃一角钱的茄子，或是丝瓜。我们就取笑他，说，朱小宇，你不要太节省了，这样会把身体搞垮的嘞，照此下去，垮到结婚的那天，连一级风都吹得倒的嘞。朱小宇说，你们也不看看我的身体，我是那样容易搞垮的吗？

仍然是我行我素，吃茄子，吃丝瓜，总而言之，只吃那些十分便宜的菜。

这是一个情况。

后来，我们还发现了一个不妙的情况。

那就是水池叶来窑山了，朱小宇竟然不晓得到哪里去了，不像以前，他总是在宿舍等着水池叶来的，朱小宇的行踪，连我们也不晓得。水池叶问我们，朱小宇到哪里去了？我们就如实相告，他没有上班呀。水池叶似乎是自言自语地说，没上班？那他到哪里去了呢？我们不能眼睁睁地看着池叶坐在宿舍等，也就讲些笑话逗她，这样就看到了她嘴角边上的小旋涡，然后呢，就帮着去找朱小宇。

我们想，这个朱小宇，一定是在山上吊嗓子吧，跑到山上寻找，连个鬼影子也没有看见。只有一大片松树，静静地立在山上，有阳光斑驳地漏下来。而且，朱小宇以前吊嗓子，也都是在早上去吊的，所以，我们明白，我们的寻找是毫无效果的。

在我们窑山，要找个人，其实是很容易找的，不就是一些单身宿舍吗？不就是一些家属房子吗？不就是一所学校吗？不就是一个球场吗？不就是两个食堂吗？不就是一家商店吗？不就是一所医院吗？不就是一个澡堂吗？方圆就是巴掌那么大，他即使要躲，又能躲到哪里去呢？更何况，他根本是用不着躲着谁的。

而一旦要找起人来，还真是一时找不到。

我们费尽心机，也找不到朱小宇那个家伙，各路人马就非常沮丧地回来了，将寻找的情况如实地告诉水池叶，并委婉地说，他可能有事去了吧。

水池叶一听，当然也很失望，眼里的光彩顿时消失了，想发脾气吧，又觉得当着我们发脾气，不怎么好意思，干脆就闷里闷气地坐着，随便拿一本什么破旧的书，心不在焉地翻过来翻过去的。

我们非常理解水池叶，人家是走路来的，一来一去，差不多就是五十里了，走得腰酸背痛的，人家辛辛苦苦地一片好意来看你，你朱小宇却连个人影子也不见了。

令人感到奇怪的是，等到水池叶失望地离开窑山不久，朱小宇却莫名其妙地不知从哪里钻出来了，若无其事地回到宿舍，好像根本不晓得水池叶来了。

我们狠狠地说他，你那个水池叶来了，又走了，你这个家伙，到底躲到哪个角落去了？害得我们满窑山寻找嘞。

朱小宇一听，怔了怔，然后，流露出一副极其遗憾的样子，重重地一拍大腿，说，哎呀，我不晓得呀，她走了好久？哎，她发脾气没有？我哪里也没有去，我就在别人家里下棋嘞。你看，一下棋，把什么事情都忘记了。

我们看着他，心里都有点怀疑，从来也没听说朱小宇下过什么棋，为什么突然下起棋来了呢？就问朱小宇，为什么以前水池叶一来，你总是在等着的呢？而现在，却见你不到了呢？是不是你俩有了什么矛盾？

朱小宇拍着胸脯，说，喊，我们会有什么矛盾呢？我是工人，长得又比她好，她娘的肠子，还会有什么矛盾？

尽管朱小宇这么解释了，我们还是心存疑虑，却又不晓得他俩的矛盾究竟是为了什么。

我们只好劝他，水池叶是一个很不错的妹子，你要对她好一点嘞，我们在梦里都想不到的嘞。

朱小宇却说，我哪里对她不好了？我们不是在准备结婚的东西了吗？

3

后来，水池叶一连又来了几次，都没有碰到朱小宇。那么，这件事情就很明朗化了，即使是一个蠢人，也晓得朱小宇是在故意躲避水池叶了。

那他为什么要躲她呢？

有一回，水池叶又来了，朱小宇仍然连个鬼影子也不见了。水池叶的心情很不好，当然也不笑了，我们也看不到她嘴角边上的两个小旋涡了。我们即使千方百计地逗她，她也笑不起来了，似有无限的愁苦。

我们也懒于去寻找朱小宇了，反正也找不到。我们肯定他俩之间一定有了矛盾，至于什么矛盾，问朱小宇，朱小宇却死活不说，看来，我们只能问水池叶了。水池叶，你俩之间，到底发生了什么事？

水池叶抬起头，说，没有什么事呀。

真的没有吗？你仔细想一想，是不是他对你不好呢？我们在启发她。

水池叶想了想，把手里的书放下来，说，哦，对了，你们看是不是这件事？你们也晓得，朱小宇不是最喜欢唱《我爱五指山我爱万泉河》吗？他曾经对我说过，在我们结婚之前，他一定要带我去一趟海南岛，去看看五指山和万泉河，看看那湛蓝色的大海，那美丽的海岛。他说，还要照许多的相片。你们也晓得，我俩快要结婚了，我问过他，到底多久去海南岛，他只是说，快了快了，却总是不见行动。

我们一听，不约而同地哦了一声，恍然大悟。

这就对了，我们终于还是把问题的症结找出来了。他娘的肠

218 | 婚姻大事 |

子，这个朱小宇，就是这一点不让人佩服，太爱吹牛皮了。他这次的牛皮，也吹得太大了一点儿，莫说去海南岛，我们就是连省会长沙也没有去过嘞，他和我们去的最远的地方就是邵阳，邵阳离我们有多远呢？坦率地对你们说吧，离我们只有五十一里。我们在这个小山沟里，等于就是关长期禁闭，哪里还能去那么远的地方呢？不说是异想天开吧，至少也是很不现实的。一是没有钱，三十多块钱一月的工资，除了吃饭穿衣抽烟喝酒，还能剩余几个呢？二是没有时间，你想请个事假吧，请一天假，就要扣一天工资，连井下津贴也没有了，令人最为恼火的是，还会影响到以后的调级。这是绝对不能开玩笑的。就是过年吧，我们也只有三五天的假期，说什么节后要大干。别人过年才刚刚开始，我们在家里屁股还没有坐热，就要匆匆地赶来走窑了。

还有，朱小宇家里比我们要困难许多，一个老奶奶长年瘫痪在床，要吃药，要打针，两个弟弟要读书，他每月都得按时寄钱回家。靠他爷老倌卖那些针啊线的，又能卖出几个钱呢？所以，朱小宇是很节省的，他一不抽烟，二不喝酒，就是泡点胖大海喝，而胖大海是根本用不着花钱的，去医院拿就是了，连泡胖大海的白糖，也是窑山作为劳保福利发下来的，根本就不用买的。我还注意到，他不到嗓子不好的地步，连那些白糖也舍不得吃的，用玻璃瓶子装起来，把盖子死死地盖着，锁进箱子里，好像生怕别人偷吃了。现在，他又要结婚了，虽然不敢怎样地讲究，但多少还是要花费一点儿吧？比如说，买那些布呀脸盆呀之类的。

不然，他怎么连两角钱的辣椒炒肉也舍不得吃呢？

看来，朱小宇的牛皮吹得太大了，朱小宇啊朱小宇，你为什么这样愚蠢呢？你说带她去邵阳不好吗？就是说去长沙也是可以的嘛，为什么要吹牛皮说去海南岛呢？那是天远地远的地方呀。如果他硬是要带着水池叶去海南岛，那等于是一边走，一边撒钱。把钱撒到了火车上，撒到了汽车上，撒到了轮船上，撒到了旅馆里。如果照这样撒下去，他又有多少钱撒呢？他到底还想不想结婚了？

那天，水池叶走了之后，朱小宇就回来了，我们当然就不客气了，审问起朱小宇来，喂，你不是说你跟她没有矛盾吗？原来，是你娘的吹牛皮，说是在你俩结婚之前，要带她去海南岛，你去得了吗？

朱小宇却毫无羞愧之色，笑着说，哎呀，你们也是太认真了嘞，在妹子面前说说大话，又算什么呢？她也不会当真的嘛，你们以为她的心胸就像针眼那样狭窄吗？

我们说，那你躲着她做什么？

朱小宇争辩地说，我哪里躲着她了？我用得着躲她吗？男子汉大丈夫，要躲什么呢？他端起桌子上的大瓷缸，咕咕嘟嘟地喝了几口，那是胖大海和白糖泡的水，然后说，话说回来，水池叶这个妹子也太认真了，非要我带她去海南岛不可。哦，对了，如果下次她再来了，你们就帮我说说她。

为了朋友的婚姻大事，我们决心再次帮他。以前，我们流大汗耐大劳，帮他感化了水池叶的爷娘，终于啃下了那两块硬骨头，这次，我们也一定要说服水池叶，啃下这块嫩骨头，想必是没有什么问题的。

我笑着对朱小宇说，朱小宇，我们这帮朋友简直成了帮你专啃硬骨头的尖兵了。

朱小宇也连连点头，说，对对对，你们是尖兵，都是优秀的尖兵。

到了下一次，水池叶又来了，朱小宇当然又悄然无声地躲避了。水池叶显然很不高兴了，她一连来了几次，也没见到朱小宇，其郁闷的心情，也是可以理解的。

那天，我们在床铺边坐着，决心拿下水池叶这块嫩骨头。首先由我来主讲，我装腔作势地咳了几声，就开门见山地对水池叶说，水池叶，朱小宇也对我们说了，他的确对你说过的，在结婚之前，要带你去海南岛，你也晓得，去那么远的地方，是需要时间的，他哪里有这么长的假期呢？窑山的规矩，你大概还不晓得吧？请事假，是要扣工资的，而且又没有了井下津贴，更重要的是会影响以后的调级。你想想吧，你们如果成了家，有了崽女，而他的工资又低，那么，怎么过日子呢？我们做什么事情，绝对不能图得一时之痛快，引来一世之苦恼。

我说完这番话，大家都向我投来赞许的目光，一致认为，我说得非常不错。我们以为，水池叶一定会听得进去的，何况，我说的这些是有充分道理的。谁料，水池叶居然是个油盐不进的妹子，根本不听我的劝说，她说，一个人说了话，就要算数，何况，还是他对我说的嘞，我是这么想的，他现在跟我还没有结婚，说话就不算数了，那往后该怎么办？

我们纷纷说，那肯定不会的，他也是有难处的嘛，你一定要体谅他，不然的话，他还不会带你去吗？两口子去看看世界，真是诗意无限哩。

水池叶竟然非常固执，说，有难处，先就不要说嘛，说了，就要算数。

我们好说歹说，怎么也说不通。一个个说得嗓子都发哑了，就拿着朱小宇的那个特大杯子，轮流喝起了胖大海。心想，这个朱小宇，真是碰上了一块硬骨头了，这块硬骨头，比她爷娘那两块硬骨头还要坚硬百倍，是一坨金刚石嘞。我们原来以为，她只不过是一块嫩骨头而已，我们竭尽全力都啃不烂了，他一个人又怎么啃得烂呢？

水池叶郁郁不乐地走了，朱小宇又慢吞吞地回来了。他问我们有什么效果没有，我们唉声叹气地说，解铃还须系铃人，看来这块硬骨头，我们是毫无办法啃下来了。

4

有一回，朱小宇终于让水池叶堵在了宿舍里。

水池叶的脸色很不好看，生气地说，朱小宇，你怎么老是躲着我呢？

朱小宇说，我哪里躲着你了？我跑到河边吊嗓子去了。

水池叶并不追究他到底是不是去河边吊嗓子了，只是说，你说过的，在我们结婚之前，要带我去海南岛，你到底还去不去？

朱小宇放低声音，以商量的口气说，我们不说海南岛了好不好？那个地方也太远了，听说还经常刮台风，搞死了不少人呢，很危险的，这样吧，我明天带你去邵阳怎么样？

水池叶摇着头，说，不去。

那我带你去长沙，好不好？朱小宇有点哀求的意思了。

水池叶还是不答应。

水池叶说，你说过的话，就要算数。

水池叶说，说话不算数，就不是男子汉。

朱小宇简直拿着水池叶头痛了，皱了皱眉头，轻言细语地说，池叶，你看我们就要结婚了不是？就不要提这样不愉快的事情了好不好？我们要高高兴兴的是不？你说是不是？

这时，水池叶的眼泪流出来了，她伸手抹了抹泪水，说，我其实也想高高兴兴的，你却不让我高高兴兴。你不晓得，我把什么东西都准备好了，就等着你叫我坐车走了。我还跟我的爷娘兄弟说了，说你要带我去海南岛玩耍，他们都为我感到高兴嘞，说我们全家人从来也没有人出过远门，最多也只是到了邵阳，我是我家唯一去那么远地方的人。

朱小宇显然有些不耐烦了，忽然说，哎，我俩以后有了条件再去好不好？

水池叶还是摇头。

朱小宇不说话了，伸出一只长长的脚，老是在地上划来划去的，好像要划出一把锋利的砍刀来，狠狠地砍碎这块可恶的硬骨头，而他的脚在地上划了很久，也没有划出什么锋利的砍刀来。此时，他好像真正后悔了，万万不该吹这个牛皮的，他本来也只是说说而已，谁晓得，碰上了固执的水池叶，就留下这么大的一个隐患，而这个隐患，直接影响了他们之间的感情。

朱小宇也想发个狠心，痛痛快快地带她去海南岛一趟，现实却是绝对不允许的。家里要寄钱，结婚又需要钱，他一个月才多少钱？如果把用生命挣来的血汗钱，都花在车子上、轮船上和旅馆里，他真是舍不得。

朱小宇无计可想了，呆呆地看着水池叶，眼神显得非常可怕，嘴唇微微地颤动着。

水池叶害怕了，退缩了一步，说，朱小宇，你想做什么？

朱小宇仍然不吱声，还是那样鼓鼓地看着水池叶，看了半天，突然伸出手来，啪啪地抽了自己几个嘴巴，他抽得十分凶狠，好像是抽在别人脸上，那脸上立即出现了血红的手掌印。他想，我已经狠狠地惩罚了自己，你池叶应该可以原谅我了吧？

水池叶本来想抓住他的手，阻止他自虐，却根本来不及了。朱小宇抽嘴巴的速度太快了，比飞机的速度还要快。水池叶就伤心地哭了起来，伸出手，心疼地抚摸着朱小宇通红的脸，哽咽地说，朱小宇，你不要打自己了，好不好？

朱小宇这人也很厉害，他用的是苦肉计。心想，这样一来，你水池叶即使是铁石心肠，也会发软的吧，也会原谅我的吧。他甚至觉得，这样做似乎还很不够，还很不到位，紧接着，又突然抓起水池叶的手，欲往自己脸上抽，水池叶死劲地缩退着，死也不肯打他。

这时，朱小宇紧紧地搂着水池叶，情意绵绵地说，池叶，你一定要听我的，我以后一定会带你去的，好吗？

谁知水池叶伏在他怀里，仍然摇晃着头。

这时，朱小宇简直有点绝望了，他松开水池叶，眼睛迷惘地看着她，他真是弄不懂，自己跟水池叶谈了两年多了，怎么就不了解她这种固执的性格呢？

5

水池叶这块硬骨头，我们到底没有啃下来，这让我们的自尊心受到了严重的挫伤。我们是轻看了她，以为她只是一块嫩骨头而已，没有料到，她这块硬骨头，比她爷娘那两块硬骨头还要坚硬万倍，朱小宇也啃不下来了。所以，水池叶每回来窑山，朱小宇仍然还是躲避她。

朱小宇对我们说，唉，她的脑壳真是比钢铁还要硬呀。

我们说，你娘的肠子，平时喜欢吹牛皮，我们也不计较你，这一次，你是吹出问题了。她的爷娘，我们齐心协力地拿下来了，对于这个水池叶，我们是一点办法也没有了。

朱小宇很是悔恨，说，你们说说看，我今后要不要拿胶布把嘴巴粘起来呢？

这话说得我们禁不住哈哈大笑起来。

我们说，贴胶布倒是没有必要，只是你以后想吹牛皮的时候，就朝我们看看，我们会暗示你的。

有一天，水池叶又来了，朱小宇仍然不在。这次，水池叶是挑着箩筐来的，箩筐里面装着布匹啦脸盆洗脚盆啦铁桶啦，都是崭新崭新的。我们晓得，这些东西都是朱小宇买的，是拿来准备结婚的。水池叶一声不吭地走进来，伤心地把那些东西整整齐齐地堆到朱小宇的床铺上，然后，叫我们告诉朱小宇，说她不跟他了，当然，也包括她一家人，都不同意这门亲事了。说罢，连坐也不坐，水也没有喝一口，就含着泪水默默地走了。

朱小宇回来之后，看着堆在床铺上的充满新气的东西，沉默不语。他的心里，一定是非常难受的，我们的心里，也是非常难受的。

从此之后，朱小宇不再唱歌了，也不再吹牛皮了，一下子，就变得非常消沉和郁闷。

我们的心里就更难受了。

天上掉下来一个外甥女

1

其实，我是没有外甥女的，我没有姐妹，又哪里来的外甥女？

我独居两年了，妻子不幸病故，一个女儿去北京读大学。朋友们都劝我再找一个女人，免得受凄清之苦。而我目前还不急于找，主要是我还没有从妻子去世的悲伤中走出来，她的音容笑貌，还时时地出现在我眼前。我除了上下班，业余时间就和朋友们喝酒，经常喝得醉醺醺回家，然后，蒙头大睡，让妻子袅袅地走入我的梦里。或是拿出妻子的相片，一张张仔细地翻看。妻子生前最大的爱好就是照相，所以，她给我留下了许多相片，让我在寂寞之时，陪伴我度过一个又一个孤独的夜晚。

我女儿通情达理，曾经多次劝我再找一个女人，只要我觉得合适就行，根本不必考虑她俩之间今后合不合得来。女儿说，除了寒暑假，她反正在家的时间不多，如果她跟我那个未来的女人谈得来，那当然求之不得，如果硬是谈不来，她寒暑假还可以不回来，她可以去旅游，或是住到同学家去。每当女儿说起这些话，我就只想流泪。

我总是对她说，再看看吧。

女儿说，爸爸，你如果找到了，一定要告诉我。

我答应了她。

2

我的生活虽说寂寞，却也不乱套，一切还是有规律的。我却没有想到的是，我的一个外甥女突然闯入了我的生活，让我啼笑皆非。

有一天，我忽然接到一个电话，是个小妹子的声音。

她说，是舅舅吗？

我一怔，我没有当舅舅的份嘛，我没有姐妹。

我说，你打错了吧？

对方却说，肯定没有错，你是某某吗？

我说，我就是某某，你是谁？

她说，我是戴天生的外甥女，叫真真。

哦，我想起来了。戴天生是我插队的那个村子里最好的朋友，可以说，他一家人是最不歧视我的。我记得，他有个妹妹叫小红，那时候，小红还只有十二三岁。想不到，小红的女儿也有这么大了。我还记得，戴天生在七八年前，还带着真真来过我家，那时，真真大约十岁吧。

我不由得有点激动起来，说，真真，你现在在哪里？

她说，我就在长沙。

她似乎有点迫不及待地说，舅舅，我想马上来你家一趟。

她按照戴天生的辈分叫我，也没有错。我想，我也有个人叫我舅舅了，心里不由得涌起一阵甜蜜。我马上说，你就来吧。我生怕她不晓得来我家，就在电话里告诉她怎么走。她却急忙说，我还记得嘞，我到过你家的，舅舅，那我就过来了。

没多久，真真果然来了，她提着一个大箱子，满头大汗。

她穿着白色的长裙，肩膀上，还挎了一只小包。

我立即请她进屋，叫她洗洗脸，然后，坐下来喝茶。我仔细地打量她，发现她长得真的像小红，很秀气，眼睛狭长明亮，眼角还有一丝灵光，皮肤也洁白光泽，长发，个子大约有一米六五。至于年纪，肯定与我女儿不相上下。一问，十九。比我女儿还小两岁。

我笑着说，真真，你长大了。

她也笑着说，像我这般年纪的，在农村都做娘了嘞。

她的眼睛在客厅看来看去，流露出一种无限地羡慕。紧接着，她又起身，似乎想去看看其他的房间。

我明白她的意思，就说，来，我带你去看看吧。

她一边看，一边赞不绝口，舅舅，你家里好乖态的嘞。

又问，舅母呢？

我说，去世了。

哦，她若有所思地点点头。

又问，你女儿呢？

我告诉她，她在北京读大学。

看罢房子，我问她在长沙做什么。真真说，我读完了大专，学的是财会，只是找工作也太难了，那些男人，都是色眯眯地看着我，真不是个滋味。再说，我身上的钱也快花光了，又不想再回去，所以，就想到了舅舅你。

我说，那你在长沙读了几年书，怎么不跟我联系？

真真说，我舅舅早就告诉了你家的电话号码，我是怕麻烦你，想不到，还是要来麻烦你。

我说，说这样的话，那也太生分了嘛。

当然，我很理解她在这个城市走投无路的心情，就劝她不必焦急，先在我这里住下来，然后，我再帮她找工作。

真真一听，非常高兴，说，舅舅，那我太感谢你了。

我说，这有什么感谢的？想那当初，我插队时，你舅舅你妈妈他们，对我非常关照，我这一辈子也不会忘记的。

说罢，我准备弄饭菜，真真却连忙挡住了我，说，让她来下厨吧。她说，她一手饭菜，是十分绝妙的。她要争着弄，就让她弄吧。没有想到，这个真真的手脚，也十分麻利，没过多久，就把饭菜端出来了，我一品尝，还真是不错。

我惊讶地问，真真，你不是学过烹饪吧？

真真兴奋地说，有些事情是天生就会做的，舅舅，以后就由我来做饭菜吧。

我嘴巴上说好好好，心里却在想，你以后找到了工作，难道还天天跑来做饭菜吗？

3

俗话说，滴水之恩，当涌泉相报。

我一辈子也忘不了那插队的苦难岁月，还有戴天生一家人，对我精神上和物质上的抚慰。所以，他的外甥女在走投无路之时，既然找到了我，我就要义不容辞地帮她一把。

第二天是星期六，我带着真真上街，让她在商场挑选了几件她喜欢的衣服，又带她到馆子吃了一餐海鲜。星期天，我又带她到非常有特色的土菜馆吃饭。我看得出来，真真那两天高兴极了。走到哪里，总像女儿一样亲热地勾着我的胳膊，舅舅、舅舅地叫个不停，叫得我心花怒放。回家之后，又把衣服一件件地穿给我看，在客厅像模特样地转来转去，还一个劲地问我乖不乖态。我说，真真，你的确很乖态。我这么一夸，她笑得眼睛都眯了。真真说，舅舅，我花了你不少的钱嘞。我说，这没有什么，这点钱，你舅舅还是花得起的。其实，我的本意很清楚，是想对戴天生一家的深情厚谊做些弥补。

所以说，自从真真来了之后，我空虚的生活，马上变得充实起来。上班时，我就不断地给朋友们打电话，要他们帮忙，给真真找个工作。他们却笑话我，你是不是找到一个心爱的女人了？不然，你哪里会这样上刀山下火海的呢？我说，你们就少放些屁吧，这是我插队时的朋友的外甥女嘞。到了晚上，我也四处奔跑，求人帮忙。我一点儿也没有觉得苦累，或者，没有把它当成一个沉重的包袱。

真真是个善解人意的妹子，根本用不着我说，就把家里打扫得一尘不染。我每回进屋，她就赶紧来接我手里的包，还拿来拖鞋，饭菜呢，也准时地摆在了桌子上。

她把我的皮鞋总是擦得雪亮雪亮的。

我感慨万千，虽然我的女儿也是不错的，却也没有像真真这样的细腻和勤快。在没有给真真找到工作的那几天，我总是劝她不必焦急，我一定尽我所能。真真大约也不想让我替她大性急了，轻描淡写地说，舅舅，慢慢来吧，有些事情，是可遇而不可求的。

渐渐地，我觉得，真真在我面前还是有点过分了。那是夏天，她就穿个内衣内裤，毫不在乎似的。连我的女儿回家，也没有像她这样随便。当然，我也不便多说，生怕让她产生了误会，说我是在故意挑她的刺儿，是想赶她走。这是个非常敏感的问题，我不想以后让戴天生一家人说我的闲话。

有一天，真真跟我在看电视，她忽然对我说，我不想叫你舅舅了。

我笑着说，你调皮，那叫什么？

她居然说，叫你大哥。

　　我差一点没有笑得肚子痛，说，那怎么行？死妹子，你不能乱叫嘞。

　　她却说，我就是要这么叫。

　　我说，小心我打你的嘴巴。

　　由于我的努力和朋友们的帮助，终于，我在一家房地产公司给她找到了工作。那天，我回家进门，几乎是欣喜若狂地说，真真，工作找到了嘞。

　　真真却没有像平时那样来接我手中的包，或是给我拿拖鞋，也许，她在厨房忙着吧。我想，她听到之后，一定会高兴地蹦出来的。而她似乎没有听见，所以，我走到厨房门边，又高兴地说了这件事。

　　真真在水池里洗菜刀，她的背是对着我的。我觉得有点奇怪，我给你找到了工作，你怎么还不高兴呢？

　　我喊了一声，真真。

　　这时，真真才慢慢地转过身子，看我一眼，我发现，泪水蓄满了她的眼睛。然后，她低下了头，也不说话。我想，是不是我不在家时，发生了什么事情？或者去买菜时有谁欺侮她了？种种的不祥，快速地在我脑子里闪现。我不断地问她，她也不吱声，默默地把饭菜端上桌子。她晓得我喜欢喝几杯的，又像往常一样给我摆好酒杯，倒上酒。

　　我说，真真，你到底怎么啦？说给舅舅听听，看我能不能帮你解决？

　　真真却一直不说话，低着头吃饭，泪水像珠子样的掉落下来。然后，她终于说话了，轻轻地说，我不去。

我放下酒杯，不由大惊，找到工作了，怎么又不去了呢？我是费尽了心思嘞。人家说，明天就要我带你去上班。

我不去。真真又坚决地说。

这真是不可理喻。我耐心地说，你不去，那你又不愿意回家，你想去哪里呢？舅舅也许可以帮你出出主意。

真真含泪地看我一眼，咬咬牙，说，我就在你家里。

我一时呆了，说，你就在我家里？

真真点点头，说，是的，我看你一个人好苦的，连个招呼的人都没有，我可以招呼你。她说得很坦荡，也很真诚。她的眼里，出现了另外的一种神光。

我简直哭笑不得，一个年轻人不出去工作，却愿意在家里招呼我，这能说得通吗？何况，我的身体也没有毛病，动得，吃得，并不需要人招呼。即使万一我的身体有了毛病，我也可以请保姆，或者，请钟点工。所以，我决心以三寸不烂之舌，在这个晚上，一定要做通她的工作，绝不能让她失去这个极好的机会。如今，找一个合适的事情，真是难于上青天。

所以，我慷慨激昂，滔滔不绝，动之以情，晓之以理，忽而站起来，忽而坐下去，大的方面有世界和国家的形势，小的方面有全省的状况，眼前的方面有长沙的局面。而且，从年轻人的前途说起，说到了自强自立。我还举了我女儿的例子，说她不仅要读本科，还要读研究生，不仅要读硕士，还要读博士。那天晚上，我发挥得相当不错，简直是左右逢源，引经据典。我相信，即使是一个马上就要去杀人的家伙，也会乖乖地放下屠刀的。

我讲得口干舌焦，连嗓子也哑了，谁知真真一擦泪水，突然仰天扑哧一声大笑起来。我以为，是她的思想通了，她抬起头，却说，这些话，我都听过千万遍了。

我差一点没被气死。

4

怎么办呢？一个棘手的问题，严峻地摆在了我的面前。

我不可能赶她出门吧？那也太不义道了。我想写封信，把此事告诉戴天生（村子里还没有通电话），又想，这样的事情，也真是不便说。如果叫戴天生和小红来长沙带真真回去，那也是不可能的。按照真真的想法，她是坚决不会回到邵阳城郊那个家的。如果弄得不好，把她逼上了梁山，她来一个自杀，或跳楼什么的壮举，岂不是更加麻烦了吗？

我闷闷不乐起来，本来极好的心情，陡地降落了。

真真见我不再催她去工作了，就像没有发生过这件事情一样，仍然高高兴兴地洗衣做饭。我一回家，就接过我手里的包，拿来拖鞋，饭菜准时地摆上桌子。她甚至把里里外外彻底地来了一次大扫除，把被子床单枕头，还包括窗帘通通地洗掉，还买来空气清洁剂，喷得家里散发出淡淡的菊花香。她的头上，包着白色头巾，像个勤快的小妇人，在兢兢业业地打造着这个幸福的小窝。她并不在乎我高不高兴，满不满意，她只是一心一意地做着这一切。

所以，连我也不得不暗暗地承认，她身上的女人味十足。

当然，我还是有苦难言。

你说，她怎么喜欢愿意在我家做这样的事情呢？居然有工作也不要呢？为了让她遭受一点不愉快，明白我家绝对是非久留之地，所以，有时候，我尽可能地不回家吃饭，给她打个电话，叫她不必等我。晚上呢，我也是到了很晚很晚才回来。

还是问题，我不回家，她却不睡觉。一个人安安静静地坐在沙发上，有一眼没一眼地看着电视。我一回家，她就立即起身，揉揉疲倦的眼睛，也不责备我，只是小声地说，外面的那些饭菜，很不卫生嘞，搞得不好，会中毒的嘞，电视里报道了好多起这样的事件嘞。还说，跟朋友们喝酒，也要少喝一点儿，太伤身体了。还说，你的工作很累，晚上要早点回家休息，身体才是硬本钱。她说得小心翼翼的，生怕惹我不高兴。你还别说，她说得我心里有时还微微地有了一丝感动。我妻子在世时，也没有她这样细腻。

我如果晚上在家没有出去喝酒，吃罢饭，她就给我泡好茶，放在茶几上。然后，休息一阵子，就叫我去洗澡，她每回都把我要换的衣服拿出来，整整齐齐地摆在卫生间。等到我洗罢，她再洗。她洗完澡，就穿着一件透明的粉红色睡衣，坐在沙发上，贴近我坐着。那淡淡的香气扑鼻而来，我不由自主地把屁股移开。

她并不计较我，显得非常自然。不是剥香蕉给我，就是削苹果递到我手里，以此适时地调剂那种微妙的气氛。

当然，她也不敢计较什么。她凭什么计较？她到底是我的什么人？外甥女？还是情人？还是保姆？有时，连我自己都弄糊涂了。

最为要命的是，渐渐地，她不喊我舅舅了，甚至，连哎一声也没有。所以，我居然就成了一个没有称呼的男人——我陡地想起，她曾经说过要叫我大哥——这一来，我俩的关系，就更是变得极其微妙起来。我明白，我不是在跟戴天生的外甥女打交道了，而是在跟一个女人在打交道了。

紧接着，另一个麻烦又跟着来了。

那天，我一回家，真真就兴奋地告诉我，说我的女儿来电话了，我问她说了什么事，真真说，她没有说什么事情，只说晚上还会来电话的。

吃罢饭不久，果然电话就响了，我一接，是我女儿打来的。

我问女儿好吗，她却说，爸爸，你这么大的事情，怎么也不告诉我？是不是想保密？我说，什么事情？女儿哈哈大笑，你找到了女人嘛，这当然是一件大事嘛，我祝贺你。

我一听，明白她误会了——这时，真真却悄悄地走进她的卧室——我小声地说，不是的，她是我插队的时候，村子里一个朋友的外甥女，比你还小两岁呢。

女儿怎么也不相信，说，爸爸，你也不必狡辩了，是就是的嘛，为什么这样小心翼翼的呢？瞻前顾后呢？我不管是谁的外甥女，也不管比我大，还是比我小，只要你喜欢她，她对你好，我就心满意足了。祝你愉快，爸爸。然后，就放下了电话。

他娘卖肠子的，如今的年轻人，到底是怎么搞的？竟然都是一个腔调，对一切都满不在乎，而我还是要在乎的。当然，这也并不是说，我就是那样极其保守的人，如果真真不是戴天生的外甥女，而是另外的妹子，而且，彼此又都满意的话，我也没有任何的心理障碍。我想，一定是真真接我女儿电话的时候，语意含含糊糊，才导致了我女儿的误解。

我有点生气了，气冲冲地走到真真的卧室，她躺在床铺上，正在听音乐，我上前把音乐关掉，脸色很不好看地问她，真真，你到底是怎么跟我女儿说的？

真真望着我，惊讶地说，我没有说什么啊？她问你在不在家，我说你不在家，然后，她就放下了电话。

我板着脸说，她就问了这些？

真真说，嗯。

然后，我很武断地说，以后不论谁来电话，你都不要接。

真真却笑着说，如果是重要人物来电话呢？

那晚上，我居然失眠了。

我猜测，真真一定是跟我女儿说了什么，而她，却对我隐蔽了那些重要的内容。我想打电话问问女儿，又担心女儿越加不相信，她肯定会笑我是掩耳盗铃，会越解释却越解释不清楚的。

唉，现在的年轻人，你真是无法理解他们。

5

终于，我跟真真之间的矛盾，还是无可避免地爆发了。

我实在不想跟真真发生正面冲突，这里面，有着一言难尽，或难以解释的东西。当然，如果她那天晚上不是那样出格，我也是能够忍耐的。

那晚上，我跟朋友们喝酒，朋友们总是逼我说真真的事情，说他们很不理解的是，为什么好不容易给她找到了工作，她又不去。我心里非常烦躁，又不便明说，搪塞地说，她家里有急事，就匆匆地走了。那天，我酒喝多了，其实，我也是有意识地醉一回。回来时，朋友们不放心，打的送我到楼下。他们本来要送我进屋的，我不愿意，我害怕他们看到真真仍然还在家里，而且穿得那么露骨，让他们以此来证明他们的话是多么正确。

我昏昏沉沉地敲开门，真真一看，惊讶地说，哎呀，你喝醉了。她马上弯腰拿来拖鞋，让我换鞋，一副疼爱的样子。我却不理她，直接走进我的卧室，连鞋子也没有脱，就倒在了床铺上，迷迷糊糊地睡了。

也不知到了什么时候，我才觉得，胸膛里像发火烧一样，嘴里干得一塌糊涂，极想喝水。伸手打开台灯，一看，我的鞋子让她脱掉了，额头上，还敷了一块冷毛巾，床铺下面，摆着痰盂。再往我身边一看，天啦，真真竟然睡在我旁边，她睡得很沉，她的脸上，却隐隐地有一种担忧。她那透明的睡衣，隐隐约约地露出洁白的肉体。

我不由愤怒起来，用力地推醒她，然后，向她吼道，你怎么睡在我这里？马上给我起来。

真真睁开惺忪的眼睛，连忙坐起来，并没有觉得这有什么不好意思的，她似乎不明白，我为什么要发这么大的脾气，就解释说，我是看你醉成了那个样子，怕你出事嘞，所以，我才睡在这里的。你要是出了什么事情，我担当得起吗？

然后，她立即下床，从床头柜上，端来一大杯准备好的浓茶，想递给我。那一下子，我也不知哪来的那么大的怒火，竟然重重地一扫，茶杯叭地掉落在地，茶水流了一地。

真真吓坏了，双手捂着脸，呜呜地哭了起来。

我一点儿也没有怜惜她，而且，继续发挥道，你这个妹子，怎么一点儿自尊心也没有呢？我就是醉死了，也不关你什么事，你怎么就睡到我床上来了呢？你明白吗？我是你舅舅。

这时，真真松开双手，一脸泪水地看着我，也发火了，说，你不是我舅舅，我舅舅是戴天生。再说，我这样算什么？你晓得不，我有几个女同学，一进学校，就被人家老板包了，或者是做了别人的情人，穿的吃的用的坐的，哪一样不比我好？我跟人家比过没有？我还不至于堕落到那种地步吧。我怎么就没有自尊心？我觉得，我做得已经是够可以的了。我只是想，跟你大概也是一种缘分吧，所以，我们之间，不应该存在年龄的隔阂，也不应该存在你跟我舅舅情谊深长的隔阂。你不会相信，我那几个同学的男朋友，还有六七十岁的呢，这又有什么奇怪的呢？都什么年代了？其实，在哪个时代，在哪个国家，老夫少妻都是很正常的，我却不明白，你为什么这样大惊小怪的？我是真心真意地招呼你，爱你，晓得你是一个很正派的男人，何况，你的妻子又去世了，我想，时间一久，你我之间就会产生感情的，没有想到，你居然是这样对待我？

真真的眼睛死死地盯着我，泪水闪烁，高高的胸部一起一伏，简直像个坚强不屈的女英雄，无所畏惧。说罢，她好像记起了什么，那种女英雄的形象陡地又消失了，立即拿来拖把，把茶杯捡起来，细心地把地板上的茶水擦干。然后，又重新给我泡来浓茶，轻轻地放在床头柜上，说，喝吧。然后，走出去，把我卧室的门关上。

我坐在床上，哑口无言。

我终于明白了她的真实想法。哎呀，我怎么这样不敏感呢？

我曾经看过小说《洛丽塔》，那个胆大的男人，不仅把那个女人搞了，居然还把女人的那个十多岁的女儿也拐跑了，四处游荡，他们之间的那种情感，既刻骨铭心，又复杂得难以解释。其实，在我的周围，也有许多老夫少妻。我一个同事的女儿，才二十二岁，却嫁给了一个五十多岁的台湾老板，比我同事的年龄还要大。这一切，的确是不奇怪。当然，我还是那句话，就我目前的条件，或许换一个女人，我也是可以做到的，我的女儿是通情达理的。而对于真真来说，我心里的确有很大的障碍，我还没有《洛丽塔》中那个男人的勇气，我甚至连想也不敢想，谁料她却都想过了。

我也不晓得，跟真真的关系今后该怎么处理，赶她走吧，似乎不近情理，不赶她走吧，也许真的会发生一些什么。而我真的是不愿意发生什么事情，那样一来，我不仅不会感觉到其中的愉快，反而心理负担会更加沉重。接着，我又自我反省，也许是她来到我家，我对她太热情了，她是不是就误以为我对她有了意思呢？何况，现在的妹子又是这样敏感？

我清早起来一看，真真并没有回到她的卧室睡觉，她躺在沙发上，泪痕还明显地刻在她脸上。我不由得有了一种心动，她睡觉的样子，很是令人怜爱的，缩着身子，像一只受了天大委屈的小猫。我的确有一种冲动，那就是轻轻地把她抱起来，抱到她的床上去。也许是我的走动声惊醒了她，她睁开眼睛，看了看窗外的晨光，轻轻地哎呀一声，就立即爬起来，进厨房弄早餐去了。

6

女儿的电话明显比以前多了起来，她总是问我感觉怎么样，我真是有苦难言。我明白，女儿没有别的什么意思，是真心地关心我的个人生活。我明白，我的任何解释，都是无济于事的，软弱无力的。所以，我总是说，等到你回来，我再对你慢慢说吧。女儿却非常敏感，穷追不舍，说，爸爸，你好像并不愉快？我为了不让她替我担忧，苦笑道，我蛮愉快的。女儿说，如果那个女人不行，你就坚决炒她的鱿鱼，不要犹豫不决。

我曾经想过，既然不忍心叫真真走，那不如我干脆搬到办公室去住吧，而我又怎么向同事们解释呢？你好好的家里不住，怎么住到办公室来了？如果再让他们晓得真真的事情，他们肯定会笑话我说，这不是鸠占鹊巢了吗？

那个晚上，虽然我骂了真真，但真真却还是像没有发生任何事情一样，她表现出一种罕见的忍耐性和包容性，在家里，仍然一丝不苟地洗刷，煮饭菜，我进屋就给我接包，拿拖鞋。

平时，除了买些生活的必需品，几乎从来也不外出，也不跟任何人来往。

这倒让我感到比较放心。

有一天，我深夜回家一看，发现真真居然像平时一样，躺在沙发上。她每天不等到我回家，她是决不会睡觉的。桌子上，摆着一束鲜艳的玫瑰，还有一只大蛋糕，蛋糕上，插着密密麻麻的小小的彩色蜡烛，还有一瓶葡萄酒。

我问，你这是做什么？

真真的脸上泛起笑容，说，你怎么连自己的生日都不记得了？

我恍然大悟。

我说，你怎么晓得我的生日？

她说，我曾经听我舅舅说过，你只比他大三天。

接着，真真把那些蜡烛点燃，然后，拍着双手，轻轻地唱起来，祝你生日快乐……唱罢，催促我一口气把蜡烛吹灭。真真的手脚非常麻利，动手切蛋糕，倒葡萄酒，然后，举起酒杯，说，我从来不喝酒的，今晚上，我陪你喝。

我妻子在世时，虽说平时没有像真真这般细腻，而每当我过生日时，她也买玫瑰、蛋糕和葡萄酒，拍着双手，轻轻地唱《祝你生日快乐》，然后陪我喝几杯。也许是触景生情吧，我的泪水一下子流了出来。你要明白，已经有两年没有人给我过生日了。

真真可能猜到了我的心思，默默地递来纸巾，然后，跟我一口一口地喝酒。

顿时，她的脸色像红绸缎一样，眼睛痴痴地望着我。

天色已经不早了，我走进卧室准备关门，真真却悄悄地挤了进来，仍然痴痴地看着我。我明白她想要做什么，就淡淡地一挥手，说，你去睡吧。

真真却不肯离开，突然冲上来，一把紧紧地抱住我。

我急忙说，真真，你松开，你喝多了酒。

她仍然死死地箍着我，默默无语。我感觉到了她浑身的柔软和颤抖，她急促的呼吸，她怦怦直跳的心脏，以及她的头发疼爱地摩挲着我的皮肤。此刻，我几乎控制不住自己了，我想迫不及待地把她抱到床铺上去。而我的理智突然是那么强大，你可以跟任何一个妹子这样，却决不能跟真真。而且，我隐约地看到了戴天生和他妹妹全家人怒不可遏，纷纷在气愤地指责我，而我呢，就像一个灰溜溜的小偷，一声不响地承受着他们的谩骂跟指责。

我也明白，真真今晚是下了死决心的，不达目的决不甘心。我想扳开她的手，却无法扳开，她的双手像铁箍一样紧紧地箍着我，平时她那看起来娇柔无力的双手，居然是这般有力量。

无奈之中，我只好采取缓兵之计，轻轻地说，那好吧，我抱你去吧。

真真这才松开铁箍，让我抱她，她轻盈地躺在我怀里，微微地闭着双眼，像一只依人的令人疼爱的小鸟。当然，我并没有把她抱到我的床铺上，而是轻轻地走进她的卧室，然后，小心翼翼地把她仰面放在床上。她肯定感觉到了这不是我的床，她却并没有睁开眼睛，很安静的样子。在我离开的那一刹那，我发现泪水悄悄地从她脸上晶莹地流了下来。

第二天清早，我起了床，才发现我一定要紧紧关上的卧室门，居然没有关上。

7

那天，我在办公室心烦意乱，我担心再这样下去，我理智的堤坝，说不定哪天就会冲垮。我不是把正确的数字弄错，就是把张三叫成了李四。同事们疑惑地看着我，问我到底怎么搞的。我说，我也不晓得我怎么搞的。同事们好心地劝导我，嫂子走了也两年了，你也不必老是躲在她的阴影中走不出来，这样对身心都没有好处，不如再找一个称心如意的女人吧。我当然要感谢他们的好心，却不决会说出我真正的苦衷。我不想让更多的人晓得家里发生了什么事情，而这件事情，又搞得我焦头烂额，狼狈不堪。

而且，昨晚上女儿又来电话，告诉我说，她马上就要放暑假了，想回来看一眼阿姨，问我愿不愿意，如果我不愿意，她可以放弃。她说，她可以趁机到新东方学英语。你说，我要怎么回答她呢？要她回家吧，怎么向她才解释得清楚呢？就是亲朋好友来家里住，也不可能住这么久吧？不让女儿回来呢？那么，整个事实就无可置疑地成立了。我不是怕真真在这里住多久，我是担心她会下死决心要跟着我。而我要赶走她，似乎也不可能。

事已如此，离女儿回家的时间已经不多了，今晚上回家，再怎么跟真真闹得个天翻地覆，我也要向真真说明白，当然，我一定要讲究策略，不说要她走，而是要让她认真地想一想，让她主动地采取措施，以免双方到时候尴尬。

就这样定吧。

回到家里，真真却不像以前那样来给我开门了，给我拿包了，给我递拖鞋了。也许，她在厨房忙着吧。我走到厨房一看，却没有看见她，厨房里冷冷静静的。到她的卧室一看，也没有人影子。是不是买菜去了？也不可能，我如果回家吃饭，饭菜一定是准时地摆上桌子的。

是不是走了？

我立即打开衣柜，发现她的衣服通通不见了。她的鞋子呢？也没有了。她的那个大箱子呢？也不见了。那么，她是否给我留下了什么字条呢？我满屋子寻找，也没有发现她留下的只言片语。那么，真真的确是走了，又去了哪里呢？我不由暗暗地担忧起来。

这时，屋子里响起嗡嗡的含混不清的声音，渐渐地，我似乎听见了一个女子隐隐的叫喊声，大哥、大哥、大哥、大哥——

我十分茫然，不明白这奇怪的声音，究竟是从哪里发出来的。

窑山二痴

戏　痴

窑山的人没有许多讲究。比如，看戏自然喊作看戏，看电影也喊作看戏。喊法上并无什么区别，不像城里人有许多讲究。谁也不会因为把看电影喊成了看戏而遭到嘲笑。若在城里，你试试？

隆生看戏在窑山是出了名的，那个瘾，大得很。

我们不排除隆生条件优越的因素。他婆娘及三个崽女都在窑山，吃的国家粮，自然少去了许多后顾之忧。至于家务琐事，对不起，隆生一概不管。猪弄的，芝麻大的事，都要我一个大男人来管？卵。便不管。

隆生一天到晚只打听哪里有戏看。那时，不比如今有电视，电影也多得是。那时候看电影，在窑山如打牙祭。若是问得有了，隆生干劲足，十几二十里跑去看，从不怕辛苦。婆娘若不知趣，嘀嘀咕咕，隆生就骂句娘，伸手一个耳刮子捆去。捆完，就走出来，去放映员江矮子那里玩耍。

窑山放电影就江矮子一人，一人占一间屋子，兼放设备零件之类。隆生几乎每天去一回。进门头一句就问："矮哥，有戏看吗？"若没有，便坐下扯扯乱弹，抽根把烟，然后开路。若有，隆生笑起眼珠鼓老大："真的？什么片子？……哈哈，高级。"扬手啪的一个响指。几乎又同时叫起："有戏看啰。"便不再坐，起飞往操坪里跑。操坪很大，有个土球场，看电影也在这里。隆生边跑边顺手捡起半截红砖，或一块石头，冲到操坪里，迅速地左望右看，然后，选一个最佳位置，弯下腰身，嚓嚓嚓，在地上飞快地划出两条板凳大小的框框来。不放心，又在框框内写一个大大的"隆"字，就明显地告诉诸位，这地盘就归他隆生占去了。

隆生若去上班，即使占了地盘还不安心，便打发六岁的满女坚守阵地。满女很听话，有时天好冷，也孤孤零零地站在那里，冻得鼻涕水一线线流。隆生一下班，首先去操坪，看看有人占了他的地盘没有。若没被占，就打发满女回去，喊婆娘搬板凳来。隆生晓得，这板凳是早早搬来不得的：一怕偷；二怕太阳大，晒脱漆。若有人不讲理占了他的地盘，隆生就大骂猪弄的，绝不肯服输；两个拳头捏得绷绷紧，随时都可以打出去。对方若是细把戏，隆生也同样争得颈根上的青筋一根根粗，弯下老高的腰身，说："伢子，你眼珠子没呷油吗？这地盘我早号了的。"一根手便直直地指着那个大大的"隆"字。所以，无论大人或细把戏，隆生每次都争了个赢。

争赢了，隆生复又笑起来。夜饭也顾不上回去吃，立即跑到江矮子那里，腰身往一张大四方桌子下面一拱，掮起桌子，就往操坪里走。然后，又去搬机子音箱幕布。根本无须江矮子动手。

隆生总是装作里手的样子，马上又爬到好高的树干上挂幕布，时不时撤一个脑壳朝下面大喊："看看，挂正了吗？"

挂正了，隆生就立即溜下来，接线啦，捡瓦片子塞桌子脚啦……忙得不亦乐乎。所以，江矮子省了许多气力，就很喜欢隆生，经常告诉他如何放，却总是讲到关键处又不讲了。留一手。隆生并不介意，脑壳啄个不停，似乎很懂了的样子。

一开映，隆生却从不坐到板凳上去，他要陪着江矮子。时而看看幕布上，时而又望望机子。脸上也是一副郑重其事的神色。若快换片了，只需江矮子瞟一眼，隆生便晓得赶紧从片盒里拿出一盘片子来，紧紧地抓在手里。机子一停，左手飞快递上去，右手飞快接下来，小心翼翼地放回箱子。

戏一完，隆生并不走，帮着收东西，常累出一身老汗来。

回到屋里，隆生总要问婆娘："戏好看吧？"

婆娘若讲好看，隆生就嘿嘿笑，似乎他在那戏里扮演了一个什么角色。

若讲不好看，隆生的长脸倏地一沉："不好看？打仗的也不好看？"若那戏根本不打仗，隆生就说："那个女的生得多乖态，还不好看？你好看？猪弄的。"一冲一冲，竟然冲到婆娘的脸上去，婆娘被吓得不敢回嘴。

窑山看戏不易得，十几二十天一场。隆生觉得太不过瘾，跟江矮子讲过好多次，要他多放几场。江矮子说他不能做主。隆生也就无奈，摇摇脑壳，然后，叹一声老长老长的遗憾。

平素没有戏看，隆生就十分难过。夜里就各家去串。人家都在打牌，隆生又无兴趣，便站在边上看。看一阵，就皱眉头："哎呀，没味。"又串一家，看人家下棋。人家楚汉之间杀得热气腾腾，隆生又憋不住说："没味，没味。"便又走开。一晚上，就这样东家西户蜻蜓点水似的走，心里老是不安，像吊着一坨什么东西。走得终于累了，隆生就回家熄灯睡觉。

隆生走窑，在修理队。修理队有个好处，不上三班，上长白班。隆生就有了一个看戏的优越条件。窑山看戏都在夜里，所以，每场戏都跑不脱隆生的眼睛。而且，隆生所在的队，绝大多数人家在附近乡下。所以，隆生每天一上班，就缠着问张三问李四，打听哪个村里有戏看。若是哪天得了信，隆生哪天上班做事就格外上劲。什么难事，喊去就去，绝不讲价钱。若没得到什么信，隆生便懒懒地一伸，老靠着柱子栽瞌睡。谁要是喊他做事，他就凶凶地骂："喊死！娘卖肠子的。"干脆把灯一熄，渐渐起了极其悠扬的鼾声。

窑山周围十几二十里的小村小镇，隆生全喊得出名字，那一条条崎崎岖岖的小路也晓得走。若有戏看，隆生下班飞快，三下两下洗罢澡，回屋里扒几口饭，就匆匆去。

隆生有一副好脚劲，来回几十里不觉费力，常常深更半夜才回来。老片子也看，他看得津津有味。隆生自己就不止一次讲过，《南征北战》看了十八回，《渡江侦察记》十七回。每回看戏，戏里紧张，隆生也紧张，两只眼珠怔怔地望，手心里捏出一把大汗。戏里有笑，隆生便昂起脑壳，哈哈大笑，笑得透不过气来。倘若那戏悲苦得很，他竟然有眼泪一滴滴流下来，鼻子一撮一撮，酸酸的。假若戏里打仗，隆生就跟起猛喊："打呀打呀，打死那条狗卵……"拳头在脑门处一晃一晃，恨不得跳进幕布里去帮忙，一坨坨口水溅出老远。坐在他前面的人，反转脑壳骂他的娘了，隆生的声音才赶紧放细一点儿。

即使落雨，隆生毫不犹豫，也去，带把伞。有几回，去时没落，回来落，落得隆生精湿一身，溅得满身泥巴。那个婆娘也打不死，又啰嗦："看你，看你。"隆生却不发火，扯起嘴巴笑："今夜的戏真的好看，啧啧，真的有味……"

婆娘就讲大女儿的成绩差得要命，要他讲一讲。

隆生衣裤一脱，说："讲个卵，过几年就嫁出去。"竟然不管。

路远天黑落雨，隆生统统不怕。

隆生最怕一样东西：狗。

他自己也不晓得，为什么怕这个猪弄的东西。去乡下看戏，总是要经过几个村子，那些村子里，总是喂起小狗大狗一片片。隆生一路过，狗就跟在屁股后面嗷嗷叫，叫得隆生心惊肉跳。其实，这叫狗还不蛮怕，隆生最怕哑巴狗。那灾狗不凶叫，悄无声息地猛一飙，就蹿到脚下咬一口，吓得过路的人冷汗直冒，一声声喊娘。

隆生便备了一根打狗棍，每回看戏带起走。有些狗怕打，棍子一扫，就夹起尾巴往回拱，叫声卡在颈根里呸呸地出气。隆生抹一把大汗，就胜利地笑一回，棍子在手里抛两下，继续走。

却也有不怕打的狗。隆生越打，那猪弄的东西就越冲得猛，叫得凶恶，一次一次发动进攻。隆生紧张得把棍子乱舞起来，呼呼作响。一边狼狈地退守，一边恶声大骂："灾狗，灾狗，你敢上来？你敢上来？"又时不时地往下蹲。隆生听人说过，狗怕人往下蹲，以为捡石头打它。又边急忙蹲边舞着棍子，那样子就再滑稽不过。只是恼火，那些狗却不怕，追着咬，一直咬到村子外头，才收兵回营。此时，隆生是一身老汗淋漓，粗粗喘气，双腿发软，便大骂养狗者是猪弄的，要遭天灾人祸，子弹穿，火车轧，刀子剐。

隆生尽管躲过了许多险，却终于被一只灾狗咬了一口。

那是一条绝对的哑巴狗。狗嘴巴上了脚，疼了，隆生才有感觉。隆生反身一棍，也不晓得打中没有，便拼命跑至农舍窗户下，借着灯光，卷起裤脚一看，还好，没出血。皮肉上只留下两个牙齿印。隆生却有些发急，恐怕是癫狗，想立即打转回家看伤，又舍不得丢了那场《南征北战》。猪弄的，要死就死。隆生心一横，看戏。一看，那戏一打仗，隆生也就忘了疼。戏一完，才又记起疼来，便火急火燎地往回走。

婆娘一见，急得哭，怕是癫狗。若是癫狗一咬，那人就会得狂犬病。见水不得，见水就怕。厉害时，人便像狗一样，手脚乱抓乱抠，往墙上一跃一跃，像狗一般嗷嗷叫。若是到了如此地步，性命就难以保住了。

这时，隆生才真正急起来，打发婆娘赶快喊医生。又打针，又吃药，闹了一夜没睡。

婆娘就试探地问他，以后还去不去乡下看戏。隆生伸一根手，指指天，戳戳地，发起誓来：我崽还去，我崽还去。又说，我要给做戏的厂子写信，给那些戏导演写信，要他们多拍些戏到窑山来放，那我隆生也不用去乡下看戏了，对不？还有，只要有哪个戏导演看得起我们窑山，多拍些戏来，我隆生也讲情义，把大女儿嫁给他。

那几天，隆生真的再不打听哪里有戏看了。请了病假，在家里养狗伤。有事无事，他便要朝水里看看，试试自己怕水不。看了几天，竟然不怕水，愁苦的脸色就又有笑意上来了。

隆生心里便又发起痒来，想看戏。又考虑那些个灾狗，实在不好对付。狗喜欢咬脚，那么，穿一双长筒靴子如何？又想，这长筒靴子太重，拖得脚累。隆生一想，竟然有了个绝妙主意。干脆，用风筒布包脚。窑山的风筒布多得是，到处都有。隆生便捡了两块回来，洗得干干净净，又剪得一样长短，刚好把小腿包住，又拿细绳子扎紧。试走一下，蛮好，既轻便，又保险。风筒布是胶与布所制成的，不薄不厚，灾狗一口上来，断然咬不烂的。咬不烂，皮肉就有了保险。况且，又有棍子在握。

隆生便又要出外看戏。

婆娘哪里肯放？便死死拖住他。隆生扯起裤子，指指脚上绑着的风筒布，又一扬手里的棍子，傲然说，这还怕什么卵？

　　婆娘听归听，仍不松手。不松手，隆生火冒三丈，一耳刮子重重掴去，掴得婆娘倒退丈把远，隆生看也不看，就走。

　　只是风筒布紧紧地裹在小腿上，捂得很热，不舒服。隆生自然也有办法。看戏的时候，就取下，让小腿透透气。看完了戏，又包起来，以便对付那些灾狗。诚然保险了许多，只是麻烦了一点儿。隆生却不怕麻烦。

　　隆生有一天在窑里上班，听说乡下有个老师傅晓得镇狗法，便来了兴趣。——打听那师傅姓什么叫什么，家住何处，如若拜师须备哪些礼。别人就告诉他，一升米是断断少不得的；至于钱，十块几十块随便，有多拿多，有少少给。只是尾数要带三个三。比方说，十三块三毛三，或三十三块三毛三。尾数的钱特别讲究，多了师傅不要，少了师傅不肯。是有规矩所管的。

　　隆生高兴得不得了，备了一升米，竟然又慷慨地拿出五十三块三毛三。婆娘心疼钱，死也不肯。隆生这回奇怪，竟然没有掴耳刮子，笑笑说，猪弄的，你唯愿灾狗咬我吗？婆娘也就不再放个屁。

　　隆生跋山涉水，行走八十多里山路，来到一个叫范家大院的地方。

　　那范师傅已八十高龄，一生收徒上百，全是青年后生。见四十多岁的隆生跑来拜师，便一口回绝。隆生汗巴水流的，听范师傅不肯收徒，急得双膝往下一跪，猛拜，求范师傅收他为徒。又说自己平生怕狗，又被灾狗咬过几回，如何如何。说着说着，竟然要哭。那汗水湿了一地。

范师傅见隆生一片虔诚，半天才答应下来。却只收下一升米和十三块三毛三。隆生好话说尽，那老人也不肯多要。当即，范师傅便带他来到一片茂密桃林之中，把镇狗法一一详细授之。并嘱隆生，千万不可泄露与他人，若泄，便不再显灵。隆生脑壳猛啄，啄得颈根发酸。

隆生得了镇狗法之后，一回来，便把棍子和风筒布统统丢出家门。他常常打一个响指说，高级。人轻松得如一张纸。当真哪个也不告诉，连老婆也不例外。

现在，隆生每次去乡下看戏，每每要经过那些村子时，便收了步。照范师傅所授之法，把右手的大拇指、食指和中指捏成一撮，像个爪子，然后，放在背后。又凝神回想当时范师傅授法之情之景之形，然后，右脚跺地三下，便抬脚笔直走去，不再回头。奇怪，那片灾狗果真不叫不咬不追，害怕地望着隆生背后那右手捏成的爪子，纷纷地缩了回去，如遇克星一般。村子里的人就都觉得惊讶。

过了村子，隆生才把右手骄傲地放下，一脸得意之色。镇狗法果然显灵，八十多里山路，跑得毫不冤枉。

自然，隆生想去哪里就去哪里，绝无什么顾忌，且一路畅通无阻，十分痛快。

至于给不给做戏的厂子和导演写信，那自然也就忘了。

划　痴

窑山的人把写字叫成划字，也与城里人喊法不同。

　　划痴当然首推陈放九。这一点，是公认的。

　　陈放九已有五十好几。从进窑山那天起，此人唯一的爱好除了划字，仍是划字。所以，把他称为划痴，众人是没有异议的。

　　除了上班，陈放九便坐在自己宿舍里划字。若上晚班，便白天划，若上白班，则晚上划。那半吊在空中的昏黄的灯光，就罩了一头黑白相间参差不齐根根如针的短发。陈放九舞一支褐色毛笔，在折成四方格子的黄毛纸上划。一笔一笔，绝不马虎。

　　陈放九那张木板拼成的桌子上，左手边，摆一沓没有划字的纸，右手边，是一堆划满了字的纸。划满一张，陈放九就伸一根指头，放舌头上一舔，又从左手边沾过一张，工工整整地摆在桌子中央，又一笔一笔地划。划满了，又放右边去。几乎不出门，除了解溲。拖一张，划一张，几乎天天如此。

　　陈放九的文房四宝齐全，却不讲究。

　　纸就是黄毛纸，并无宣城的宣纸。墨也不是歙县的徽墨，在店里买那一瓶瓶的。笔就是三五毛或七八毛钱一支的，没有那种什么吴兴的湖笔。至于墨砚子，更简单而且再滑稽不过，就是一只烂去半边的瓦钵。高要的端砚，或许陈放九还没有见过。当然，还有一本破旧不堪的字帖，柳公权柳老先生的。陈放九如此每日坚持不懈地划，当然，也就练出了柳老先生的些许气韵风骨。"武器"在陈放九这里是不大看重的。

　　自然也有歇气的时候。

　　这个时候，陈放九便转过身去，背靠桌子。两只细小的眼睛，就透出无限思念的光来，直穿肮脏而挂满蜘蛛网的小窗，望那深浅不一、起起伏伏的绿山。山那边五百多里，有陈放九常年瘫倒在床的老父，有陈放九显得十分老相的女人。离家不远，也有一个窑山。陈放九便想调去，那样就离老父和女人更近，闲时也好回去做家里诸事。十多年前，陈放九曾经用毛笔恭恭敬敬地划了一纸申请调动报告，竟然是一色标准的柳体。满怀希望地交上去，却无半点音信。陈放九也不去问问，便再也不划。倒是那些划满了大字小字的黄毛纸，陈放九全都舍不得丢掉或烧掉，一沓一沓地塞进床底下面，以至于不得不用砖头把床脚渐渐垫高。如今那床脚下，已垫上八块灰蒙蒙的砖头。

有时候，陈放九竟然发现那连绵的绿山消逝了，眼前一望无垠。然后，就鲜鲜明明看见了乡下的那栋衰老的破屋，看见女人在艰难地挥动连枷，如鸡婆点头一样甩打着黄豆，看见父亲从那干瘪而发白的嘴唇里，吐出一长串紫色的哀叹。

开始那一阵，伙计们常围着看陈放九划字，伸出一根根粗糙的皱褶里还残存着煤灰的拇指，啧啧赞叹不已。为此，陈放九也不欣喜或自得，仍独自慢慢地一划一划，那脑壳也随了笔法跟着横竖撇点折。看得多了，也就生厌，生腻，也就渐渐地失去兴趣，便再无人围观。即便如此，陈放九也是慢慢悠悠地划，并无半点失落感。又不觉孤独，又不觉疲乏。伙计们邀陈放九去打牌去钓鱼去商店看看，或跟附近的乡下女人耍耍，他一概不去。也无多话，即使一天不说半句，也是可以的。

陈放九划字的水平，连学堂的老师也未必能与之相比。若有老师来坐，与陈放九谈书法，他便活活地变了一个人，脸上就露出平时难以涌出的微笑，话便如放坝水一般，说，诚悬老夫子嘛，正楷尤为有名的。他初学王羲之，遍阅近代笔法，而后得力于欧颜两人，骨力道健，结构劲紧，自成面目……

人不走，话不断。人一出门，陈放九又缄默无言，润润笔，继续划。

走窑人在窑底下，若一旦坐下来，那便不得了，大讲痞话。讲自己的女人如何，也讲别的女人如何，滔滔不绝、津津有味。唯有陈放九坐得远远的，靠在棚子上，不听不笑不插话。他有事情做。他那根右手的食指，老是灵活而无休止地在空中划动，有时笔法悠悠闲闲，有时却疾快如飞。尤其是那个脑壳，也随之飞沙走石一般。头上的矿灯，便也跟着在漆黑的巷道里一道道砍来斫去，尽兴得很。只是每每有人见了就破口大骂，哪条蠢卵在晃灯？陈放九才醒悟过来，灯是乱晃不得的，属紧急信号，弄不好，别人还以为出了什么事故。便赶紧叭一声，马上熄去。

只是骂他，也决不回嘴，在黑暗中照旧划字。一把大铲子垫在屁股下面，冰凉冰凉。铲子是小工们的象征。陈放九五十的人了，连大工也不是，就足可见陈放九上班是不太上劲的。一般由小工而大工，不出三两年即可。陈放九几十年的窑龄了，仍是小工一个。每天上班一进巷子，陈放九就抢一把铲子垫屁股。只等工作面的炮一响，陈放九顾不得硝烟呛人、煤灰迷蒙，就冲上去，马上占一块平整之地，放肆铲起煤来。铲完便把铲子一丢，下班，不管什么卵事。其实，走窑人唯有能握上斧子的才有威风，晓得支棚放顶，晓得察言观色不出危险，喊小工如喊崽一样随便。

有人时常笑陈放九，九哥，你猪弄的，搞了一世还是个小工，卵都不抵呀。

陈放九迟疑地望对方一眼，似喃喃自语，不抵吗？……就再无话。陈放九就是如此脾性，并不因为谁刺了他一下，便会发起狠来。

队里经常要出墙报，看陈放九划得一手好字，便跟他商量，并说，纸墨笔一律由公家备齐，而且算出勤。

陈放九摇摇脑壳，不肯去。其实，出墙报是个洋路子，不用下井吃煤灰，况且又轻松。陈放九还晓得，队里买了许多纸墨，他却从来不去刮什么油水。伙计们见陈放九每日每日地划，费去不少纸墨，便怂恿他去拿公家的，他竟然不去，全自己摸钱买。

陈放九就是这样一个人。有人曾经喊过他为蠢哥。其实，并没什么贬低的意思。因为大家都晓得陈放九不蠢，是个大大的聪明人。也晓得陈放九过去读过许多老书。许多诗词典故之类，他竟然记得清清楚楚，只是不愿说、不愿显露罢了。窑山里，能与陈放九比墨水的恐怕极少。

平时，陈放九也很少回去。或许是年纪大了的缘故吧，对女人的兴趣大约就减退许多。他不像别的人，在窑底下累得稀软一身，半夜里爬出来，洗个澡，还翻山越岭匆匆地赶回家去。陈放九的女人比他小七八岁，成亲快三十年了，还未巴上肚。为此，一家人都觉得十分丧气。陈放九很想生个崽或女，而他那个老父亲却命令陈放九一定要生个崽。不生崽，岂不断了香火？老父亲时常说你要勤回来几次。他把媳妇没有巴肚的原因全归咎于陈放九回来太少。陈放九后来的确回去得很勤，仍不见女人肚子大起来。陈放九就极灰心，很少回家了。老父亲瘫在床上大骂，只是大骂也无用处。女人想哭，怪自己没用。陈放九就说，谁也不怪，怪命。陈放九很想与女人和父亲在一起，天天在一起。为此，陈放九有时甚至想辞职回去，反正有这么大年纪了。只是女人说近来呕吐得厉害，大约是巴上肚了，陈放九才渐渐有些高兴。只是高兴了，陈放九也不露在脸上，仍然每日划字。

窑山都晓得有个陈放九，字划得好，且有一肚子书。陈放九却生性极拘谨，又从不在任何场合露两手，故而，也就引不来许多的羡慕。好在陈放九也从不觉得受了什么委屈，更无什么怀才不遇的想法，仍是日日上班，划字，划字，上班。那日子似乎就过得有些那个。

有一回，陈放九终于露了一点才。

事情很简单。学堂有个女老师结婚，她男人在地质队。老师们便想划一副好的对联，叫窑山震惊一盘。老师们想来想去，几天过去了，也没想出一副很理想的对联。这副对联，既要点出各自的职业，又要含蓄有味。想不出，就忽然记起陈放九来，便都说找他试试。

老师们便一拥去了陈放九的宿舍，正好那天陈放九在划字。老师们说明来意，好话说了一堆，请陈放九露一手。陈放九放下笔，说，可以是可以的，只是我有个习惯，对联从不划横批。

老师们说没关系没关系，无横批别具一格。老师们一是想要陈放九想出一副好对联，二是借他那一手好字。

那个女老师，陈放九是晓得的，长得老高老大，年纪怕也三十上下了，教体育。陈放九经常看见她在马路上跑步，那样子雄壮得很。每回在食堂买饭，看见陈放九就笑，还喊师傅。总之，是个不错的妹子。

老师们动手把红纸小心地裁开，工工整整摆在桌上。这时候，陈放九早已转过背，一味望窗外，足足五分钟以上。屋里就自然寂静了一片。这时，陈放九猛地转过身来，抓起笔，一手压住纸，唰唰唰划了起来。只见一副对联从笔下滑了出来——

爬高坡越溪涧深山探宝
抛银球练仰泳挺胸夺标

老师们仔细一看，又仔细一想，齐声喝彩，大叫妙哉妙哉，绝了绝了。

陈放九也无多少得意，微微一笑，说，见笑，见笑。

那副对联贴了出去，竟然轰动窑山。人们都来看，边看边念。念罢，又问起是谁划的。陈放九。陈放九？他真的有才。议论一阵，又念。越念越觉得回味无穷，又都说，猪弄的陈放九，这副对联划得太绝。

就连那些头头脑脑，也晓得采煤队有个叫陈放九的。所以，日后有了儿女婚事或老人仙逝，也备好纸墨，请陈放九去划。谁知这个陈放九一个也不答应，一口推说，划不得，划不得。硬不去。伙计们就讲陈放九太蠢，头头脑脑来相求于你，你猪弄的拒绝有哪样好呢？陈放九竟然也不听，老摇脑壳，说，不去，不去。陈放九仍然天天上班，下了班，便在宿舍里划字，依然如故。

某天，陈放九接到婆娘一封电报。上云：父八号病亡同日妻生一儿速归刘。

陈放九看半天，然后，急匆匆去买回一张大红纸，在宿舍划了一副对联——

　　红喜事白喜事红白喜事
　　哭不得笑不得哭笑不得

竟然也无横批，就足可见陈放九并不哄人。陈放九等墨汁干去，便小心翼翼折起放进大袋子里，挎在肩上。居然连假也没请，就直奔乡下去了。

我没说她不乖态

1

都说从来没有看过这样的妹子。

这当然首先包括她的乖态，她的乖态在窑山盖一，这是无可置疑的。这话的另一层意思是，这个妹子的征服欲也太强了，简直到了不可思议的地步。

叫刘双玉。十八岁。

是那年顶替她爷老倌的职到窑山来的，分配在幼儿园。幼儿园只有两个老师，另一个年纪大些，四十来岁。刘双玉的家在城里，所以，她到山沟里的这个窑山，是带着浑身香气来的，那种香气似乎在窑山上空弥漫。在那个年月，窑山的妹子也好，女人也好，哪有这样奢侈？连香皂也舍不得买，用的是那种粗糙的马头肥皂。她却不同，又是香皂，又是香水，还搽那种瓶装的雪花膏。不像窑山人，绝大多数买那种五分钱一盒的蚌壳油。奢侈点的，最多挑两角钱散装的雪花膏，能够搽一个冬天。当然，其打扮也跟窑山的妹子不同，一天穿一身衣服，淡红花点的，或是淡绿色的。刘海儿弄得飘飘的，卷卷的。洗完澡，总是用白手绢扎着长头发，远远一看，像是脑壳上长了一朵大山茶花，很是特别。走起路来，屁股自然地一扭一扭，加之本来又长得乖态，圆眼睛，小嘴巴，所以，那种韵味就更足了。

也有想学她的人，又担心人家笑话，说是东施效颦。所以，那些妹子跟女人只是在心里羡慕。刘双玉如果从眼前走过，就说，双玉，你好乖态的。双双眼睛死死地跟一路，一直跟到不见了人影子。

当然，最喜欢看她的，还是那些后生跟男人。若是刘双玉出现，打球的，不打了，吃饭的，也不吃了，走路的，也不走了，说话的，也不说了。一律张大着嘴巴，鼓起眼睛蠢蠢地看。看完了，还要兴奋地大肆议论，真是乖态嘞，像仙女一样嘞。又酸酸地说，以后看好了哪个男人。

若是当面走来，没有人不看她的，似乎一眼要把她看进心里，让她扎下根来。刘双玉却很高傲，像公主，浑身散发着城里人所具有的优越感，一般是目不斜视，好像对面没有人走过来一样。其实，她不易觉察地把路人那些蠢蠢的表情，都已经收进了眼里，她要享受那种被人羡慕跟夸奖的幸福滋味。

2

有一个人却从来不看她，这就是李福建。

李福建二十多岁，掘进工，长得一般，个子不高，脸上还永远地长满了坨坨。像这样的人，理所当然地，应该属于羡慕或夸奖刘双玉之列，他绝对没有资本不羡慕不夸奖人家的。

他却从来不看刘双玉一眼，这很令人奇怪。

李福建的伙伴们发现这个情况，问他，刘双玉那样乖态，你怎么不看一眼？也没看你夸夸人家呢？李福建说，她长得再乖态，你们想看就看，我不想看就不看，这是很简单的事情。

有个叫邢米的后生说，那李福建，你有点不对头，你脑壳肯定有问题。

邢米是个不遗余力宣扬刘双玉乖态的人，而且，从不隐瞒自己的观点，跟伙伴们说起刘双玉，真是垂涎三尺。他甚至经常到幼儿园玩耍，找借口跟刘双玉说话，然后，回来大肆宣扬自己是怎么跟刘双玉说话的，刘双玉又是怎么看着他的。总之，神情激动，似乎跟刘双玉上了床。他还说，我如果讨到刘双玉，我心甘情愿服侍她一辈子，我愿意给她当保姆，我愿意给她做仆人，我愿意给她做崽。说得大家笑个不停。而且，他再三对李福建说，你脑壳肯定有问题嘞。

李福建有点生气，问邢米，我不看她，脑壳就有问题吗？你倒是说说看，我有什么问题？邢米说，我娘老子是医生，我也多少懂得一点心理学，爱美之心人皆有之，是天生的，那些妹子跟女人都羡慕她，你一个男人却看也不看，这不是问题吗？起码心理上有障碍，要不就是鸡巴有毛病。

旁人哄然大笑，纷纷说，李福建，鸡巴摸出来看看，到底是不是有毛病？

李福建不屑地看大家一眼，说，我不跟你们这些痞子说了。然后，匆匆走开。

邢米他们觉得李福建的眼光很高，却高得没有任何道理。

3

为了讨好刘双玉，邢米到幼儿园告诉她，说李福建脑壳有毛病。

刘双玉问，为什么？

邢米说，为什么？你长得天姿国色，哪个人不看你不羡慕你？李福建那个蠢崽就是不看。

刘双玉一听，心里有点不高兴，自己在窑山鹤立鸡群，他凭什么不看我呢？哦，她想起来了，的确有一个人从来不看自己，原来还以为他是个近视眼。

刘双玉问，是不是那个满脸长了坨坨的人？

邢米点着头说，是的，是的。

刘双玉不屑地哼一声，说，你以为我想理他这号人吗？长一脸的骚坨坨。

话虽是这么说，刘双玉心里却很不愉快，像塞了一把煤炭。

等邢米一走，她想忘记这件事情，不知怎么搞的，老是挥之不去。李福建那副目中无人的样子，总是在脑壳里闪来闪去，像幽灵。为了排遣这种不愉快的情绪，刘双玉想了一个办法，看到那个老师暂时不在，她马上召集小朋友们，大声问道，小朋友们，你们说阿姨乖不乖态？小朋友们撕开喉咙放肆喊，阿——姨——乖——态——

喊一遍还不行，要小朋友们一连喊了五遍，刘双玉心里才有一丝安慰，额头上喊出了汗珠子，小朋友们也喊出了汗珠子，一粒粒珍珠样的。

自此以后，刘双玉想起李福建那种目中无人的样子，趁着那个老师不在时，就让小朋友们如此地连喊五遍，然后，用白手绢一下下地擦额头。偏偏奇怪的是，喊了个多月，也不见有什么效果，李福建仍然像个幽灵在她脑壳里徘徊，赶也赶不走。李福建在路上若是碰到她，还是像没有看到她样的，眼睛别到一边，硬是不看她。

刘双玉就生生地痛苦起来。

本来是一件小事，你长得乖态，别人喜欢看就看吧，不喜欢看就不看吧。何况，眼睛生在人家脸上，人家有这个权利决定看你还是不看你。刘双玉那种城里人特有的自尊心或者说自负，不允许有人竟敢如此不把她放在眼里，也不允许她容忍人家这样藐视她，何况，还是生了一脸坨坨的李福建？李福建凭什么不看她？他有什么资本不看她吗？

有一天找到邢米，刘双玉说，邢米，你说得不错，李福建从不看我一眼，你说，我是长得不乖态吗？

邢米说，怎么不乖态？窑山的那些妹子跟女人，谁能跟你比？我看当你的脚都当不得。

刘双玉说，那就奇怪了，既然如此，他为什么不看我呢？

邢米肯定地说，我说过他脑壳有毛病嘞。

刘双玉摇晃着头说，我看他没有毛病。

没有毛病？邢米惊讶地说，那他为什么不看你呢？

刘双玉想了想，像下了大决心，说，邢米，你能让李福建也看我，我不会亏待你的。

邢米说，我跟他关系不错，说起来，我还救过他一命，去年井下发老窿水，大家吓得乱跑，李福建却朝着来水的方向跑，当时他吓蒙了。亏我一把拖住他往井口跑，为这件事，他对我很感激，还请我喝了一餐酒。所以说，应当没有问题的。那么，你怎样感谢我呢？

刘双玉想了想，说，我买米酒给你喝。

邢米摇摇头，说，不喝米酒。

那我买西瓜给你吃。

邢米又摇头，不吃西瓜。

刘双玉一时想不起要买什么东西，说，那你要吃什么？

邢米笑了笑，厚着脸皮说，让我在你脸上啵一下。

刘双玉一听，脸红起来，骂道，邢米，亏你想得出来。

邢米说，不用我想，嘴巴它自己就说了，哎，你同意不？

刘双玉低低地嗯了一声。

邢米来神了，眼里放出光来，说，那好，只是我担心你说话不算数，等到我让李福建看你了，你却不让我打啵。

刘双玉说，那我现在让你啵一下，你绝对不能对人家说，我晓得你的嘴巴很臭，没有的事都掀上天去了。

邢米保证说，我绝对不对人说，我说了，遭五雷轰劈。

幼儿园的小朋友都睡觉了，也没有人来，刘双玉躲在门后边，红着脸，让邢米啵了一下。

邢米乐不可支地说，好香的嘞。又说，如果我做到了，你还要让我啵三下好吗？

刘双玉说，三下就三下。

4

立即去找李福建。

其实，如果依了邢米的性格，此刻，他会不可抑制地跳起来，发癫样地向窑山人宣布，我跟刘双玉打了啵——是的，窑山有谁跟她打了啵？摸都摸不到手嘞，她根本看不起这些人嘞，说话都懒得跟人说嘞。他邢米不仅说了话，而且，还跟她打了啵。他能不高兴吗？他能不发癫吗？他能不欣喜若狂吗？

当然，为了以后的那三下啵，邢米还是强压住内心的高兴跟激动，匆匆地朝李福建宿舍走去。宿舍门是虚掩的，像其他宿舍一样，一般不怎么关死的。邢米走进一看，李福建在睡觉，身子缩得像只虾米。他要做四点班。屋子里没有人，另外三人上白班，现在还没有下班。邢米不管三七二十一，把李福建推醒。李福建睁开眼睛，烦躁地说，你没有看到我在睡觉？有什么鬼打脚的事？

邢米递根烟过去，又帮着点燃，在床边坐下来，说，福建，你说我俩关系怎么样？

李福建躺着说，好哇，你还救了我一命嘞。烟灰在床边一磕一磕。

哦，亏你还记得，邢米抽口烟说，那你从现在起，要帮我一个忙。

李福建说，你说吧，只要我能帮得到。

邢米说，你绝对能帮得到，而且不用吹灰之力。

你说吧，李福建催促道。

邢米说，你以后要看刘双玉，不要装腔作势，好像没有看到人家样的。

李福建一下子坐起来，惊诧地说，就为这个事吗？

邢米点点头，这太容易了吧？

李福建说，为什么？你是不是跟她谈恋爱了？想想，不可能，他盯着邢米，像他脑壳有毛病样的。

邢米差一点儿就说出跟刘双玉打啵的事了，一想，说不得，更何况，自己是下了保证的，她哪里会跟我谈恋爱呢？人家仙女样的。你也不要问为什么，反正就这样做吧，又不是难事。

我帮不到，李福建说。

邢米说，这点小事你都帮不到？

李福建摇摇头，默默地抽烟。

邢米有点生气，用力地在李福建的腿上扯了一根汗毛，咬牙切齿地说，老子救了你一命，你忘记了？老子请你帮一个小忙，你都不帮？你也太没有良心了吧？

还是默默地抽烟，李福建许久没有说话，盯着燃烧的烟头，后来，说，邢米，你叫我帮什么忙都没有问题，只要你一句话，这个忙我实在帮不上。

邢米跳起来，李福建，你这个忘恩负义的家伙，你说得那么漂亮做什么呢？你说，还有什么忙比这个忙更容易呢？

李福建的嘴巴很硬，说，我还是那句话，什么忙都可以帮，这个忙不能帮。

邢米恼怒地俯下身说，你脑壳是不是有毛病？生气的脸差一点贴到了李福建脸上。

李福建并不生气，也不跟他争吵，微微一笑，说，你说我脑壳有毛病就有毛病，好不？

真是弄不明白，邢米的眼睛望着李福建，像不认识他样的，一连问了几个为什么，李福建说，不为什么。

然后，李福建上班去了。

5

心里很沮丧。

邢米没有料到，李福建竟然如此固执，简直气得他说不出话来，眼睁睁地看着李福建朝井口方向走去。怎么向刘双玉交差？牛皮吹了，啵也打了，事情却没有办好。刘双玉肯定会嘲笑他的，而且，以后再也看不起自己了。娘的肠子，想不到世上有这种事情，一个乖态的妹子，在眼前走来走去的，竟然看也不看一眼，议论也不议论一下，到底是为什么呢？除了脑壳有毛病，还能有什么更好的解释吗？

怎么不见李福建改了呢？他仍然不看我。第二天，刘双玉不满地问邢米，圆圆的眼睛盯着邢米，有点凶。

邢米不敢跟那双眼睛对视，低下头，嗫嚅地说，你放心，我一定会让他看你的，你不要性急，慢慢来吧。他抬起头，望着刘双玉乖态的脸，心脏扑扑地又跳起来，忍不住想啵她一下。哎，你再让我啵一下吧？邢米说。

刘双玉也是有原则的，坚决不肯，跳到一边，说，我们不是说好了吗？等到你叫他看我了，再让你啵三下。

邢米心里不舒服了，现在不就是啵一下吗？何况，你脸上又不会少一钱肉。况且，已经啵过一回了，再啵一回又有什么关系呢？

那我要把你让我打啵的事情说出去，让窑山人都晓得。邢米忽然用带着威胁的口气说。

刘双玉明白这事说出去的后果，恨恨地盯他一眼，说，邢米，你这人有点无赖。

邢米说，我怎么无赖？我一天到晚在跟李福建说，嘴巴都说干了，打个啵又算什么？

刘双玉无奈地说，那好吧。又让邢米啵了一下。

当然，也不是白白地啵刘双玉几下，邢米还是下决心要说服李福建，为的是以后还可以啵她三下。你想想，连续啵她三下，那是个什么幸福的滋味呢？他不相信世上居然有李福建这种人，也不相信自己连这个小事都办不到。邢米充满了信心，自认为对付李福建这种顽固的人，没有百折不挠的精神是不行的。而且，打又不能打。如果能以打架论输赢，那也好办，李福建绝对不是他的对手。邢米高大结实，李福建身材矮小，用不着三五两下，就会把他扳倒在地。

思考再三，还只能来文的。什么是文的？就是用嘴巴跟他说，他呢，却不听。说救了他一命，说他不要忘恩负义，他也无动于衷。邢米想起了兵家常用的计谋——哀兵必胜。所以，邢米采取另一种方式跟李福建周旋。他不再以李福建的救命恩人自居，而是装着可怜巴巴的样子求他。

邢米愁眉苦脸地说，李哥，你要帮我这个忙嘞，不然，我只有死路一条。

这一来，轮到李福建大为惊讶，说，有这么严重吗？我看她一眼，就能救你一命吗？

邢米点点头。

那你说说，这到底怎么回事？李福建觉得这里面不是那么简单。

邢米却说，说不得的苦嘞，说出来我就完蛋了嘞。

李福建说，怎么说不得？我保证不说出去，你还不相信我吗？

邢米还是一味地摇头，喃喃自语地说，说不得，说不得。偷偷地看李福建的脸色。

那你是不是跟她有了什么关系？李福建问。

邢米仍然不说，只是说，说不得、说不得。似有一肚子难言的苦衷。

那你不说，我就不答应。李福建很想明白其中的谜。

邢米几乎要哭了起来，说，这怎么办呢？急得在屋子里打转转。

李福建看着他这个样子，觉得很好笑，却一点儿怜悯心也没有。邢米不说原因，他决不妥协。

6

缠了李福建好几回，邢米哀兵必胜的计谋，仍然没有奏效，直至宣告失败。

刘双玉骂邢米，你呃了我，到现在也没有帮到，那个家伙还是不看我，你真是没有用。

邢米认输说，我是没有用。又说，你有本事，你自己去试试？

刘双玉鼓着眼睛，说，你以为我不敢吗？我可以做给你看看。

话说出去了，要收回还真是不好收回来。刘双玉是城里人的脾气，不允许她死皮赖脸地去求李福建欣赏她，心里又不甘心。不说在窑山，她刘双玉就是走在城里的街上，也没有人不看她的，谁想到在窑山，却有个一脸骚坨的人，看也不看她一眼，岂不是太气人了吗？

她决心亲自来解决这个问题。

人一旦被逼上梁山，办法也自然出来了。刘双玉注意到李福建吃罢晚饭，喜欢一人在铁路上散步，她就穿着花衣服，洒一身香水，故意去了铁路。

那条铁路是运煤的，少有人在铁路上走，除了附近的农民。李福建散步也是特别不同，总是低着头，像在一根根地数着枕木。所以，当刘双玉接近李福建时，也许是香水味飘进了李福建的鼻子，明白是刘双玉走过来了，他竟然脑壳也不抬，从铁路旁边的小路上走下去，一直走到下面的田埂上。

在朦胧的黄昏中，刘双玉只能呆呆地看着他的背影，咬牙切齿地骂道，乡巴佬。她真想大哭大叫，李福建，你凭什么不看我——

而且，在宿舍埋头伤心地哭过，哭得枕头湿亮。

很受委屈的刘双玉，不明白李福建这个连狗也不如的人，为什么不把她放在眼里。她决心解开这个谜，她不相信自己没有这个能力，她要征服窑山的每个人。她给李福建写了封信，偷偷地塞进他屋子里。她写道，在窑山，没有人看到我不跟我主动打招呼的，更没有人不看我的，当然，也包括了那些色眯眯的目光。我却不明白，你为什么从不看我一眼呢？难道是我不乖态吗？我是窑山最乖态的人，这是大家公认的，你为什么要这样做呢？

并要求回信。

她盼啊盼啊，一直没有收到李福建的信。其实，哪怕是只言片语也好，也能让她弄个明白，心里也有个安慰。她却失望了，然后，愤怒了。她是冒着风险给李福建写信的，如果他把信掀出去，她那张城里人的脸往哪里放呢？她一直有这种担心，害怕被这封信闹得满城风雨。出乎意料的是，一切都是静悄悄的，李福建没有把这事掀出去，也没有回信。

这更是激怒了刘双玉，你李福建算个什么东西？老娘给你面子不要，难道要老娘拱起屁股给你看吗？

邢米问她怎么样了，刘双玉愤怒地赶他出门，说，滚出去——，我的事不要你操心。门砰的一声，震得窗子微微响。

难堪的邢米迷惑地抓着脑壳，不明白她为什么发这么大的脾气。

7

还是要想方设法，还是很不甘心。

刘双玉很想撕破脸皮，找到李福建大吵大闹，逼他说出理由来，为什么不看她一眼？她难道不乖态吗？要他说说，窑山哪个妹子哪个女人有她乖态？而那样做，又会被人笑话，你尽管乖态就是，为什么非得要逼人家看你呢？

为此，刘双玉居然接连失眠，一失眠，脸色就憔悴起来，一憔悴，就活脱脱地像变了一个人，无精打采的，像一朵枯萎的花。穿着呢，也不像以前那样讲究了，洗完澡，也不再用白手绢扎头发了。虽然，她还是让小朋友们喊她十遍（多喊了五遍）阿姨乖态，但仍然解决不了问题，而且继续失眠。总之，以前那个鲜花般的刘双玉消失了。

这令窑山人大为惊讶，人们互相打听这到底是怎么回事，是不是刘双玉失恋了？或者有了其他心事？都说不晓得。没看到过她跟谁恋爱，也没看到过她有什么不顺心的事。也有些妹子或女人关心地问她，她却强装笑容地说，没什么事嘞。后生们问邢米晓不晓得，邢米也闭口不谈，他再也啵不到刘双玉了，心里很不愉快。幼儿园的那个老师也问过她，双玉，有什么事就说吧，不要憋在心里，会憋出病来的。刘双玉淡然地说，没什么事嘞。她不肯说，人家当然就不好老是问了。

渐渐地，居然开始到医院拿安眠药了。先是吃一粒，一粒不管用，吃两粒，两粒不管用，吃三粒。三粒也不管用，医生劝她不要多吃，说以后会有依赖性的。刘双玉也不听，吃了也不管用，睡觉不着，想到这事就烦躁，后来，居然深更半夜地出来四处走。

半年后的某天深夜，突然听到有人站在山上，痛哭流涕地嘶声大喊，李福建——李福建——你为什么不看我——我难道不乖态吗——

是个女的声音。

声音凄惨得很，在寂静的夜晚传来，令人毛骨悚然。人们壮起胆子，披衣穿鞋朝山上走，一看，原来是刘双玉。只见她披头散发，赤身裸体，人们都吓坏了，大叹，可惜了，可惜了，癫了。又惊诧道，这跟李福建有什么关系呢？

有关系，邢米站出来说。接着跑下山来，许多人也跟着跑下山来。

李福建下中班才走进宿舍，一时也睡不着觉，躲在蚊帐里，拿着一本四十年代的电影画报在看，也不晓得他是从哪里搞到的，居然保留得那么好，像崭新的。窑山人看也没有看到过。上面的那些女电影明星真是乖态，珠光宝气，光彩夺目，尤其是那种咄咄逼人的气质，窑山的妹子也好，女人也好，是绝对没有的。画报跟随他好些年了，平时没有事，就悄悄地独自欣赏，简直百看不厌，居然谁也不晓得。

这时，门砰地被人踢开，走在前头的是愤怒的邢米，屁股后面还跟着一群人。

李福建惊讶地问，这是做什么？

邢米冲上去，抓住他的衣服拖起来。邢米凶狠地吼着，你难道不晓得？是你把刘双玉害癫了——

她癫了？李福建不太相信，眨巴着眼睛，疑惑地问，怎么是我把她害癫了呢？

邢米恨恨地说，你从来不看她一眼，你从来不说她乖态。

李福建生气地说，我从来没有说她不乖态呀？说罢，猛地一犟，从邢米手中犟开了，那本画报掉到了地上。

大家一看，上面是一个女明星的头像，光彩耀人地笑嘻嘻地望着大家。

一时，全呆住了。

目击者遭遇

1

张玉石是一个做事很守时的人，这从一件小事也可以看出来，他给女儿订了一份牛奶，一年多了，不管四季变化，他总是在上午十点钟去传达室拿回来，然后放在冰箱里。女儿早晨不喝牛奶，她喜欢夜晚九点半再喝。女儿读高三，学习很压头，所以每天夜晚九点半，张玉石便将牛奶煮开，然后再端到女儿的桌子上。这已经成了他每天生活中一件必不可少的内容。

张玉石一家就住在机关大院里，上下班很方便，他老婆上班很远，所以拿牛奶就成了他的专利。

那天晚上九点半，张玉石又像往常一样，打开冰箱准备煮牛奶，居然没有，便问女儿早晨拿了没有，女儿说，你难道不知道我从来不拿的？张玉石说，哦，那一定是我忘记拿了。可是我为什么会忘记呢？他喃喃自语，觉得这是一个罕见的重大的疏忽。

他老婆也说，是啊，你可是从来没有忘记的。

张玉石想起来了，说，哦，我今天上午十点钟左右去医院看病了，拿了点感冒药，就忘记拿牛奶了。说罢，便出了门。

张玉石走到传达室，看见桌子上果然还有一盒牛奶，便对守传达的李师傅说，你看我这记性，连牛奶也不记得拿了。李师傅正在加煤球，对他笑了笑。

他拿了牛奶，便走出传达室，准备朝家里走。这时，他无意地看了大门外的街道上一眼，车子不太多了，行人还有不少，灯光有点暗淡，他想这些人也是，在这冬夜里有什么好走的，不如待在家里。突然，他看见有两个人从马路的斜对面奔跑过来，前面的那个男人在叫喊，那是一种很尖锐也很痛苦的喊声，声音又很模糊。当时街上的人似乎都没有注意，只有张玉石注意到了。张玉石当时就感觉到这一定是在吵架。前面的那个男人跑着跑着便朝他这边跑来，刚刚跑到张玉石所在的机关大院的门口时，那个男人就仰面倒在地上了，后面追赶的那个男人急忙地跑开了。

张玉石不知他为什么要倒在地上，便站在离他有十米远的地方看着。他看清楚了倒地的那个男人戴着眼镜，三十多岁的样子，穿着黑色西服，很像张玉石的一个熟人，他刚想开口问，只见那人很清醒地摸出手机来，急促地说，110吗？我被人杀伤了，在物资局大门口。

张玉石这才知道他被人杀伤了。但他当时真的没有看见凶手是拿着刀子的，也没有看见伤者流血，这或许是灯光太暗了的缘故。他可以说是这件凶杀案的第一个现场目击人，他的双腿不由自主地发软，他此时心里有点复杂，不知道自己是过去还是离开。按张玉石以前的性格，他是会走过去的，帮助伤者去医院，他曾经做过许多的好事，可是不知为什么，他这一下却如此地犹豫。

大街上渐渐地有人围了过来，谁也没有想立即为那个伤者做些什么，只是惊讶地议论着。张玉石没有听清他们说些什么。张玉石犹豫了一下，想走过去看一看，这时站在他身后的传达室的李师傅对他说，你不要过去，如今这好事做不得。

大门外走来一个人，张玉石看到这个人刚才是在围观的，这个秃顶的男人他不认识，可能是院子里谁家的亲戚。秃顶的男人边走来边说，了不得，那人背后被砍了四五刀，流了许多血。李师傅又对张玉石说，你快回家。张玉石便回家了。

张玉石一回到家里，就惊恐万状地对老婆和女儿说了此事，心里还有些后怕，他是第一次目睹一桩凶杀案就发生在他的眼皮底下。他语无伦次地说着，又大声叹气，好可怕啊，又说，也太猖狂了，在大街上就杀人。他叮嘱老婆和女儿，你们以后在街上要注意啊。

2

报纸上第二天便报道了这起凶杀案，同事们都很惊讶地说，这事就发生在我们的门口居然都不知道。张玉石如果憋住不说话，那也就没有什么麻烦了，问题是他忽然说，我都看见了，可以说我是第一现场目击人。

同事们的眼睛一致望着他，说，真的吗？你当时在那里做什么？

张玉石便有点扬扬得意，于是就详细地说了事件的全过程，并老实地说，至于究竟为什么会杀人，那我就不知道了，这报纸上不是也说正在调查之中吗？

后来呢？同事们觉得他这样说了还似乎不过瘾。

我就回家了。张玉石老老实实地说。

老王说，你没有打 110？

没有，张玉石说，我看到那个伤者已经打了，我就觉得没有必要了。

怎么没有必要呢？老王的眼睛鼓得很大，像是患了严重的甲亢，那个伤者不可能还有那么清醒嘛。

张玉石说，我听见他在打的，他很清醒。

老王似乎一时没有什么话要说了，眼睛又眯了起来，一动不动地盯着张玉石，又说，老张啊，依你以前的性格好像不是这样的，我们就知道你经常做好事，人家还打电话来感谢哩，可是你这回……

办公室的人都继续把眼睛望着张玉石，静静地等待着他的解释。

我……张玉石欲言又止，他感到脸上突然很烫很烫，像是做错了事。

你想说什么？老王问。

张玉石吞吞吐吐地说，我本来还是想过去帮他一下，可是传达室的李师傅催我走开，他说如今最好不要去惹这些事。

老王冷笑一声，你老张也不是李师傅那个思想境界嘛，即使你没有打110也罢，可是作为第一个目击人来说，也不至于袖手旁观呀，你至少也要赶紧叫的士，把他送到医院去，何况医院也不远，如果那人没有得到及时的抢救，放血放死了怎么办？难道说你的心里就不感到内疚吗？那是一条生命啊！你难道说不知道人命关天！

张玉石看见有几个人频频点头，同意老王的说法。只有小曹和小左两人没有点头，若无其事地看了他一眼。

老王大概看见多数人赞成他的说法，便更加来神了，他喝了一口茶，慷慨激昂地说，我们这个社会之所以世风日下，就是有些人连人类的一点点同情心或者说怜悯心也没有了。老王好像感觉到这话有点过重，便又马上放轻口气解释，老张，我刚才也不是仅仅说的是你，但我是对事不对人，就说你老张吧，以前你是一个多么富有同情心的人哪，可是现在也变得冷漠起来了，这是为什么呢？

张玉石被老王说得真是无地自容了，恨不得马上离开，可是那样做又太不合适。他低垂着头，一只手撑着脸，一声不吭地看着光泽的桌子，像《思想者》那座雕塑。他不敢抬头，他害怕看见那些严厉而质问的目光，他感觉得到那些目光正像针一样刺向自己。他万分后悔，如果自己不说此事，那就没有了这种难堪与尴尬。

这时，倒是一直没有开口说话的小曹帮着张玉石，小曹嘴巴上的胡子软软的，有点黄，话却很有针对性，他对老王说，我们也不必责怪老张，他昨晚的确是没有去帮别人一把，跟他以前的作为截然不同，但我们怎么不想想，老张为什么不敢去做了呢？难道说我们所见所闻的事情还少了吗？多少好心人为了帮助别人，反而被人粘住不放，认定他就是肇事者，逼着人家赔偿，甚至还把人家推上法庭。说实话，我是理解老张的。

老王显然很恼火小曹说的这番话，他也许是仗着小曹在看待这件事上是属于孤家寡人，便来了脾气，声音高了很多，他笃笃笃地敲着桌子，说，小曹啊，我没有想到你一个年轻人居然这么世故。那我问你，如果在这个世界上，你也不去帮助人，他也不去帮助人，那我们还是人吗？我们就是要在这种世风日下的环境里一点一点地做起，这个世界才有希望。

小曹却冷冷地哼了一声，老王又鼓大了眼睛，说，难道我说的有什么不对吗？

小曹叼着一根烟，吐了一个漂亮的烟圈，烟圈斜斜地朝空中飘然而去，他懒洋洋地说，都对都对，不过，"4·8"抢劫银行的那天，我正从那里路过，我看见了一个熟人正巧站在被打伤的保安身边，那个保安身上的血哗哗地流着，而歹徒早已逃跑了，可是我那个熟人的脸吓得苍白，赶紧溜走了，也没有见他去帮一把。

老王的脸色骤然变了，恼羞成怒地说，小曹，你这是说谁？你不是说我吧？如果是说我，我要告你诬陷罪！

我说了是你吗？大家可以做证。小曹懒洋洋地说，像是打不起精神似的。可是大家的眼睛却疑惑地看着老王。

老王突然将茶杯重重地往桌子上一蹾，他妈的，这个世界越来越不像话了！那些"眼睛们"也随着跳了跳。

3

整个办公室的人，直到现在为止，唯有小左还没有说话，她看样子是个爱安静的妹子，她坐着在一边看着一本画报，一边心不在焉地听大家说话。她的脸很光洁。可是当办公室里的空气骤然紧张起来了，她似乎有些受不了，便说，哎哎，不用争吵了，我来说两句，我倒是为老张感到有点遗憾，到了口袋里的钱也不要了。

那几个一直站在老王一边的人就问，此话怎讲？一说起钱来，大家的兴趣显然高涨了起来。

当然是有道理的呀。小左干脆放下了画报，说，你们也不是不知道，现在的电视台报社杂志电台每天不是在说，如果谁有了新闻线索，请赶快拨打他们的电话，重奖三百块，少则也有一百块。

是呀，那老张你当时为什么不打电话？那几个人显然忘记了刚才还赞同老王的意见，脸上还隐隐地流露出某种遗憾，这事若是落在他们身上，处理的手段就肯定不一样了。

张玉石还是低着头的，他默默地摇了摇头，然后小声地说，我当时根本就没想这事。

小左来了兴致，说，你们可以帮老张算一算，看他的损失有多大。我们这个城市有省市电视台共八家，省市电台六家，报纸杂志就更多了，起码有三十家，这样加起来，一共是四十四家，平均奖励就算是两百块吧，就有八千八呀！

哇——，办公室里顿时一片惊呼，就是连老王也被这个数字惊叹起来，说，真没有想到呀，有这么多呀，真是不算不知道，一算吓一跳。

小左说，我就替老张保守一点儿算吧，即使只有一半，也有四千四对吧？我再替他保守一点儿地算，再砍去一半，还有二千二，你们说，这钱到哪里去搞？几乎是两个多月的工资了，不就是几个电话吗？

是呀是呀，除了老王之外，那些人都流露出一副替张玉石惋惜之色。老王虽然没有附和，手里却拿着一只小计算器，在不断地揿来揿去的，大概也是在给张玉石算数。算着算着，老王砰的一下站起来，激动地说，我不是说你老张，你怎么连这个算盘也不晓得打呢？你是一个聪明人嘛，这笔钱不用偷不用抢，光明正大，你为什么不去做？一、这是属于合法收入；二、况且又不需要多大的成本，我刚才连电话费也给你算了，就按小左说的四十四家，也就是说四十四个电话，一个电话两角钱，一共才花八块八，八块八对八千八，或者说对四千四，好吧，即使是对二千二吧，那也是少见的低成本高利润呀。可是你呢？一个电话也不晓得打！你呀你！老王的眼睛又鼓得大大的，满脸的痛苦，像是牙痛。

老王这副痛心疾首的样子，逗得大家禁不住嗤嗤嗤地笑起来，办公室里的气氛一下子就轻松了起来，一直不吱声的张玉石这时也忍不住笑了。

可是老王却不笑，他一直是痛苦不堪的神情，望着张玉石不断地摇晃着头，你呀你呀。突然对着张玉石大声地说，老张，亏你还笑得出来？这事要是放在我身上，我后悔也后悔不赢嘞，我哭也哭不赢嘞！

大家又是一阵大笑，小左的笑声格外好听，清脆，而且悦耳。

小曹却存心想跟老王过不去似的，他哎哎地朝叫大家安静下来，然后对老王说，我绝对不是冲着你来的，这是首先要声明的，我是对事不对人，老王你没意见吧？

老王脸上难看了一下，他知道小曹又要说他刺耳的话了，想一想，又忽然做出非常大度的样子，手一扬，说吧说吧，现在又不是以前了，害怕人家给你扣个什么帽子，只要不是人身攻击，说吧小曹。

小曹感激地微笑说，我看老王有意思，一开始就大说特说老张没有半点怜悯之心，而且慷慨陈词，而且大骂世风日下，可是突然又为老张没有向电视台报社什么的提供线索少拿了一笔报酬而惋惜不已，而痛惜不已，这态度转变之快，简直难以让人不可理解。

这话又说得很重，大家不由得把眼睛都望着老王，看他怎么回答。老王胖胖的脸上神色有点不自然，肌肉跳了一跳，然后就平静了，他嘿嘿嘿地笑起来，伸出一根指头点着小曹，我们小曹的脑子就是灵活啊，看看，他一下就把我抓住了不是？刚才这些话我都说了的，我并不否认，但是你们想过没有？我为什么要这样说呢？他的眼睛又鼓了起来，朝那些人一个个地看，试图得到答案，可是一个个都摇头，老王得意了，说，回答不出来吧？小曹你呢？哦，也说不出来？那好，我现在就告诉你们。

老王不紧不慢地喝了一口水，我可以这么说，我先说的那些没有错，后来说的也没有错，为什么呢？开始说的那些话，这是摆明的，每个公民都要这样做，我们这个社会才有希望，这我就不多说了，但我为什么一下子又说了后来的那番话呢？这要感谢小左，是小左提醒了我，让我从另外一个角度去思考这个问题。老张的家庭我们都知道，经济上并不是很宽裕的，虽然只一个小孩，但马上就要考大学了，考上了大学，四年的开支至少五万，这是其一；其二，老张和他老婆双方还有两双七八十岁的父母，听说身体都不是太好，吃药要不要花钱？还有，万一哪天走了呢？要不要花钱？老张，请原谅我这样说，本来说这话是不吉利的，但这也是自然规律，迟早都有那么一天的，我们唯物主义者并不回避这一点。同志们，你们想过没有？四个老人啊！四个！这是多么重的包袱！老王伸出四个大大的手指，可是，老张平时叫过苦没有？没有。让组织上补助过没有，也没有。问大家借过钱没有？也没有。而且老张也没有其他的经济来源（他瞟了小曹和另外两个人一眼，因为他们都在炒股，其中有一人还在做生意）。哦，我还忘记了一个重要的事，他老婆早就下岗了。你们也不想想，他肩膀上的担子重啊！所以说，他老张如果打了电话，我是支持的，他没有打，我是为他感到惋惜的。你们说，难道我有什么说得不对的吗？

大家纷纷说，也有道理。

老王又把眼睛鼓大了，说，我刚才说的仅仅只是道理吗？不！是真理！是真理的活的灵魂，这个"活"字有两重含义：一是充满着生命力，二是灵活运用。

唯有张玉石没有吭声，他只是觉得心里很是郁闷，像出气不赢似的，虽然他先笑了一下，但他并没有因此有半点开心，他极其后悔不该说昨晚的事，他此时恨不得当着大家的面，狠狠地抽自己两个耳光。不，应该左边抽五十个，右边也抽五十个，把自己的蠢气抽出来。

4

那一天，张玉石所在的那个办公室，整整一天就是说的这件事，大家觉得津津有味，滔滔不绝。只有张玉石心里烦恼至极，他很想离开那里，不愿意听他们说，可是你当主角的不在，人家会怎么说？那还不知会说多少难听的话呢。好不容易挨到了下班时间，他终于舒了一口气，好了，明天他们总不会再议论了吧？

可是，令张玉石没料到的是，他一回到家里，电话便响了起来，他拿起话筒一问，是一个做生意的朋友打来的，那个朋友首先问他是不是亲眼看见昨晚的凶杀案。他说是的。该朋友于是开始大骂他连这个难得机会都不晓得抓住，这可以进一笔钱啊，还说如今想赚一分钱是多么地艰难，可是这钱自己掉到你的口袋里了，你也不把它抓住，玉石啊，你好蠢嘞！

张玉石不想再多说了，喃喃地说，我是好蠢。

这个电话起码打了二十分钟，张玉石放下电话，心里想该朋友也是，既然钱难赚，也不晓得节省点开支，这电话费也不秀气嘛。

他刚想坐下来，电话铃声又大作。张玉石的老婆不耐烦地说，出什么鬼了？平时电话半个月都没有一个，今晚却像是凑热闹似的，肯定是你的。她对男人说。

张玉石拿起话筒一听，果然又是一个熟人，对方却是像老王一样，一上来就狠狠地指责张玉石，说老张啊，这事我也听说了，我真是为你感到一种耻辱，你怎么是这样的人呢？你晓得不？这么多年来，你在我的心目中的形象一直是美好的，没想到你现在居然变成这样一个人了！堕落啊堕落！对方像是喝醉了酒，张玉石似乎闻到了一股浓浓的酒气，你说你做错了没有？你说！

张玉石想了想，说，是我错了。

这个熟人还算不错，发了一顿牢骚就放下了电话。可是张玉石刚放下电话，电话又响了起来，这回是个生人，口气非常温和，他说张先生你这样做十分可惜，是这样，你以后如果再碰到这类事件，请打电话给他，他马上付信息费两百块，而且是先交钱，决不失信。并把他的手机电话以及 BP 机号码一一告诉了张玉石，还说他姓于。

放下电话，张玉石愤愤地骂了一句他妈那个巴子，没想到这一门都有二道贩子！他不快地对老婆说，如果再来电话，请你去接吧。那口气有点哀求了。

老婆说，这些人大概都发疯了吧？

她不久也起身接了一个电话，这回不是他们的朋友或熟人了，是一个陌生女人，也不知道她是从什么地方得到他家电话号码的。

老婆问找谁？

这个女人的嗓子很大，说要找张玉石先生。

老婆机智地说，他不在家。

他不在家我也要说，他以为这是可以回避的吗？他知不知道他这样的行为于一个公民来说，是不道德的吗？你男人的心肠怎么这样硬？你难道没有一点察觉吗？

老婆被对方气得七窍生烟，啪地放下电话，凶狠狠地对男人说，你看你，人家骂到我的头来了！老娘不接了！又说，你一定是在办公室多嘴多舌，不然人家是怎么知道的？

张玉石哑口无言，不知说什么才好，一脸苦笑。

老婆不接没关系，电话没多久又响了起来。张玉石接也不好，不接也不好，真是左右为难，可是那电话却是不屈不挠地响着。

这时女儿冲了出来，气愤地说，你们还要不要我读书了？如果不想叫我考大学，我就睡觉了！

张玉石一听，心里慌了，他急忙说，你学你的，电话我看扯掉线就是了。说罢，他真的把线扯掉了。

女儿又不答应了，说，那不行！

张玉石迷惑地说，你不是说太吵了吗？

是太吵了，女儿说，万一是同学打来的怎么办？

张玉石说，那也不接就是了。

女儿讥讽地说，你倒是说得很轻巧，我的同学有的很有门路，搞得到试卷，如果人家打电话来怎么办？

这个电话响了一阵，大约见无人接，便挂了。没有多久，电话又响了起来，张玉石没有接，但张玉石生怕耽误了女儿的学习，便说，你安心去学习，我来想办法。

想个什么办法呢？他自言自语，实际上也是有意说给老婆听的，暗示老婆也动动脑筋。现在最重要的就是以最快的速度想出一个权宜之计来。老婆板着脸，不看他，实际上也在暗暗地想方设法，因为她也怕耽误女儿的学习。

张玉石焦虑地在屋子里转来转去，突然只见他双手舒展开来，在屋子中央一跳，像一只大鸟在空中飞翔，大叫，有了！

这把发胖的老婆吓了一大跳，浑身的肥肉直抖，骂他，你发疯了！

张玉石也没有理睬她，飞快地跑进卧室拿来了一件棉衣，而且心情陡然好了起来，他和颜悦色地对老婆说，我们可以把电话包起来，这就解决了噪声问题，即使有点声音，也不大了。

他边说边把正在响着的电话紧紧地包了起来，果真那声音就小了下来，像是被人勒住了颈根似的，张玉石说，怎么样？我这个办法不错吧？

老婆说，那我们怎么晓得是女儿同学打来的呢？

我也有办法，但是这需要你出面了，张玉石说，为了识别到底是不是她同学的电话，所以每个电话还是要接的，但必须是你去接，而且必须要装出小孩子的声音，这样，如果是打电话来骚扰的，对方以为你一个小孩子，也就没有什么说的，如果是女儿的同学，就会问女儿在家吗。你说好不好？

老婆一听，说，好也是好，不过我这嗓子恐怕装不出小孩子的声音来。

张玉石生怕老婆不肯配合，便鼓舞她，你肯定行的，不信你试试。

这时电话又响了起来，张玉石用眼神示意老婆去接。老婆便走过去，打开棉衣，按下免提，装出小孩子的声音，细声细气地问，谁呀？

张玉石一听，顿时肉麻起来，浑身打着鸡皮疙瘩，老婆的这种声音像是一把锈了的锯子，死命地在他的心脏上拉来拉去，他总觉得心脏病快发作了，但又只得强忍着，但他不知对方是否跟他的感觉一样。

对方问，你爸爸在家吗？是个男人。看来没有听出老婆的声音。

不在。老婆说。

那你妈妈呢?

也不在。

对方迟疑了一下,然后便放下了电话。

老婆得意地说,我装得像不像?

像极了,像极了。张玉石强忍着这种令人肉麻的折磨,硬着心肠表扬老婆,其实一身的鸡皮疙瘩还没有消失。

老婆又连续接了五六个电话,每次都轻而易举地把人骗过去了。张玉石虽然时时让老婆的声音弄得肉麻,但还是非常高兴,说我的脑壳还聪明吧?他娘的略施小计,就把这些杂种给骗了。

老婆开始还是为自己扮成小孩子的声音感到高兴,后来还是不高兴,她说难道老娘一晚上都要这样装小孩子说话?

张玉石说,不可能的嘛,只要女儿十一点钟上床睡觉,我们就把电话扯掉。

老婆还是不高兴,说,我想安安静静地看看电视剧都不行,这个电视剧好看哩。

张玉石非常严肃地说,我们做父母的还是要为女儿做出一点小小的牺牲嘛,电视剧今天没有了明天还有,今年没有了明年还有,可是女儿高考就是决一死战,这分量谁轻谁重你难道不掂量掂量?

老婆眼睛盯着电视,仍然很烦,说,都是你惹是生非!

张玉石惊讶地说,怎么能怪我呢?

老婆气势汹汹地说,不怪你怪谁?如果你昨天像平时一样,按时上午去拿,哪有这个麻烦?说罢,电话又响了起来。

家里一直到女儿睡了，线扯了，才彻底地安静下来。张玉石深深地叹了一口气，今晚终于过去了，他本来想好好地睡个觉，可是他想了明天，明天呢？一想起明天，他又不安起来，办公室的同仁们肯定还要继续这个话题，甚至连整栋大楼的人也要来参加这个话题的讨论，而且家里的电话明天一定会更多，而且如果这事传到公安人员的耳朵里，说不定还要来向他调查，还有一个令他难受的是老婆那肉麻的声音，真是麻烦多多，怎么办？张玉石没有想到的是，碰上这样的事情，管也不是，不管也不是。

他一夜居然没有闭眼。

5

张玉石第二天做出了一个他以前从来没有做过的举动，突然请了半个月的假，并且给老婆留下了一张纸条，说他去乡下看老父老母去了，要记着拿牛奶。然后一出机关大门，就自己打扮了一番，他从挎包里拿出了一顶鸭舌帽戴上，压得低低的，把眼睛也遮盖住，又捂上一个大口罩，生怕别人认了出来，就赶紧坐车离开了这个城市。他不敢去想的是，回来之后，这种折腾是否会消失。

玉　坠

　　我一直认为母亲很厉害，这么多年来，把父亲管得死死的。当然，话说回来，母亲对父亲的照料也是十分罕见的。

　　父亲已经七十三岁，一身病痛。高血压，心脏病，最明显的是双腿不便，浮肿，膝盖疼痛，走路缓慢，如果从后面看去，还以为他有九十多岁了。父亲的双腿造成今天这个样子，是不是长期在地质队跋山涉水引起的呢？是不是在大山里受寒所致呢？不得而知。或许，多多少少有点儿关系吧。所以，父亲被双腿拖住了，像一只蹒跚的巨型鸭子。母亲对他特别关照，每天除了提醒他按时吃药，还要把药跟温水喂进他的嘴里。每到这个时候，父亲目光混浊地望着母亲，绝望地说，哎呀，我要死了，我要死了。他拖着长长的腔调，简直像在唱哀歌。我觉得他有点儿矫情，也十分滑稽，像个细把戏在撒娇样的。母亲安慰说，哪里会死哦？要死我跟你一起去。母亲很有耐心，准确地把药跟温水送进父亲的嘴里。若有一滴温水调皮地从父亲嘴里流出来，母亲就会迅速而熟稔地拿来纸巾擦掉，像擦桌子上的水渍。母亲每次给父亲喂药，父亲略显夸张的表现，好像是夫妻间进行着一场最后的告别仪式。我有时不忍，对母亲说，哎呀，让他自己吃吧。父亲倒没有说我什么，母亲却要飞快地向我白一眼，责怪我不该这么说话。

父亲这辈子几乎没有什么爱好，下棋，打牌，搓麻将，都跟他无缘，跳舞更是不可能的了。他唯一的爱好就是抽烟，而这又是母亲最反对的。母亲皱着眉毛，责怪地说，你抽了一辈子的烟，难道还要抽吗？有什么好处呢？这时，父亲很狡猾，流露出一丝憨笑，并不反驳。他明白，自己抽烟的权利，是掌握在母亲手中的，如果跟她犟嘴，肯定是没有什么好处的，担心她会克扣烟的数量。当然，母亲似乎还是善解人意的，明白父亲唯有抽烟这点爱好了，如果再剥夺它，有点于心不忍。所以，母亲允许他抽点儿烟，又规定他不准偷偷地抽，如果要抽，也要当着母亲的面抽（当然，在阳台上抽烟也是可以的），总之，要抽得光明正大，不要像个小偷样的。父亲呢，当然很不满意母亲的这个安排，这好像是警察给罪犯抽烟，是一种施舍，所以，抽得小心而不安。当然，父亲也有对付的办法，有时实在忍不住了，就借口到楼下去散步。其实，他是在躲避母亲，担心母亲大加指责，显露出母老虎的威风来。当然，母亲也自有计谋，把钱卡得很死，担心他拿去偷偷地买烟。所以，母亲是不会把烟放在父亲身上的，放在哪里呢？居然放在自己的口袋里，然后，再由她拿给父亲，像恩赐者。自然，母亲把烟给父亲抽也是有条件的，早中晚各一根，除此之外，她是不会无端地拿烟给父亲抽的。

　　当然，也有例外。

　　父母在抽烟的问题上，还经常富有游戏感。如果母亲在厨房忙着，父亲说他要抽烟了（当然在规定的三根之外），这时，母亲手中拿着菜刀，在厨房门口一闪，毫不犹豫地说，那你转圈吧。然后，把门关了。父亲十分听话，独自在客厅里转着圈，每转八个圈（这说明父亲还是比较自觉的，母亲关在厨房又没有看见，转两个或三个圈不行吗），然后，父亲就笃笃地敲开厨房门，讨好而谦卑地朝母亲笑笑。母亲带着满身的油盐气，鼓着怀疑的眼神看他一眼，然后，从口袋里拿出一块黄色的小塑料牌子，似乎还舍不得地发给父亲一块。这表明，父亲可以用这块小塑料牌，从母亲手中换到一根烟，当然，最多不会超过三块牌子。这就说明，母亲也是十分遵守自己定下的规矩。母亲用这样的游戏，既能让父亲得到锻炼，活动筋骨（母亲不希望看到父亲总是坐在沙发上不动，这对于身体是很不利的），又能控制父亲的烟量。所以，在这样的游戏中，双方都有一种满足感。父亲转圈时的样子十分可笑，他双腿不好，又经不住烟的诱惑，所以，那种蹒跚的姿势，很像怀孕的女人，既走得有点艰难，眼里又闪出希望而兴奋的光芒。父亲每次拿到一块小塑料牌，竟然高兴得简直像个细把戏，双手捧着，似乎在欣赏罕见的宝贝——因为这是他锻炼的报酬。如果他想抽烟了，就拿出一块小塑料牌来跟母亲交换。每次从母亲手里接过烟的同时，父亲还舍不得把小塑料牌交出去，希望一块牌子能领到两根或更多的烟。其实，母亲从来也不会迁就父亲的，她不会因为父亲的不舍，就慷慨地给他两根烟。

这是母亲的原则。

凡此种种，我们可以看出来，父亲的一切牢牢地掌握在母亲的手里。所以，男人抽根烟尚且如此，就遑论其他了。其实，母亲是很有成就感的，觉得夫妻一辈子，她是最后的胜者。母亲的这种感觉没有错，事实的确是这样，父亲在家里没有一点权力跟威信。不说别的，就从我小学读书择校起，到大学填志愿，到我结婚跟离婚，都是母亲说了算。我如果征求父亲的意见，父亲会满脸谦虚地说，照你妈妈说的去做吧。他好像是为了省心，其实，在任何事情上面，父亲是没有发言权的。再说经济方面吧，多年来，父亲的工资跟奖金，都是如数地交到母亲手中的，没有丝毫的保留，也不敢有所保留。他明白我母亲有多厉害，如果她对父亲交给她的钱有所怀疑，那么，她就会去父亲的单位问，或者问父亲的同事。别的女人可能认为这样是很丢丑的，母亲并不认为这是丢面子的事情。你说，父亲还敢留私房钱吗？平时，父亲需要有什么花销（除买烟而外），必定到母亲手里去拿钱，并且要详细地说明其用途。父亲买回来东西，母亲是一定要验收的，问了价格，再伸出手，问父亲要找回的零钱。父亲向母亲乞求的样子，简直像叫花子，母亲则像施舍的大善人。所以，我常常暗自为父亲感叹，唉，一个男人在妻子面前如此俯首听命，两手空空，也未免太无能或太软弱了吧？当然，只要他们双方能接受这种事实，我似乎也不便说些什么。我觉得奇怪的是，作为父亲，一个男人，好像也不想去争取自己的一点儿权利，他只是采取温和跟乞求的态度，以求得母亲的一点恩赐——比如抽烟。我不明白，父亲为什么会这样畏缩，难道父亲年轻时有什么把柄落在母亲手里了吗？因此，再也说不起话了？所以，只能带着永远愧疚的心情，心甘情愿地让母亲掌控一切？当然，我没有去向他们求证，如果父亲以前真的有什么对不起母亲的事情，这会让他们感到尴尬的，他们也未必会对我说出来。他们的往事是属于他们的，作为女儿，我没有必要搞清楚。

母亲在家里像个女皇，凡事只能听她的，容不得父亲有任何不一样的看法。父亲如有稍稍的不顺，或提出一点儿异议，母亲则要大发脾气。比如说，父亲说菜有点儿咸，或者说地板不太干净。还比如说，母亲喜欢看的电视节目，父亲说其实并不好看，等等。母亲的脾气大得惊人，根本不像当过教师的人，简直一点涵养也没有。这时，她会噗地站起来，脸上的肌肉剧烈地颤抖着，像发猪婆疯，不仅把碗盏乒乒乓乓地摔个稀巴烂，甚至，还当着父亲的面，把父亲的宝贵粮食——半包或整包烟从口袋里摸出来，愤怒地从阳台上丢下去，简直像个魔术师，一瞬间就把东西变走了。每每这个时候，母亲一点儿也不在乎钱了，似乎这些东西都是不需要钱的，可以任她随意摔烂或丢弃。碰到这个场面，我那可怜的父亲就痛苦地闭上眼睛，再不敢说话。父亲痛惜地明白，自己将要断几天烟了——这是他唯一的嗜好。所以，父亲吸取教训，尽量地控制自己的情绪，不惹母亲生气。这样，父亲变得越来越乖顺起来。

作为已经离异的女儿，我不便对父母间的事情发表任何意见，好像也没有发言权。我前夫就是不能忍受我的控制，而断然地提出离婚。这个懦弱的语文教师，那天突然发飙，除了愤然地拿走他的衣服跟书籍，他妈的竟然净身走人。难道说，我是这样不堪吗？像臭狗屎一样吗？我想，如果我前夫也像父亲这样听话，恐怕就没有今天的这个局面了，两个男人都会乖乖地听两个女人的话。那么，我身上是否也有母亲的遗传呢？想要掌控家里的一切权力呢？当然喽，母亲如果想要控制我，现在已不可能。我不会听她的，尽管她很不高兴。有时，我在深夜酒气熏天摇摇晃晃地回家，她也不敢说我，只是惊愕地看着我，轻轻地叹气说，唉，你怎么喝这么多哦？我横她一眼，手一甩，说，不要你管。母亲只得无奈地回到自己的房间。当然，有一点我还是听母亲的，母亲曾经对我说过，你千万不要拿钱给你爸爸，他身体很不好，你拿钱给他买烟，只会害了他的。所以，我从不敢救济可怜的父亲。我害怕父亲重病住院，如果是这样的话，我这个家就有好戏看了。

比较幸运的是，母亲的身体还算不错，这个早已退休的教师（加上我前夫，这个家曾经有三个教师），买菜煮饭菜等家务，都由她一手承包了，几乎没有丝毫怨言。光是这一点，也是很了不起的。其实，看到母亲的这样忙碌，我也很想帮忙，却心有余而力不足。所以，她想操持或者说掌控这个家，那就让她去辛苦吧，她为此付出一些辛劳也是应该的。其实，我也像父亲一样，不如落个省心。我从来不敢想象的是，如果父母病倒了，我该怎么办？我的教学任务很重，又当班主任。再说，现在的学生也不听话，如有不慎，家长还会闹到学校来。还有，我的个人问题仍处在空档期（离婚已两年），所以，心里也很烦。其实，我断断续续地见过几个男人，不是我看不上对方，就是对方对我有个女儿感到不满意。而女儿是我再嫁的重要条件，不然，一律免谈。我清楚那些男人对我还是比较满意的，因为我从不问他们的经济状况，家里是城里的或是乡下的。所以，他们都觉得我这个女人不俗气，还值得交往。说来叫人不太相信，我虽然没跟他们谈成恋爱，却跟其中的某些人成了朋友，所以，他们有了饭局或唱歌，都要打我的电话，这也让我有了小小的麻痹，起码能暂时忘记孤独跟寂寞。同时，我还要管教女儿小小。小小已经读一年级了，我每天要接送她。母亲说由她来接送，我心里毕竟不忍。母亲照顾父亲跟搞家务，已是十分地费神了，所以，小小还是我来管吧。

莫看父亲如此听话，其实，他也有狡猾的时候。如果母亲午休时，他就会拿着几个酒瓶（这是我的战绩），或一沓废报刊，像贼一样悄悄地下楼，卖给那个收废品的中年妇人，把微小的收获一点点地攒起来。父亲不敢把钱放在身上，钱放在旧信封里面，再藏在摆着电视机的矮柜后面。矮柜几乎是贴着墙壁的，扫帚跟拖把无法伸进去，这是母亲打扫卫生的死角。可以想见，父亲把钱藏到这里面，显然是经过深思熟虑的，认为这里最保险，谁也无法发现。我本来也不晓得，也是后来偶然看到的。那天，母亲买菜去了，父亲用一根细小的两尺长短的棍子，伸进那个狭窄的缝隙中，扒出了旧信封。看到我突然开门进来，父亲十分慌张，赶紧用棍子把旧信封推进去，丢掉棍子，好像他拿着的是一条毒蛇。我当然装着没有看到，我连想都不用想，那肯定是父亲的私房钱。我迅速地走进自己的屋里，不想让父亲难堪，也不想让他的秘密暴露在我的眼前。母亲自然不晓得，所以，我要替父亲保密，让他保留男人一点儿可怜的面子。如果母亲晓得，那将会有一场硝烟弥漫的战争，父亲呢，当然又是个失败者。那么，这场战争还会延续下去，那就是，母亲以后会更加严厉地管束他，那么，父亲就没有一点秘密了。我明白，父亲是在用他小偷般辛勤的劳动，一点点地积攒可怜的烟钱。虽然母亲每天给他三根烟（当然，还有转圈子获得的一点儿可怜的收获），但父亲仍觉得很不过瘾，所以，他要以自己的劳动来充实烟草食粮，这类似于老鼠过冬的手段。其实，他还经常趁母亲外出买菜或去做其他事情时，就赶紧下楼抽烟。他很机警，站在离电梯口很近的地方，这意味着他能迅速地返回去，他生怕母亲很快就会回来。父亲抽得十分急迫跟贪婪，像身处高原缺氧的人，抓着氧气袋拼命地吸氧，竟然几口就抽完了。我曾经碰到过父亲在楼下抽烟，他极其惊慌地看我一眼，明白我不会当叛徒的，其神情才稍稍放松。当然，他不会忘记叮嘱我一声，哎，千万莫告诉你妈妈嘞。

我摇摇头，走上电梯，心里生出一股悲凉。父亲抽完烟，才悠闲地上楼进屋，然后，满足地坐在沙发上看电视（很难说这不是一种掩饰）。他绝对不敢在家里抽烟，担心烟味被母亲闻到——在母亲没有给他烟抽的时候，这烟是从哪里来的？如果被母亲发觉，父亲是经不起盘问的。

当然，父亲这个持续而隐蔽的行动，最终还是被警觉的母亲发现了。母亲并不是发现他站在楼下抽烟，而是发现他在暗自储备抽烟的钱。

父母亲这把年纪了，都有午睡的习惯。我中午不回家，所以，母亲睡在我的床上，父亲睡在他们的床上，其实，母亲从来也没有怀疑过父亲在午睡时，还会有什么秘密行动，这不能不说是母亲的一个极大疏忽。有一回，母亲躺在床上没有入睡，下意识地起了床，然后，走到他们睡的房间一看。奇怪，突然发现父亲不见了，毛毯孤零零地躺在床上，显得十分沮丧。母亲站在门口怔了怔，以为他站在阳台上抽烟，走到阳台，却没有父亲的身影。然后，母亲又走到卫生间，也没有看见父亲的一根毛。这时，母亲似乎意识到了什么，马上匆匆下楼，在街上四处寻找。母亲的头脑十分清醒，先从那些烟摊子找起，以为父亲瞒着她买烟去了（他哪来的钱？），却没有发现父亲的影子。父亲一下子忽然从她眼前消失了，母亲不免焦急起来，担心父亲出事，他的腿脚不便，是不是不小心被车撞了呢？母亲扫一眼热闹的马路，来往的车辆跟行人十分有序，并没有出现什么事故。若有事故，马路上肯定会有许多人围观的。母亲这才稍稍放心下来，又继续寻找。她像一条训练有素的警犬，在嗅着丝丝缕缕可疑的气味。其实，父亲的突然消失，母亲还是有点自责的，觉得这是自己的失职。多年来，也不曾出现过这样的怪事。

当母亲快要丧失信心，准备回家给我打电话时，突然，她看到父亲居然站在废品店的坪里，正在跟那个中年妇人说说笑笑。已经多年了，母亲也没有见过父亲这样高兴，他边说话，一只手边一扬一扬的，像在指点江山，也好像是地勘工作者发现了宝贵的矿藏。那个中年妇人则频频点头，似有讨好之嫌，一一地附和着父亲。母亲张大嘴巴，怔怔地看着，似乎不相信父亲会出现这个地方，而且，在跟一个中年女人说话。母亲大约静止了一分半钟，不由大怒，撒腿直冲上去，毫不客气地对父亲说，哎，你怎么死在这里？我寻你好久了，你晓得吗？眼珠子不满地瞟了中年妇人一眼。父亲对于母亲的出现，十分吃惊，哎呀，她怎么没有午睡呢？父亲扬着的手沮丧地放下来，另一只手急忙往口袋里塞着什么东西。然后，父亲尴尬地笑了笑，不敢跟那个中年妇人打招呼，马上朝家里走去。

一进屋，母亲气呼呼地往沙发一蹾，伸出手，说，拿出来。

父亲简直像个罪犯，乖乖地把钱拿出来，放在茶几上。母亲看了看，居然只有一个五毛钱的银毫子。

母亲严厉地看父亲一眼，说，还有呢？

父亲担心母亲不相信，把两个衣服口袋扯出来，又翻出两个裤袋子，四个袋子有气无力地吊着，像挂在瓜架上空瘪的丝瓜。

父亲吞吞吐吐地说，没有了。

母亲嘲讽地说，不可能吧？你经常瞒着我卖废品，你以为我不晓得吗？其实，我倒要看看，你卖废品的钱拿来做什么？

父亲小声地说，买烟。

放屁——母亲吼道，那些烟都是我给你买的，我心里有数，我这是关心你嘞。你说，你到哪里能碰得上我这样的女人？快拿出来。

父亲可怜巴巴地望着母亲，显得十分无辜，喃喃地说，哎呀，你莫逼我啰，我真的没有了。

母亲似乎猜测到父亲的确没有钱了，然后，话题一转，鼓着眼珠子，说，那你交代跟那个女人的关系吧？

关系？父亲惊愕地看着母亲，你是说我跟她的关系？这时，父亲终于镇静下来了，明白这件事情是绝对不能含糊的，说，哦，是买卖双方的关系。

母亲说，是呀，的确是买卖双方的关系，你买肉，她卖肉，对吗？

父亲终于气愤地说，这是绝对不可能的。

母亲逼视着父亲，说，是不是要我去问问那个婊子？

父亲说，你不要冤枉人。他小心地在沙发坐下来。

冤枉了吗？我亲眼看到你们在打情骂俏，还冤枉了？

父亲急了，辩解说，我在跟她说打伊拉克的战事。

母亲忽然大笑，哈哈，你跟她说这些吗？她懂吗？

从第二天开始，母亲不再在我的床上午睡了，跟父亲同睡，这样一来，彻底地把父亲卖废品的路堵死了。

那个中年妇人我经常见到的，她在小区边租一间破旧的房子。大约四十多岁，微胖，脸色稍黑，终年只见她一个人守着废品店。我不晓得她是否有男人跟小孩，或许跟我一样？也或许她男人跟小孩来的时候，我没有碰到吧？据我猜测，父亲是不可能跟她有一腿的，尽管现在有些老年男人跟擦皮鞋的收废品的女人有肉体交易，我却相信，父亲是绝对不可能的。他的身体本来就自身难保，况且，母亲又盯得很紧，他哪有体力跟时间应付那种事情呢？再者，他有那么多的钱吗？我想，这只不过是父亲多次去卖废品，双方熟悉罢了。我也明白，母亲并不是怀疑父亲跟那个中年妇人有什么关系，对于这种事情，她还是很有把握的，她只是对父亲偷偷摸摸卖废品攒钱的行为感到恼怒。所以，母亲始终认为，父亲的一举一动，都应当显现在她的眼皮底下，不能有一丝一缕的自由。而父亲竟然有隐瞒她的行为，这不仅对她的监管水平是一种侮辱跟嘲笑，也是她决不能容忍的。

所以，母亲惩罚父亲的处理结果如下，断掉他三天烟。

那天晚上，父亲见我回来，悄然地溜到我房里，语无伦次地对我说了这件事情。我听罢，抽着烟大笑。父亲有点羞涩，像细把戏在向大人诉苦。他无奈地摇摇头，似有许多难言的苦涩。父亲看着我抽烟，伸出手，似乎想讨烟抽。我虽然很同情父亲，却不敢帮他，担心母亲大闹天宫。我说，算了吧，你还是接受妈妈的惩罚吧。

这场风波过后，父亲再不敢偷偷地去卖废品了，担心惹火了母亲，再次爆发家庭战争。他甚至连单独下楼散步也不敢去了，即使去，也由母亲全程陪同。母亲陪同他散步时，还挽着父亲的手臂，轻松地跟父亲说说话，还不时地跟熟人打个招呼。这在别人看来，似是一对恩爱夫妻。我想，母亲这样做，是不是故意做给那个中年妇人看的呢？我以为是的，因为母亲陪同父亲散步时，都要有意无意地经过那家废品店。

当然，我还是有个疑问，父亲难道不趁母亲外出时到楼下抽烟了吗？他每天只能抽母亲恩赐的三根烟，他能忍受吗？他凭什么力量克制住了自己这点儿可怜的欲望呢？从父亲的目光里，我似乎能看到里面含有一丝狡黠。这一点，母亲是发现不了的。父亲目光里的那丝狡黠，只有在我面前才稍稍流露出来。虽然十分短暂，像电火般消失。而我相信，这丝狡黠在父亲心里积聚已久，而且，具有很大的能量。我想，父亲应该还有隐瞒母亲的秘密，不然，是不会向我流露这种神态的。那么，这个秘密又是什么呢？难道仅仅是矮柜后面藏着的旧信封吗？那个旧信封，又值得父亲怀有这种似乎骄傲的狡黠吗？

有一天，我趁父母都不在家，把那个旧信封从矮柜后面扒了出来，打开一看，唉，原来仅仅是一堆零碎钱。一角的，五角的，一块的，还有一些银毫子。我不知出于何种心理，居然耐心地数了数，二十五块八角三分钱。哦，我可怜的父亲，这就是他全部的私房钱。我把旧信封小心地放进矮柜后面，眼睛有点潮湿起来。当然，除了发现父亲这个藏钱的秘密，后来，我还意外地发现父亲在偷偷地打电话，是在街上拿公用电话打的。其实，家里有电话，他为什么不敢在家里打呢？又给谁打？父亲打电话时，简直像个特务，眼睛四顾，鬼鬼祟祟，一只手捂着嘴巴，生怕别人听去了。我没有惊动他，装着没有看到，免得他内心不安。

去年暑假，父亲叫我陪他去了一趟贵州老家。母亲没有去，要在家里照看我的女儿小小，小小参加了舞蹈班跟美术班。其实，母亲从来也没有去过父亲的老家，我不晓得这是什么缘故。多年来，母亲曾经提出要去父亲的老家看看，父亲却都以各种理由推辞了。还说，那是个穷得滴水的地方，没什么好去的。当然，父亲这次说要回老家，理由也十分充分，说他年纪大了，身体又不好，很可能是最后一次了，还要去给早已去世的父母亲上坟，以了此心愿。母亲怀疑地看着他，终于批准了父亲的要求，让我陪同。其实，我长到这么大，还是第一次回老家，那是一个偏远的乡下，离都匀很远。我们坐火车，又转汽车。车子在山路上拐来拐去的，颠簸得很，以致腰身疼痛。我甚至怀疑那些怀孕的女人，坐车走这样的路是否会流产。唉，我没有想到，父亲出生在这样的大山沟里，破旧的村落，村民十分稀少，好像走进了一个被人们遗忘的部落。一路上，父亲没有说什么话，脸色却很激动。甚至，连腿脚也似乎好了许多。我想，父亲是不是将要看到亲人而激动呢？据我所知，父亲这一辈的人都已去世，那么，一定是他们的下一代吧？

终于到了。

父亲虽然多年没有回来，却似乎一点儿也不陌生，这毕竟是他出生的地方。父亲带着我走近一户人家时，突然说，你等下会看到你姐姐的。

　　顿时，我怔住了，望着父亲，惊讶不已。天啦，我还有姐姐吗？堂姐？还是表姐？

　　父亲看出了我的疑惑，这才坦诚地说，是你同父异母的姐姐。这个事情，你妈妈并不晓得，当然，你也不晓得。哦，你回去不要跟你妈妈说，一定要替我保密。父亲严肃地叮嘱我。

　　我点点头，明白这个巨大的秘密若让母亲晓得，一场家庭大战将会拉开帷幕，其战事何时结束，我实在难以预料。我蠢蠢地望着父亲，内心一下子变得复杂起来。我真的没有想到，看来老实巴交的父亲，一辈子在母亲面前毕恭毕敬，小心翼翼，却不料，还有这么大的秘密，这真是一辈子的秘密。如果在以前的岁月，我是不会原谅父亲的，夫妻间竟然有这样的秘密却不告知对方，这像什么话？那么，在这个世界上，我们还有什么可以相信的呢？现在，随着年龄的增大，见识也多了起来，以及对人生的理解，我是完全能原谅父亲的。我甚至流露出微微的敬佩，对父亲刮目相看。

　　原来，父亲的哥哥去世之后，家里逼着父亲讨他的嫂嫂，当时，年轻无知的父亲听命于我爷爷的话，竟然稀里糊涂地跟他嫂嫂办了结婚酒，连结婚证都没有扯。其实，这桩婚事，对于父亲来说，更多的是一种无奈，是对家族力量的重大妥协。父亲对他的嫂嫂——也就是后来的婆娘毫无感情，仅仅跟她生了一个女儿。当他外出参加工作之后，就再也没有回过老家了，好像那是一段可怕的急于忘记的历史。当然，也没有照顾过那对母女。他是想忘记这桩婚姻，还是不敢面对它，我不得而知。我想，父亲应该是怀有愧疚之心的，不然，也不会带我来到这里，让我晓得这个巨大的秘密。作为父亲来说，他早已斩断了这桩婚姻。当然，他又应当感到幸运，他的嫂嫂（婆娘）并没有去纠缠他，连找也没找过他。这个山村的女人，可能也十分明白，这桩婚姻对我父亲是不公平的。如果她纠缠的话，父亲肯定是跑不脱的。也许，就没有今天的我了。多年过去，父亲也许是良心发现吧，当他不晓得通过何种渠道（或许是偷偷地在外打电话？），晓得乡村的婆娘去世了，他就以七十五岁的高龄，拖着病弱之身，要最后去看看自己的大女儿。还需要补充的是，这次回老家，母亲竟然没有拿钱给他，也许是有我在吧。

这时，从光线暗淡的屋里走出一个女人来。

父亲仔细地看着她，肯定地对我说，叫姐姐。

哦，这就是我的姐姐吗？是我同父异母的姐姐？这个五十多岁的山村妇女，憔悴，黑瘦，花白的头发。我一直哑着，半天没有叫出声来。

父亲从贴身衣服里摸出一个玉坠，亲手戴在我姐姐的脖子上。

姐姐朝着我微笑着，我这才轻轻地叫一声姐姐，泪水突然潸然而下。

唯有我晓得，父亲送给姐姐的玉坠，粗糙而廉价，最多不超过三十块钱。